VERLORENE ZAUBER

DIE HEXEN VON WHITE HAVEN

1

TJ GREEN

Meiner Mutter gewidmet – Danke

Contents

Prolog

Wir sind Hexen, die aus Generationen von Hexen hervorgegangen sind, und unsere Magie wurde über Jahrhunderte weitergegeben. Aber es scheint, als hätten wir mehr Macht, als wir je für möglich gehalten hätten.

Als Dinge, die verborgen waren, ans Licht gekommen sind, wurde ein Feind geweckt. Unsere alten Grimoires waren aus einem bestimmten Grund versteckt worden. Heute befinden wir uns in einem Wettlauf gegen die Zeit, sie zuerst zu finden.

1

Am liebsten legte Avery ihre Tarotkarten bei Vollmond. Und zwar im Freien, wenn das Wetter es erlaubte, was heute der Fall war. Es war Mitte Juni und heiß. Der intensive Duft von Erde stieg ihr in die Nase, während der Wind sie mit Lavendelduft umwehte.

Sie saß an ihrem Gartentisch. Der mit Ziegeln gepflasterte Innenhof war in sanftes Silberlicht getaucht und der Garten dahinter war voller Pflanzen, die trotz des Vollmondes im Zwielicht verborgen waren. Zu sehen waren einzig die weißen Rosen, die aus den Beeten herausragten, und die Kieswege, die sich um diese Beete schlängelten.

Am Tag, der diesem Abend vorausgegangen war, hatte sie eine Veränderung im normalen Pfad ihres Lebens erahnt – und dieser Vorahnung musste sie unbedingt nachgehen. Es war ihrer jahrelangen Erfahrung zu verdanken, dass sie nun ruhig dasaß, die Karten mischte und sie dann kreuzförmig vor sich auslegte, bevor sie sie eine nach der anderen umdrehte – und erschauderte. Eine Veränderung stand bevor, und mit dieser Veränderung kam auch die Gefahr. Das prophezeiten die Karten und darüber hinaus konnte sie es auch selbst spüren. Es würde schon bald geschehen.

Ein wenig ratlos lehnte sich Avery zurück und erschrak dann, als sie das Klicken des Gartentors hörte, das geöffnet wurde. Es handelte sich um Alex, eine männliche Hexe. Sie erkannte ihn an seinem Duft und den Geräuschen, die er machte. Ihre Ratlosigkeit darüber, was die Tarotkarten offenbart hatten, wich der Neugier.

Er stellte sich vor sie, und da der Mond hinter ihm stand, konnte sie sein Gesicht nicht sehen und er tauchte sie in seinen Schatten. Er war groß und breitschultrig, von schlanker, muskulöser Gestalt. Es war fast so, als wäre eine Mauer zwischen sie und den Mond getreten.

„Was willst du, Alex?"

„Was für eine wunderbare Begrüßung, Avery", bemerkte er mit ruhiger Stimme. Er zog einen der Stühle heraus und setzte sich ihr gegenüber hin, wobei er ihre Karten betrachtete. „Du spürst das also auch."

„Was soll ich spüren?"

„Das weißt du doch genau." Er klang jetzt ungeduldig. „Es kommt etwas auf uns zu. Bist du nicht der Meinung, wir sollten zusammenarbeiten?"

„Nein."

Er lehnte sich zurück und setzte sich so hin, dass das Mondlicht auf sein Gesicht fiel, wodurch sein Dreitagebart und sein langes, dunkles Haar, das ihm bis knapp über die Schultern reichte, zu sehen waren. „Das ist doch lächerlich. Du hast keinerlei Grund dazu, mir zu misstrauen."

So leicht würde sie es ihm nicht machen. „Ich habe auch keinerlei Grund dazu, dir zu vertrauen. Du warst jahrelang verschwunden und bist plötzlich zurückgekehrt. Ich weiß nicht mal mehr, wer du bist."

„Ich bin noch immer der, der ich immer war. Für manche Leute ist es normal, auf Reisen zu gehen, weißt du? So ist das Leben nun mal!"

Und selbst nach all dieser Zeit war Alex immer noch in der Lage, mit seiner verdammten Überheblichkeit ihr Blut vor Wut zum Kochen zu bringen. Am liebsten hätte sie ihm irgendwas entgegengeschleudert, vielleicht einen Blitz? „Was willst du hier?"

Sie starrten einander über den Tisch hinweg an, wobei Avery nur ein Glitzern des Mondlichts in seinen Augen sehen konnte, bis er mit erzwungener Geduld sagte: „Es leben jetzt fünf von uns Hexen hier in White Haven, fünf von uns, die der alten Magie mächtig sind. Wir sollten ein Treffen organisieren. Unsere Kräfte bündeln. Und es ist mir schleierhaft, warum ihr das noch nicht getan habt."

„Bis jetzt bestand noch nicht die Notwendigkeit, einen Hexenzirkel zu gründen und ich für meinen Teil arbeite gern allein." Innerlich schalt sie sich selbst. Warum hörte sich das so defensiv an? Schließlich war es völlig in Ordnung, allein zu arbeiten.

„Ich habe mit Elspeth gesprochen. Sie hätte nichts gegen einen Hexenzirkel einzuwenden."

Avery verdrehte die Augen. „Natürlich hätte sie nichts dagegen einzuwenden."

„Das ist doch in Ordnung! Wir können Ideen und Stärken teilen."

„Wir sind alles Hexen! Warum sollten wir unsere Stärken teilen?"

„Oh, mal sehen", seufzte er. „El kann Metall umformen, und zwar hervorragend. Metall und Edelsteine. Besser als jeder andere von uns. Hast du gesehen, was sie in letzter Zeit geschaffen hat?"

„Nein."

„Das solltest du aber. Und was für uns besonders nützlich ist: Sie kann einen Athame und andere nützliche Gegenstände, die wir in unseren Ritualen verwenden, mit Magie versehen."

„Das kann ich auch", entgegnete sie ungeduldig, „wir alle können das. Wir sind Hexen."

„Aber wir können es nicht so gut wie sie", erklärte er mit Nachdruck. „Und Briar ist hervorragend im Umgang mit Kräutern und in der Heilkunst. Besser als wir alle", fügte er hinzu und unterbrach sie, bevor sie protestieren konnte. „Gil ist besonders gut in der Wassermagie. Und dann gibt es noch dich." Er hielt inne und sah sie nur an, sein Gesichtsausdruck unergründlich. Er machte sie nervös.

„Was ist mit mir?" Sie ärgerte sich über ihn, weil er so logisch dachte, und sie spürte, wie der Wind um sie herum aufkam, als ihr Ärger zunahm.

Er lachte, und das Weiß seiner Zähne hob sich hell von seinem Gesicht ab, das im Dunklen lag. Er sah sich um, und Strähnen seines Haares wurden ihm von einer Brise ums Gesicht geweht. „Mache ich dich wütend? Ich bin sicher, dass du es bist, die diesen Wind verursacht."

Sie runzelte die Stirn und unterbrach ihre Konzentration, woraufhin der Wind sofort abflaute.

„Luft. Du kannst sie so mühelos kontrollieren. Und neue Beschwörungen, deine Intuition – das sind deine Stärken."

Seine Kenntnis über sie brachte sie so sehr aus der Fassung, dass sie sarkastisch reagierte. „Und was kannst du, Alex? Was kannst du einbringen?"

„Meine Fähigkeit, hellzusehen, zu prophezeien, meine astralen Kräfte. Und Feuer." Er warf einen Blick auf die Kerze, die auf der Seite des Tisches stand und nicht brannte. Plötzlich flammte sie auf, die Flamme schoss einen Meter in die Luft, bevor sie sich zu einer kleinen, orangefarbenen Flamme entwickelte. Das Licht fiel auf sein Grinsen. „Ich brenne heiß, Avery. Das ist besonders praktisch in kalten Nächten."

„Wie schön", entgegnete sie und versuchte, die Bilder zu verdrängen, die vor ihrem geistigen Auge auftauchten. Sie löschte die Flamme so schnell, wie er sie entzündet hatte, und der Rauch stieg zwischen ihnen auf.

Er beugte sich vor. „Ich berufe eine Versammlung ein. Die anderen sollten wissen, dass wir etwas wahrgenommen haben. Wir müssen auf der Hut sein. Bei mir, heute Abend um zehn Uhr." Er stand auf und verdeckte noch einmal kurz den Mond, bevor er mit großen Schritten zum Tor ging. „Übrigens, die Schutzzauber um dein Haus müssen verstärkt werden. Bis später, Avery."

Alex war 29, ein Jahr älter als sie, und sie waren auf dieselben Schulen gegangen und hatten dieselben Kräfte, und doch machte er sie rasend. Sie sah ihm nach, dann blickte sie zum Mond auf und hätte am liebsten geschrien, aber der Mond gebot ihr zu schweigen, also raffte sie die Karten zusammen, mischte sie und legte sie erneut aus.

Avery wachte im Morgengrauen aus einem unruhigen Schlaf auf, das spärliche Licht drang durch die Vorhänge im Schlafzimmer. Sie hatte mehr an Alex gedacht als an die ominöse Prophezeiung, und das ärgerte sie besonders. Sie hasste es, dass er sich einfach in ihre Gedanken schlich und sich dort einnistete.

Auf dem Weg zur Arbeit war sie gereizt. Sie arbeitete in einem Buchladen namens *Happenstance Books*, den sie zusammen mit dem dazugehörigen Gebäude von ihrer Großmutter geerbt hatte. Der Laden führte neue und gebrauchte Bücher, Belletristik, Sachbücher und Esoterik – Hexerei, Wahrsagerei, Engel, Teufel und alles dazwischen – sowie Tarotkarten, Räucherstäbchen, Grußkarten, Postkarten und andere okkultistische Gegenstände. Der Laden lag gut, auf halber Höhe einer kleinen Seitenstraße, die vom Meer heraufkam, und eingekeilt zwischen einem Café und einem Geschenkeladen, der Touristen mit Souvenirs aus der Region lockte. Er war mit hohen Regalen ausgestattet, die sich um die Wände und durch die Mitte zogen und den Innenraum in schmale Gänge unterteilte. Eine Auswahl an bequemen Stühlen und ein kleines Sofa waren an strategischen Stellen platziert, um zum Lesen und Verweilen einzuladen, und es roch angenehm nach altem Papier, Kaffee und Weihrauch.

Sally, die zugleich ihre Freundin und auch die Filialleiterin war, war bereits im Lagerraum im hinteren Teil des Ladens und packte eine

Kiste mit alten Büchern aus, die Avery vor einer Woche von einer Haushaltsauflösung mitgebracht hatte. Sie wusste, dass Avery eine Hexe war, auch wenn sie sie nie so nannte. Nach all den Jahren der Freundschaft war es unvermeidlich, dass sie es wusste, obwohl Avery so tat, als wäre es etwas viel Unverbindlicheres, als es in Wirklichkeit war, und Sally ließ sie damit davonkommen.

Sally hob den Kopf und lächelte. „Du bist früh dran! Hat dich jemand aus dem Bett geschmissen?"

„Sehr witzig! Schlecht geschlafen. Und du?"

„Du kennst mich doch, ich bin Frühaufsteherin. Der Kaffee ist fertig, wenn du einen möchtest."

„Ich möchte nicht nur einen Kaffee, ich brauche einen!", erklärte sie und ging in die kleine Küche, wo sie den Duft des Kaffees genüsslich einatmete. Sie zögerte einen Moment und rief dann: „Alex hat mich gestern Abend besucht."

Es wurde still, als das Rascheln der Bücher verstummte, und Sally kam zur Tür und lehnte sich an den Rahmen. „Ich dachte, ihr versteht euch nicht?"

„Tun wir auch nicht, irgendwie. Aber er hat das Gleiche gespürt wie ich." Sie sah sie an und überlegte, was sie preisgeben sollte. Am Ende erzählte sie ihr einfach alles. „Ich habe gestern Abend die Tarotkarten gelegt und etwas gesehen. Etwas Dunkles. Ich habe keine Ahnung, was es war, aber Alex hat es auch gesehen. Er kam, um mit mir zu reden. Um zwei Uhr morgens!"

„Er wusste also, dass du noch auf bist", hakte Sally nach und zog fragend die Augenbrauen hoch. „Habt ihr zwei eine übersinnliche Verbindung?"

Avery schüttelte den Kopf, lehnte sich gegen die Theke und nahm einen Schluck Kaffee. Süß und stark, genau wie sie ihn mochte. Vielleicht würde sie sich bald wieder wie ein Mensch fühlen. „Nein! Das hoffe ich zumindest. Es ist ausgesprochen irritierend."

Sally lehnte sich an den Türrahmen. „Ich mag ihn, ich verstehe nicht, warum du ihn nicht magst. Er ist ehrlich und betreibt einen tollen Pub! Er hat gerade einen hervorragenden Koch. Warst du schon mal da?"

„Nein, nicht seit er wieder hier ist."

„Bist du sicher, dass zwischen euch beiden nichts gelaufen ist?"

Avery verdrehte die Augen. „Nein. Jedenfalls will er heute Abend in seinem Pub mit uns reden. Er hat ein Treffen mit den anderen einberufen." Sally wusste genau, wen sie mit den anderen meinte.

„Das ist wahrscheinlich eine gute Idee", nickte Sally. „Gemeinsam ist man stark."

„Oh, fang du nicht auch noch an."

Sally grinste und fuhr sich mit der Hand durch ihr blondes Haar. „Ich würde nicht zögern, wenn Alex mich einladen würde. Er sieht verdammt gut aus."

„Und er weiß das. Außerdem bist du verheiratet und hast zwei Kinder!"

Sally hatte ihren Jugendfreund im Alter von zwanzig Jahren geheiratet, und schon nach ein paar Jahren hatten sie ihr erstes Kind bekommen, dem schnell ein zweites gefolgt war. Avery hatte keine Ahnung, wie sie es schaffte, den Laden und ihr Familienleben so effizient unter einen Hut zu bekommen.

„Ich meinte, wenn ich Single wäre!" Sally wechselte das Thema und sah leicht besorgt aus. „Also, ist das ernst, was du und Alex gesehen habt? Du hast so etwas noch nie erwähnt."

Avery bereute sofort, etwas gesagt zu haben, und schüttelte den Kopf. „Nein, wahrscheinlich nicht. Ich habe wahrscheinlich eine Rivalin, die eine neue Buchhandlung eröffnet. Ich bin sicher, dass alles in

Ordnung ist. Es war nur irgendwie unheimlich, dass Alex aufgetaucht ist, und ich habe wahrscheinlich mehr hineingelesen, als ich hätte tun sollen. Aber egal, ist etwas Gutes in der Kiste?"

Sally ging wieder in den Lagerraum. Avery folgte ihr, und zog ein Buch aus der Kiste, die sie gerade ausgepackt hatte. „Alte Ausgaben der Klassiker, aber nichts wirklich Aufregendes. Jedenfalls noch nicht. Ich muss später noch bei jemandem Bücher abholen. Es sei denn, du willst das übernehmen? Eine von uns muss die Lagerbestände aktualisieren." Sie lächelte, denn sie wusste, dass Avery die Bestandsaufnahme hasste.

Avery lächelte: „Ich würde gern diese Kisten abholen! Danke, Sally. Wohin muss ich?"

„Erinnerst du dich an die kleine alte Dame, die manchmal herkam? Anne? Sie war eine Art Lokalhistorikerin."

„Ja, ich glaube schon." Avery versuchte, es nicht zu wichtig zu nehmen, aber sie erinnerte sich an sie. Menschen, die in der Geschichte der Stadt nachforschten, bereiteten ihr immer Sorgen. Sie wollte nicht, dass sie etwas herausfanden, das sie lieber geheim halten wollte. Sie war Anne gegenüber höflich gewesen, hatte aber ansonsten versucht, auf Distanz zu bleiben.

„Nun, sie ist vor ein paar Wochen gestorben und hat uns ein paar Bücher hinterlassen."

„Oh", plötzlich fühlte sich Avery schlecht und auch ein wenig erleichtert. „Das tut mir leid. Sicher, ich fahre dorthin. Wer hat das arrangiert?"

„Ihr Sohn Paul. Ich habe ihn nicht persönlich kennengelernt, er hat nur angerufen. Ich habe vereinbart, sie am Vormittag bei ihr zu Hause abzuholen. Alles in Ordnung, Avery? Du siehst etwas merkwürdig aus."

Das Gefühl der Unruhe war wie eine Flutwelle über sie hereingebrochen, und Avery war schwindelig. „Nein, mir geht es gut, ich habe schlecht geschlafen, schon vergessen? Ich brauche mehr Kaffee." Sie ging zurück in die Küche und versuchte, ihre Besorgnis zu verdrängen.

Avery hielt vor einem großen, alten Haus, das auf einer Anhöhe am Stadtrand lag und von dem aus man aufs Meer blicken konnte. Als sie es sah, durchlief sie ein Schauder. Etwas hatte ihre Hexensinne alarmiert, etwas Magisches. Es war nur ein Hauch, aber der war deutlich zu spüren.

Nachdenklich betrachtete sie das Haus. Anne hatte keinerlei Anzeichen von Magie gezeigt, warum konnte sie also hier etwas spüren? Und was war mit ihrem Sohn Paul? Sie waren mit Sicherheit nicht mit den anderen vier Hexen in der Stadt verwandt, und sie war sich ziemlich sicher, dass es keine weiteren gab. War dies eine Falle? Aber wenn er eine männliche Hexe gewesen wäre, hätte er doch sicher versucht, die magischen Schwaden, die sie wahrnahm, zu verbergen.

Das Haus war aus dem hellen, cremefarbenen Stein erbaut, aus dem auch viele andere Häuser in der Gegend gebaut worden waren, genau wie die alten Steinmauern, die die Felder und Wege säumten. Er lag an einer mit Büschen und Bäumen überwucherten Zufahrt. Das Pflaster war rissig, die Farbe an den Tür- und Fensterrahmen blätterte ab, und das ganze Haus sah aus, als müsste es dringend renoviert werden. Früher war dieses Haus eines der begehrtesten Häuser in White Haven gewesen, und wahrscheinlich würde es das auch wieder werden, nachdem eine Menge Geld in die Renovierung gesteckt worden war. Sie blickte die Straße entlang. Alle anderen Häuser hier waren in einem viel besseren Zustand. Sie war sich sicher, dass die Nachbarn es kaum erwarten konnten, dass die Renovierung endlich losging. Aber verbarg sich hinter der rissigen Fassade vielleicht noch etwas anderes?

Sie saß ein paar Minuten da, beobachtete das Haus und versuchte, eine Bedrohung zu erkennen, aber außer dem Hauch von Magie spürte sie nichts.

Avery schaute in den Rückspiegel und überprüfte ihr Aussehen. Ihre langen, roten Haare waren offen und relativ ordentlich, und ihre hellgrünen Augen wirkten nicht mehr so müde wie am Morgen. *Kaffee war etwas Wunderbares.* Sie überprüfte ihr Make-up, griff nach ihrem Handy und sah nach, ob sie Nachrichten erhalten hatte, dann stieg sie aus ihrem alten grünen Bedford-Van, den sie ebenfalls von ihrer Großmutter geerbt hatte, und schloss ihn hinter sich ab. Sie glättete ihr langes, dunkelblaues Maxikleid, um einen guten Eindruck zu machen.

Als sie die Einfahrt entlangging, warf sie einen Blick in den Garten, konnte aber nichts Ungewöhnliches entdecken, bis sie zur Eingangstür kam, wo auf beiden Seiten Kübel mit üppigen Thymian- und Salbei-Büschen standen. Gewöhnliche Pflanzen, die aber auch eine Schutzfunktion hatten. Und an der Ecke des Türrahmens sah sie eine kleine Markierung. Ein weiteres Schutzsymbol. Das Ganze wurde immer seltsamer. Sie klingelte und wartete ein paar Augenblicke, während sie ihre Finger lockerte, für den Fall, dass sie sich verteidigen musste. Schließlich hörte sie Schritte näherkommen. Die Tür schwang auf und gab den Blick auf einen gestresst wirkenden Mann in den Sechzigern frei. Er sah sie verwirrt an.

„Kann ich Ihnen helfen?"

„Ich bin Avery von *Happenstance Books.* Sie müssen Paul sein? Sie haben mich gebeten, die Bücher Ihrer Mutter – Anne Somersby – abzuholen. Komme ich gerade ungelegen?" Sie lächelte aufmunternd.

„Oh ja, entschuldigen Sie, natürlich. Ich bin etwas abgelenkt – ich sortiere gerade einige Unterlagen. Kommen Sie bitte herein." Er beugte sich vor und schüttelte ihre Hand. „Folgen Sie mir einfach, ich zeige Ihnen die Bibliothek." Er lachte: „Nun, es ist nicht wirklich eine Bibliothek, aber es gibt dort eine Menge Bücher."

Avery entspannte sich ein wenig. Sie konnte nichts Magisches oder Bedrohliches an ihm wahrnehmen. Er ging vor ihr her und führte sie durch den langen Gang zu einem Raum im hinteren Teil des Hauses, von dem aus man einen Blick auf den weitläufigen Garten hatte.

Sie blieb am Fenster stehen und sagte: „Wow, was für ein schöner Garten."

Er lachte: „Es war ein wunderschöner Garten. Jetzt ist er ein einziges Chaos."

Sie lachte ebenfalls. „Nun, Sie wissen, was ich meine. Der Garten wird wieder schön werden." Sie sah sich im Raum um, in dem sie sich befand: „Und das hier ist auch toll!"

„Sie sind eine Bücherliebhaberin. Aber in meinen Augen stellen sie nur noch mehr Zeug dar, um das ich mich kümmern muss. Aber ja. Es ist ziemlich eindrucksvoll."

Die Decken waren hoch, und der Raum war mit schweren Eichenregalen voller Bücher gefüllt. Die wenigen nicht mit Regalen bedeckten Wände waren mit der gleichen dunklen Eiche verkleidet. Und irgendetwas verströmte Magie – Avery konnte es jetzt noch stärker spüren. Sie versuchte, ihre Aufregung zu verbergen und einen gelassenen Eindruck zu machen. „Hat Anne mir all das hinterlassen?"

Er deutete in den Raum: „Alle, aber natürlich müssen Sie nicht alle nehmen." Er sah verwirrt aus. „Kannten Sie sie gut?"

Avery räusperte sich verlegen. „Wenn ich ehrlich bin, eigentlich nicht. Sie kam ab und zu in den Laden, hat sich mit mir unterhalten und Bücher gekauft." Sie zuckte mit den Schultern. „Ich vermute, dass sie mir die Bücher deshalb hinterlassen hat, damit ich sie mit nach Hause nehme. Es tut mir leid, dass sie gestorben ist."

Paul lächelte traurig. „Danke, aber sie hatte ein erfülltes Leben." Er deutete auf die Regale. „Da sind ein paar alte Geschichtsbücher über die Stadt, die sie selbst zusammengestellt hat und die sie Ihnen unbedingt geben wollte. Sie bestand sogar darauf, bevor sie gestorben ist. Ich musste ihr versprechen, dass ich es nicht vergessen würde. Sind Sie auch ein Geschichtsfan?"

Avery versuchte, ihre Überraschung mit einer kleinen Lüge zu überspielen. „Sehr sogar. Man kann nicht in White Haven leben, ohne seine Geschichte zu lieben. In meinem Laden verkaufen wir viele Geschichtsbücher."

Paul lachte: „Eine ziemlich düstere Geschichte, an manchen Stellen! Mit Hexen, Höhlen, Schmuggel und Schiffswracks – der Ort ist voll von seltsamen Geschichten!"

Averys Herz machte einen Sprung, als sie das Wort Hexen hörte, und sie lachte mit ihm, während sich ihr die Nackenhaare sträubten. „Das stimmt, aber das ist in vielen alten Dörfern an der Küste nicht anders, denke ich."

Paul nickte. „Wie dem auch sei, ich mache mich besser an die Arbeit. Ich bin im Arbeitszimmer und gehe weitere Unterlagen durch." Er seufzte. „Sie hat alles gesammelt, wissen Sie. Möchten Sie einen Kaffee?"

„Ja, bitte, Kaffee klingt gut. Schwarz mit zwei Zucker."

Er verschwand, und für einen Moment stand Avery einfach nur da und dachte nach, während ihr Herz heftig pochte. Sie spürte Magie, und Anne hatte sie gebeten, hierher zu kommen. Hatte sie gewusst, was sie war? Darüber konnte sie jetzt nicht nachdenken. Sie wandte sich wieder den Büchern zu. Sie musste sich sehr zusammenreißen, um nicht hinüberzulaufen und sie aus den Regalen zu nehmen.

Irgendetwas war definitiv hier, ihre Hexensinne kribbelten wie verrückt. Sie überflog schnell die Regale. Sie waren vollgestopft mit alten, abgegriffenen Taschenbüchern, gebundenen Büchern und Büchern mit alten Ledereinbänden – eine Mischung aus Klassikern, Liebesromanen, Thrillern und Nachschlagewerken. Sie konzentrierte sich darauf, wo sie die Kraft der Magie besonders heftig spürte, und sah auf.

Dort, in der hinteren Ecke, auf einem Regal ganz oben, stand eine Reihe alter Bücher in Ledereinbänden. Gerade als sie einen Stuhl als Trittleiter benutzen wollte, ging die Tür auf, und Paul kam mit ihrem Kaffee herein.

„Haben Sie etwas gefunden, das Ihnen gefällt?", fragte er, während er den Kaffee auf einem kleinen Tischchen abstellte.

„Eine Menge Thriller und Klassiker, die sich gut verkaufen lassen und ein paar Nachschlagewerke." Sie versuchte, sich ihre Aufregung nicht anmerken zu lassen. „Wo hat Ihre Mutter ihre Bücher denn sonst noch so herbekommen, wissen Sie das zufällig?"

„Ich habe keine Ahnung! Ich würde annehmen, dass sie sie schon vor Jahren gekauft hat. Mit zunehmendem Alter ist sie nicht mehr so oft aus dem Haus gegangen." Er betrachtete den überall vorhandenen Staub und den generell etwas heruntergekommenen Zustand des Zimmers seiner veralteten Inneneinrichtung. „Ich glaube nicht, dass sie etwas anderes gemacht hat, als sich Familienstammbäume anzusehen. Sie wissen ja sicher, dass sie sich sehr für die lokale Geschichte interessiert hat. Früher ist sie immer in die Bücherei gegangen, um in den Archiven herumzustöbern, und später hat sie sich dann einen Computer besorgt und dort ihre Nachforschungen angestellt." Bei der Erinnerung daran leuchtete sein Gesicht auf und lächelte. „Ich war ziemlich beeindruckt, als sie sich den Computer besorgt hat. Selbst im hohen Alter hat sie nie aufgehört, etwas Neues zu lernen!" Er zeigte auf die Bücherregale. „Sie wollte vor allem, dass Sie alle Akten bekommen, die sich auf diesem Regal befinden. Sie hat sich besonders für die alt eingesessenen Familien der Gegend interessiert. Alle Informationen dazu finden Sie bestimmt in jenem Abschnitt."

Sie hat sich für alteingesessene Familien interessiert? Erneut verspürte sie ein unangenehmes Kribbeln. Ihre Familie sowie die von Alex und Gil gehörten sicher zu den ältesten. Sie waren alle magisch. Sie hatten alle ihre Geheimnisse. „Ich werde Ausschau danach halten."

„Es tut mir leid, aber da werden Sie sich sicher mit einer dicken Staubschicht herumschlagen müssen."

„Das macht mir nichts aus. Ich bin das gewöhnt. Ich muss öfter Bücher aus alten Häusern abholen."

Er nickte. „Okay, dann lass ich Sie mal machen."

Kaum war er gegangen, zog sie einen Stuhl heran, stellte sich darauf und griff nach einer Reihe von Büchern. Nachdem sie ein paar Bände herausgezogen hatte, hatte sich eine Staubwolke um sie herum ausgebreitet, sodass sie husten und blinzeln musste. Sie nahm so viele Bücher, wie sie tragen konnte, und brachte sie zu dem Tisch am Fenster. Die Namen waren nicht sehr vielversprechend: *Wildblumen bestimmen, Die Höhlensysteme des West Country, Kräuter und ihre Heilkräfte, Englisch Folklore, Legenden des Südens.* Das war nicht, womit gerechnet hatte, aber trotzdem war es interessant. Sie nahm ein paar der Bücher und überflog sie, fand aber nichts Interessantes. Dann nahm sie das Buch über die Höhlensysteme und schüttelte es. Ein Schwarzweißfoto fiel heraus und auf den Boden, wobei es eine schwache Spur von Magie hinterließ.

Sie hob es auf, hielt es ins Licht und hätte es fast vor Schreck wieder fallen lassen. Auf dem Foto war ein Haus zu sehen, nicht ganz scharf, mit gepflegten Gärten und einem kleinen Wäldchen im Hintergrund. Vor dem Haus befand sich eine Frau mit zwei kleinen Kindern, die ohne zu lächeln und mit finsteren Gesichtern in die Kamera starrten.

Trotzdem waren sie unschwer zu erkennen. Sie kannte das Haus – es gehörte Gil. *War das etwa seine Mutter? Nein*, rief sie sich schnell zur Ordnung. Dazu war das Foto zu alt. Es musste sich um seine Großmutter, wenn nicht sogar seine Urgroßmutter handeln? Und bei den Kindern handelte es sich entweder um seine Mutter oder seinen Vater und einer Tante oder einen Onkel. Sie konnte sich nie daran erinnern, von wem er seine Magie geerbt hatte.

Nachdem sie sich von ihrem ersten Schrecken erholt hatte, setzte die Enttäuschung ein. Gil war eine männliche Hexe – vielleicht stammte das Foto aus seinem Haus? Konnte sie deshalb Magie hier spüren? Sie drehte das Foto um und sah, dass jemand etwas in einer Handschrift darauf geschrieben hatte, die aussah, als wäre derjenige in Eile gewesen. *„Die echten Jacksons.“*

Mit zitternden Händen sah sie sich im Raum um, als ob sie beobachtet werden würde. Sie kannte Gil schon ihr ganzes Leben lang. Und sie mochte ihn, sehr sogar. Er war ihr immer so vertrauenswürdig vorgekommen, doch nun hegte sie Zweifel. Dieses Foto legte nahe, dass Gil kein echter Jackson war. Aber wenn das stimmte, wer war er dann?

Averys Zuhause befand sich in White Haven, einem kleinen Städtchen am Meer an der Küste von Cornwall. Es handelte sich um ein altes und malerisches Örtchen mit alten Steinhäusern mit Bleiglasfenstern, winzigen Gassen, Kopfsteinpflaster und Blick auf den Steg, mit kleinen Geschäften und Restaurants, die sich bis zum Meer hinunter erstreckten, wo kleine Fischerboote auf den Wellen im Hafen schaukelten. Vor den Läden und Pubs hingen Körbe und standen Blumentöpfe und alles war einfach malerisch. Hinter der Stadt lagen weitläufige Felder, die sich als weite Felder bergan vom Meer weg ausdehnten.

Dies war der Ort, den sie ihr Zuhause nannte, ein Ort, der voller Magie war. Er hatte eine besondere Atmosphäre, wie einige der alten Städte und Dörfer, die ihre uralte Magie über die Jahre bewahrt hatten. Viele spürten das, und es zog New Age-Anhänger, Wicca-Anhänger, Medien, Heiden und Spiritisten an, obwohl sie bezweifelte, dass irgendjemand wusste, dass echte Hexen tatsächlich unter ihnen waren.

Es war jetzt fast zweiundzwanzig Uhr, ihr Abendessen aus gebackenen Bohnen auf Toast war schon ein paar Stunden her und sie hatte wieder Hunger. Ein Teil von ihr wünschte sich, sie wäre mit Sally in den Pub gegangen, um wie üblich nach der Arbeit mit Freunden etwas zu trinken, aber andererseits wollte sie unbedingt Annes Notizen lesen, bevor sie sich mit den anderen Hexen traf.

Der Verkehr in der Stadt war immer ein Albtraum, also ging sie von ihrem Geschäft zum Pub hinunter, dachte an Alex und versuchte, die lästigen Gefühle zu vertreiben, die er immer in ihr hervorrief.

Sie hatte ständig das Gefühl, dass er sich für etwas Besseres hielt, und das nahm sie ihm übel. Vor ein paar Jahren hatte er White Haven verlassen, und sie hatte keine Ahnung, warum oder wohin er gegangen war. Vor ein paar Monaten war er zurückgekehrt und hatte den alten Pub am Kai übernommen, der seinem Onkel gehörte. Es war ein Schock gewesen, ihn wiederzusehen. Seit seiner Rückkehr hatte sie ihn nur selten gesehen, außer als er in ihren Laden gekommen war, um ihr zu sagen, dass er zurück war. Es hatte sie überrascht, dass er überhaupt das Bedürfnis gehabt hatte, ihr das mitzuteilen. Er sah so gut aus wie eh und je, jetzt, wo er älter war, sogar noch besser. Er hatte sich in ihrem Laden umgesehen, bis sie Zeit für ihn hatte, und war dann grinsend zur Ladentheke geschlendert. „Lange nicht gesehen, Avery. Ich dachte, ich sage dir Bescheid, dass ich wieder da bin, falls du mal etwas brauchst."

„Danke, Alex. Sehr großzügig von dir. Aber ich denke, ich komme schon klar."

„Immer noch die alte Avery. Wenn du deine Meinung änderst, weißt du ja, wo du mich findest." Und dann war er wieder zur Tür hinaus gegangen.

Seitdem war sie ihm auf ein paar Partys und in ein paar Bars mit gemeinsamen Freunden begegnet, wo sie ein paar Mal miteinander geplaudert hatten, aber das war auch schon alles. Und doch war er gestern Abend zu ihr gekommen, hatte gewusst, dass sie eine Vorahnung gehabt hatte.

The Wayward Son, Alex' Pub, lag an einer der Straßen am Kai mit Blick auf den kleinen Hafen mit seinen Fischerbooten. Sie konnte die Meeresluft riechen. Das löste immer ein Kribbeln in ihr aus.

Als sie eintrat, umgab sie ein Stimmengewirr und Musik; der Pub war brechend voll. Sie ging zum Tresen und sah, wie Alex sich von der anderen Seite des Pubs auf sie zubewegte und seine beiden Barkeeper sich um die anderen Gäste kümmern ließ. Sein dunkles Haar war zurückgebunden, aber er hatte sich immer noch nicht rasiert; dunkle Stoppeln bedeckten sein Kinn und seine Wangen. Er trug ein schwarzes T-Shirt und alte Jeans und sah viel zu gut aus. „Guten Abend", sagte er mit einem lässigen Grinsen. „Was darf es sein?"

„Ein großes Glas Rotwein, bitte. Und eine Packung Käse-Zwiebel-Chips."

Er griff hinter sich und nahm eine Flasche Merlot. „Ich vermute, die Dame mag einen vollmundigen Rotwein mit einem Hauch von Würze. Klingt das gut?"

„Perfekt, danke", erwiderte sie, da sie das Gefühl hatte, dass Unhöflichkeit in seinem Pub keine gute Idee wäre.

„Der Wein geht aufs Haus, und vergiss die Chips, oben gibt es auch was zu essen."

„Wirklich?", fragte sie, und ihre Feindseligkeit ihm gegenüber war vorübergehend vergessen.

„Natürlich, ich möchte meine Gäste gerne gut versorgen." Er deutete auf die Treppe im hinteren Teil des Pubs. „Geh schon mal vor, ich komme gleich nach. Du musst die Tür aufschließen, aber du weißt ja, wie das geht", und wandte sich dann einem anderen Gast zu.

Sie nahm ihr Glas und ging durch den überfüllten Hauptraum nach hinten, wie er ihr gesagt hatte. Hinter dem kleinen Raum, der auf den Biergarten hinausging, befand sich eine Treppe. Draußen wehte eine Brise durch den Hofgarten und bewegte die Lichterketten, die das Licht auf die draußen sitzenden Gäste warfen. Der hintere Raum war viel ruhiger und dunkler als der Hauptteil des Pubs und wurde nur von weiteren Lichterketten, Kerzen auf den Tischen und dezentem Deckenlicht in den Ecken beleuchtet. Es schien, als wären nur Einheimische hier, und sie nickte einigen, die sie kannte, zur Begrüßung zu.

Sie ging die Treppe hinauf und auf einen breiten, dunklen Treppenabsatz, wo sie eine verschlossene Tür vorfand. Sie flüsterte einen Zauberspruch, um sie zu öffnen, und als sie das Klicken des Schlosses hörte, drehte sie den Türknauf und ging hinein.

Avery wusste, dass Alex die gesamte erste Etage für sich allein hatte. Er vermietete keines der Zimmer, weil er meinte, dass sei zu viel Arbeit, aber sie hatte das obere Stockwerk noch nie gesehen und war überrascht, wie gut es aussah. Er hatte so viele Wände durchbrochen, wie es die Sicherheit zuließ, und so war seine Wohnung groß und geräumig, mit einer offenen Küche und einem offenen Wohnbereich, unverputzten Ziegelwänden und einem riesigen Kamin. Ein großes, weiches Ledersofa dominierte den Wohnbereich, und ein großer Teppich bedeckte die blank polierten Dielen. Sie war beeindruckt. Alex hatte Stil. Da sie als Erste da war, schaute sie sich kurz um und stellte fest, dass es ein Schlafzimmer und ein Badezimmer gab, und weiter nichts.

Vom Gedanken an Essen angezogen, ging sie in die Küche und fand ein paar abgedeckte Schüsseln mit Crackern, Oliven und Gewürzgurken. Sie knabberte ein paar Oliven und nippte an ihrem Wein, während sie sich fragte, wo die anderen waren. Doch schon kurz darauf öffnete sich die Tür, und Briar kam herein. Sie blieb überrascht stehen, als sie Avery in der Küche sah.

Briar war etwa so alt wie Avery, Ende zwanzig, mit haselnussbraunen Augen und kastanienbraunem Haar, das ihr in Wellen über ihre Schultern fiel. Sie war zierlich, kaum größer als ein Meter fünfzig, und schlank. Sie trug Spitze und viele Weiß- und Pastelltöne, und von allen Hexen war sie nicht nur die beste in Kräuterkunde und der Herstellung von Tränken, sondern auch in der Heilkunst. Briar verkaufte Cremes und Lotionen, Kräuterheilmittel und alte Hausmittel in ihrem Laden, der *Charming Balms Apothecary*. Sie hatte ihn bewusst altmodisch gestaltet, und alle liebten ihn, vor allem, weil ihre Mittel tatsächlich wirkten. Die Haut sah besser aus, die Augen strahlten, die Nägel waren fester, alte Beschwerden ließen nach. Die Magie war subtil, aber sie war da.

Briar war normalerweise sehr sanft und freundlich. Avery spürte jedoch, dass sie sich in diesem Moment leicht gereizt fühlte. Sie schloss die Tür hinter sich und sagte: „Du bist also gekommen! Ich hatte wirklich nicht damit gerechnet.“

Avery war ein wenig schockiert. *War sie so ungesellig?* Sie lächelte halb. „Ich war mir auch nicht sicher, aber hier bin ich.“ Sie fragte sich, ob Briar verärgert war. „Wie geht es dir? Wir haben uns schon seit einer ganzen Weile nicht mehr gesehen.“

„Mir geht es gut, Avery. Ich bin nur beschäftigt. Der Laden ist im Moment sehr gut besucht. Ich kann mich nicht beschweren, es ist Sommer. Es wird sich bald wieder beruhigen.“

„Ich weiß, was du meinst“, erwiderte Avery nickend. „Ich hatte auch viel zu tun.“

Briar verschwendete keine Zeit. Sie lehnte sich von der Wohnzimmerseite aus an die Theke und nippte an ihrem Weißwein. „Also, worum geht es bei diesem Treffen? Es muss wichtig sein, normalerweise kommst du nicht hierher.“

Das Wort „normalerweise“ ließ Avery zusammenzucken. „Nein, das tue ich nicht“, antwortete sie. „Aber Alex hat darauf bestanden.“

Briar lachte. „Und wann hat das jemals einen Unterschied gemacht?"

Bevor sie antworten konnte, kamen Gil, Elspeth und Alex zusammen herein und brachten ein Durcheinander aus Gelächter und Geplauder mit.

Alex sah überrascht aus. „Toll, du bist auch hier, Briar! Ich habe dich gar nicht kommen sehen."

„Du warst beschäftigt", entgegnete sie und umarmte ihn. „Simon hat mich bedient."

Avery fühlte sich bereits wie eine Außenseiterin, denn die anderen schienen sich alle sehr wohl miteinander zu fühlen. Sie fragte sich, ob man es ihr ansah, als Elspeth um die Theke herum in die Küche kam und sie umarmte.

Es war eine Weile her, dass Avery sie gesehen hatte, und sie hatte vergessen, wie umwerfend sie war. Elspeth war groß und grazil, mit langen blonden, fast weißen Haaren, die ihr über den Rücken fielen. Sie trug immer roten Lippenstift, der auf ihrer blassen Haut noch leuchtender aussah, aber sie trug auch viel Schmuck. Ringe, ein Nasenpiercing, Halsketten und viele Armreifen, und sie trug fast immer schmal geschnittene schwarze Jeans, Bikerstiefel und Rock-T-Shirts. Elspeth besaß ein Juweliergeschäft und verkaufte ihre eigenen Entwürfe sowie Dinge, die sie von ihren Reisen mitbrachte. All ihre Schmuckstücke waren mit einem Hauch Magie versehen. Sie verkaufte Amulette und Anhänger, die wirklich funktionierten, sowie Ringe, Ohrringe, Haarspangen, Anstecker und Broschen. Sie hatte positive Energien in sie hineingezaubert und auch Edelsteine verwendet. Alex hatte gesagt, dass sie in letzter Zeit mehr Sachen herstellte.

„Avery! Schön, dass du da bist. Alex hat gesagt, dass du kommst, aber ich habe ihm nicht geglaubt."

„Elspeth, hi", brachte sie durch die Umarmung hervor.

„El, bitte, nicht Elspeth! Ich liebe deine Haare, Avery, sie haben so eine schöne Farbe."

„Danke", flüsterte sie, plötzlich war sie sich ihrer langen, dunkelroten Mähne sehr bewusst.

Im Gegensatz dazu stand Gil neben El und sah recht unauffällig aus. Er war kleiner als Alex, sein kurzes dunkelbraunes Haar war ordentlich, und er trug ein schlichtes T-Shirt und dunkelblaue Jeans. Gil betrieb auf dem weitläufigen Grundstück seines Hauses eine Gärtnerei namens *Greenlane Nursery*, die sehr beliebt war. Er beschäftigte ein halbes Dutzend Einheimische, lieferte Blumenampeln an Geschäfte und Unternehmen und half White Haven, an einem jährlichen Gartenwettbewerb, *Britain in Bloom*, teilzunehmen. Er verkaufte die üblichen Sommerblumen, Stauden und Sträucher, hatte sich aber auf Kräuter spezialisiert. Gils Familie war reich und er hatte das Haus und das Grundstück geerbt, das größtenteils privat war, abgesehen von der Gärtnerei und dem Schaugarten.

Gil umarmte sie stürmisch. „Schön, dich zu sehen, Avery."

Avery war verlegen und versuchte, es mit einem Lachen zu überspielen. „Es ist schön, begehrt zu werden. Glaube ich jedenfalls." Sie nahm einen großen Schluck Wein und atmete ein paar Mal tief durch, während die Neuankömmlinge sich Getränke aus dem Kühlschrank holten und Alex Käse und Aufschnitt herausholte.

Er belud ein Tablett und reichte es Avery. „Macht es dir etwas aus?"

„Nein", stotterte sie. „Wo soll ich das hinstellen?"

„Auf den Wohnzimmertisch", wies er sie an und nahm ein weiteres Tablett und ging ins Wohnzimmer.

Die Gruppe folgte ihnen, Gil und Elspeth setzten sich auf das Sofa, während die anderen auf riesigen Bodenkissen Platz nahmen. Avery spürte, wie ein Hauch von Magie durch den Raum wehte, und die

Lichter im Raum wurden schwächer, während das Feuer im Kamin aufflammte.

„So ist es besser", bemerkte El. „Mir wurde langsam kalt." Sie hatte die langen Beine übereinandergeschlagen und nahm einen großen Schluck aus der Bierflasche.

Avery wurde klar, dass sie die beiden schon lange nicht mehr gesehen hatte, und sie fühlte sich plötzlich schuldig, obwohl sie nicht wusste, warum. Sie dachte an das Foto von Gil und fragte sich erneut, was sie tun sollte. Als könne er ihre Gedanken lesen, sah Gil sie an und lächelte.

„Komm schon", sagte Briar. „Was ist los?"

„Muss denn immer etwas los sein?", fragte Alex. „Können sich nicht fünf Hexen einfach mal auf einen Drink am Freitagabend treffen?"

„Manchmal treffen sich vier Hexen – Avery ist normalerweise nicht dabei. Also muss etwas passiert sein."

Alex warf Avery einen Blick zu. „Wir hatten beide eine Vorahnung. Das ist Grund genug, um alle darüber zu informieren."

„Was für eine Art Vorahnung?", fragte Gil besorgt.

„Ladys first", sagte Alex und zwinkerte ihr zu.

Avery versuchte, ihn nicht böse anzusehen. „Ich habe aus den Karten gelesen und gesehen, dass etwas auf uns zukommt. Etwas Dunkles. Etwas, das eine Bedrohung für uns darstellt. Ich habe die Karten mehrmals befragt und immer wieder dasselbe gesehen – den Turm, den Tod, den Narren, den Mond und viele Schwertkarten. Und dann ist Alex bei mir aufgetaucht." Sie drehte sich zu ihm um und sah, dass er sie beobachtete. Seine Augen waren zu Schlitzen verengt, während er ihr zuhörte. „Was ist mit dir, Alex? Du hast noch gar nicht gesagt, was du gesehen hast."

„Ich saß hier – nun ja, eigentlich an der Theke“, sagte er und nickte zu der langen Küchentheke, die die Küche vom Wohnzimmer trennte. „Ich schaute in meinen Kaffee und dachte über meine anstehenden Aufgaben nach, als ich plötzlich eine Welle der Dunkelheit wahrnahm, fast wie ein Blackout, und ich sah einen Mann auf mich zukommen. Er hatte dunkles Haar, aber kein Gesicht, und er verströmte eine Aura der Gefahr. Ich sah Blut und Stahl, vielleicht eine Klinge. Und einen glühenden Zorn und ein Verlangen. Es war so stark, dass ich meine Tasse umgestossen habe und mich fast verbrüht hätte.“

Gil beugte sich vor: „Hast du ihn erkannt? Kam dir irgendetwas bekannt vor?“

„Nichts.“ Alex war ein Spaßvogel, ein Provokateur, aber an diesem Abend war er nicht in der Stimmung für Scherze. „Es kam mir aber so vor, als wäre es etwas Persönliches.“

„Aber was könnte er wollen?“, fragte El. „Wir haben nichts, was jemand, der sich mit Magie auskennt, wollen könnte. Nichts Ungewöhnliches, nichts Mächtiges.“ Sie sah sich in der Gruppe um, verwirrt und fragend: „Nun, ich jedenfalls nicht.“

Avery schüttelte langsam den Kopf. „Ich auch nicht.“ Die anderen stimmten ihr zu, obwohl Gil gedankenverloren auf den Boden starrte. Avery sah zu Alex hinüber. „Aber woher wusstest du, dass ich es auch gespürt hatte? Es war schon etwas seltsam, dass du einfach um zwei Uhr morgens aufgetaucht bist.“

Er zögerte einen Moment und sagte dann: „Du hast mehr als jeder andere von uns – abgesehen von mir – die Gabe des Zweiten Gesichts. Sobald ich meine Vision hatte, wusste ich, dass du auch etwas gespürt haben musst. Ich habe den ganzen Tag gewartet, um zu sehen, ob das Gefühl wieder verschwindet, aber das tat es nicht. Es hat mich aufgeweckt, und ich musste dich sofort sehen.“ Er zuckte mit den

Schultern und sah sie mit einer ungewöhnlichen Vertrautheit an: „Ich kann es nicht anders erklären."

Avery fasste einen Entschluss und sah sich zu den anderen um. „Ich habe heute etwas Interessantes gefunden, auch wenn ich nicht weiß, ob es etwas mit unseren Vorahnungen zu tun hat. Ich habe von einer kürzlich verstorbenen Dame einige Bücher geschenkt bekommen und habe heute ihr Haus besucht, um alles von ihrem Sohn abzuholen. Sie hatte Akten und Stammbäume von vielen alten White Haven-Familien zusammengestellt, sowie Geschichten über Geschäfte, Gebäude und eine interessante Sammlung alter Stadtpläne. Mein Familienstammbaum war dabei, ebenso der von Alex. Ich hatte noch keine Gelegenheit, alles richtig durchzusehen." Sie verschwieg, dass sie das Foto gesehen hatte. „Es war ein bisschen unheimlich, als würde ich ausspioniert."

Die Stimmung änderte sich, und alle senkten ihre Gläser und beugten sich vor.

„Um wen hat es sich gehandelt?", fragte Alex sofort.

„Anne Somersby, sie hat in der Waverley Road gewohnt. Sie war eine alte Dame, die sich ein wenig mit der Lokalgeschichte beschäftigt hat. Ab und zu kam sie in den Laden und hat nachgesehen, welche Bücher wir über die Gegend hatten."

„Was meinst du mit unseren Familiengeschichten?", fragte El.

„Die Familiengeschichte von jedem Einzelnen von uns. Ich habe aber noch nicht alles durchgesehen."

„Was für Familiengeschichten?", fragte Gil, sein Bier auf dem Tisch hatte er vergessen. „Ich meine, was stand in meiner drin?"

War das mehr als die normale Besorgnis, die sie in seiner Stimme hörte? „Ich hatte noch keine Gelegenheit, mir das genauer anzusehen, Gil, aber es sieht aus wie ein Stammbaum mit einer kurzen Biografie einiger Familienmitglieder. Obwohl sie das Gleiche bei vielen alten

Familien in der Gegend gemacht hat. Nicht nur bei denen, die das Hexenhandwerk ausüben.“

„Wurde Magie erwähnt?“

„Nein! Überhaupt nicht.“ Sie verschwieg erneut den Hauch von Magie, den sie entdeckt hatte.

„Was hast du mit den ganzen Aufzeichnungen gemacht, die du gefunden hast?“, wollte Alex wissen.

„Sie sind in meiner Wohnung, die mit Magie versiegelt und geschützt ist, also sind sie sicher.“

Er nickte zufrieden, überraschte sie dann aber mit der Frage: „Der Sohn, wohnt er dort? In ihrem Haus?“

Sie sah ihn verwirrt an: „Keine Ahnung. Warum?“

„Ich denke, wir sollten uns das Haus ansehen. Mal sehen, ob es dort noch mehr gibt.“

„Bist du verrückt? Das ist Einbruch!“

„Wir werden nichts kaputt machen! Wir schauen uns nur um.“

Sie traute ihren Ohren nicht, aber niemand schien etwas dagegen zu haben. „Auf keinen Fall! Was, wenn er da ist?“

„Schau dir morgen die Unterlagen an und dann schau nach, wo er untergekommen ist. Ich denke, wir sollten nachsehen, aber nicht heute Abend. Wir warten, bis du mehr herausgefunden hast.“

El hatte die beiden beobachtet. „Glaubst du, dass das mit deiner Vorahnung zu tun hat?“

Avery zuckte mit den Schultern. „Vielleicht. Oder es könnte ein seltsamer, willkürlicher Zufall sein.“

Gil schüttelte den Kopf. „Wir wissen es besser. Es gibt keine Zufälle. Alles hat eine Bedeutung. Vielleicht hatte sie etwas herausgefunden.“

Im Raum wurde es still, denn sie wussten, dass er recht hatte. Das Schicksal nahm seltsame, unvorhersehbare Wendungen, und nur weil sie die Ursache für etwas nicht nachvollziehen oder die Folgen nicht absehen konnten, bedeutete das nicht, dass es keine Zusammenhänge gab. Es war wie ein Netz, das sie umgab; man musste nur wissen, wo man suchen musste.

Am nächsten Tag war der Laden gut besucht und Avery war müde, vor allem, weil sie erst spät am Abend nach Hause gekommen war.

Als kurz nach fünf Uhr der letzte Kunde gegangen war, machte sie den Laden zu, verabschiedete sich von Sally und ging durch die Hintertür, die normalerweise aus Gründen der Privatsphäre verschlossen war, die Treppe hinauf und in ihre Wohnung.

Das Gebäude, in dem sich ihr Geschäft und ihre Wohnung befanden, stammte aus dem 18. Jahrhundert und bestand ursprünglich aus drei Gebäuden, die ihre Familie vor einigen Jahren gekauft und zu einem einzigen Gebäude umgebaut hatte. Im Erdgeschoss befand sich die Buchhandlung, im ersten Stock ein offenes Wohnzimmer, ein Esszimmer und eine Küche, ein Badezimmer und ein Gästezimmer. Im Dachgeschoss befand sich ihr Schlafzimmer mit eigenem Bad, während der Rest des Raums als Arbeitszimmer und Zauberraum diente.

Der Zauberraum war ihr Lieblingsraum im ganzen Haus. Der Boden bestand aus polierten Holzdielen, die inzwischen leicht abgenutzt waren, und war mit einer Vielzahl bunter alter Teppiche bedeckt. Zwei abgenutzte Ledersofas und ein alter Sessel standen einander zugewandt in der Mitte des Raums, ein kleiner Tisch dazwischen. Am Ende des langen Raums befanden sich ein alter Eichenschrank,

Schubladen und ein Holztisch. An den Wänden standen Regale voller Bücher, viele davon alt und abgegriffen, und ihre gesamte magische Ausrüstung, einschließlich ihrer Kräuter, Tinkturen, Elixiere und Tränke. Und er war unordentlich, wie fast das ganze Haus. Sie sammelte Bücher, Gegenstände, Bilder und Kunstwerke, die sich überall in willkürlichen und ungeordneten Ansammlungen fanden.

Sie ging durch das Wohnzimmer und öffnete die Balkontüren, sodass eine warme Brise durch das Haus strömen konnte. Sie ging in die Küche und zündete ein Bündel Kräuter an, um den Kopf freizubekommen, und goss sich dann ein Glas Wein ein.

Die Kartons, die sie von Anne übernommen hatte, standen noch immer im Wohnzimmer herum. Sie öffnete sie, um zu sehen, was sich darin befand, und begann dann, sie zu kategorisieren. Sie beschloss, alle Notizen über Familien und Stammbäume in einen Stapel zu legen, Nachschlagewerke in einen anderen und Belletristik in einen weiteren.

Der logische Ausgangspunkt wären die Notizen über Gils Familie. Sie hatte zwar das Gefühl, dass sie zu neugierig war, aber es war eindeutig wichtig, und er hatte nicht Nein gesagt. In der Kiste befand sich ein großer Stammbaum, der über Generationen zurückreichte. Die Schrift war klein und makellos und musste sie viel Zeit gekostet haben. Es gab Kopien von Geburtsurkunden, Heiratsurkunden und Sterbeurkunden sowie eine Geschichte des Hauses, die bis ins 16. Jahrhundert zurückreichte. Sie musste nicht lange suchen, um das zu finden, wonach sie suchte.

Gil war definitiv auf dem Stammbaum, was zunächst eine Erleichterung war, bis sie feststellte, dass er dennoch ein Betrüger sein könnte. Aber wie hätte er seine ganze Familie täuschen können, außer er wäre bei der Geburt vertauscht worden, wenn so etwas tatsächlich passierte? Und das würde bedeuten, dass seine Familie in die Verschwörung verwickelt wäre. Erst als sie sich die Geburtsdaten seines

Großvaters und seines Großonkels genauer angesehen hatte, wurde ihr klar, was Annes gekritzelte Aussage bedeutete. Gil war nicht der älteste Sohn, sondern sein Großonkel. Seine Kinder waren die wahren Erben des Jackson-Anwesens. Gil gehörte nicht zur direkten Erbfolge.

Avery lehnte sich gegen das alte Sofa hinter sich, mit den Unterlagen auf dem Schoß. War die Familie auf dem Foto die Familie von Gils Großonkel? Gab es noch lebende Nachkommen, und wussten sie von ihrem entgangenen Erbe? Sie zog das Foto heraus und betrachtete es erneut. Es musste sich um sie handeln. Das Foto stammte aus dieser Zeit, obwohl es weder ein Datum noch andere Hinweise auf die Identität der Personen enthielt.

Sie starrte den Mann auf dem Foto an, und ein kalter Schauer lief ihr über den Rücken. Seine Augen waren dunkel und fesselnd, aber aus der Nähe schien er sie herausfordernd anzustarren. Er war jünger, als sie zunächst angenommen hatte, und die Kinder zu seinen Füßen waren noch Kleinkinder. Sie überprüfte den Familienstammbaum erneut. Gils Großonkel hieß Addison – ein beliebter Name für den ältesten männlichen Nachkommen. Noch seltsamer war, dass neben seinem Namen kein Sterbedatum eingetragen war.

Ein weiterer Schauer lief ihr über den Rücken. Er musste tot sein, er wäre sonst über hundert Jahre alt. Vielleicht hatte Anne keine Sterbeurkunden finden können. Das Sterbedatum seiner Frau Philippa war auch nicht angegeben. Seine Kinder waren zwar namentlich aufgeführt, aber es gab keinerlei weitere Informationen über sie. Weder Sterbedaten noch Aufzeichnungen über Eheschließungen oder Kinder. Es war, als wäre die ganze Familie einfach verschwunden.

Es gab mehrere Fragen, die nun beantwortet werden mussten. *Wusste Gil Bescheid? Wie hatte Anne das Foto gefunden? Und wo war die Familie jetzt?* Und ohne erkennbaren Grund drängten sich ihr immer wieder die Worte *Schwarze Magie* auf.

Plötzlich gingen die Lampen aus, die Türen knallten zu, und ein heftiger Windstoß fegte durch den Raum, wirbelte alle Papiere auf und ließ sie wieder zu Boden sinken. Avery spürte, wie sich eine Präsenz im Raum ausbreitete, und unterdrückte den Drang zu schreien. Sie sprang auf, rief ihre Kräfte zu Hilfe und sandte einen Lichtstrahl aus ihren Händen, der alle Lichter – elektrische und Kerzen – entzündete, bis der Raum in hellem Licht erstrahlte.

Die Glühbirne über ihr explodierte, aber die Lampen blieben an und die Kerzen brannten weiter.

Avery sah sich nervös um, ihr Herz schlug wie wild. *Was war passiert?* Die Dunkelheit war jedoch verschwunden, und sie ging zu einem der Fenster mit Blick auf die Straße, um zu sehen, ob sie etwas Ungewöhnliches wahrnehmen konnte. Es war jetzt nach sieben Uhr, aber es war Hochsommer. Es war noch hell draußen, und die Leute schlenderten in Richtung Pubs und Restaurants. Alles sah völlig normal aus. Obwohl sie es nicht zugeben wollte, war sie zutiefst beunruhigt. Sie brauchte Menschen um sich herum, und trotz ihrer Vorbehalte war Alex für sie der beste Ansprechpartner.

Die Vorahnung erwies sich als richtig. Unheil lag in der Luft, und sie vermutete, dass es mit Gil zu tun haben musste.

Avery betrat *The Wayward Son* und ging zum Tresen, wo sie Alex auf sich aufmerksam machte. Er riss überrascht die Augen auf und kam mit besorgtem Gesichtsausdruck auf sie zu. „Was ist passiert? Du bist kreidebleich."

Avery senkte ihre Stimme und beugte sich vor, obwohl sie aufgrund des Lärms in dem Pub nicht glaubte, dass jemand sie hören konnte.

„Ich weiß es nicht, wenn ich ehrlich bin. Ein seltsamer, übernatürlicher Wind ist durch meine Wohnung gefegt, als ich mir Gils Stammbaum angesehen habe, und ich habe etwas gespürt. Eine Präsenz. Ich glaube, ich habe etwas Ungewöhnliches entdeckt." So nah an Alex konnte sie den schwachen Duft seines Aftershaves riechen und widerstand dem Drang, tief einzuatmen.

Er verstummte für einen Moment und zog dann eine Speisekarte vom Tresen. „Hast du Hunger?"

„Ich bin am Verhungern." Tatsächlich hatte sie seit dem Mittagessen nichts mehr gegessen.

„Setz dich ins Hinterzimmer, ich komme gleich und nehme deine Bestellung auf. Ich sollte in der Lage sein, dir Gesellschaft zu leisten." Er fügte hinzu: „Das geht aufs Haus."

Sie runzelte die Stirn. „Sei nicht albern, ich zahle gern."

Er drückte ihr ein Glas Wein in die Hand. „Setz dich einfach und schau dir die Speisekarte an! Ich bin gleich bei dir."

Avery bahnte sich ihren Weg durch den überfüllten Pub zu dem Raum im hinteren Teil, durch den sie am Abend zuvor gegangen war. Hier war es ruhiger, und es gab noch ein paar freie Tische. Sie fragte sich, ob Alex einen Zauber ausgesprochen hatte, damit es so blieb. Sie setzte sich an einen kleinen Tisch am Fenster mit Blick auf den Innenhof und nippte müde an ihrem Wein, in der Hoffnung, dass er sie aufmuntern würde.

Vor ihr lag die Speisekarte, doch sie starrte nach draußen und dachte darüber nach, was der Vorfall in der Wohnung wohl zu bedeuten hatte. Sie spielte verschiedene Szenarien durch, kam aber immer wieder auf *Schwarze Magie* zurück, und fragte sich, ob jemand wusste, was sie entdeckt hatte. Oder vielmehr, was Anne entdeckt hatte.

Ein paar Minuten später setzte sich Alex zu ihr und stellte ein großes Bier auf den Tisch. „Was möchtest du essen?" Er deutete auf die Speisekarte.

Sie nahm die Karte. „Ich habe noch nicht reingeschaut. Was empfiehlst du?"

Er überlegte nicht lange. „Das Steak."

„Klingt gut." Sie schob ihren Stuhl zurück und sagte: „Ich gehe und bestelle."

„Nein!" Er winkte sie zurück. „Ich nehme auch eins. Ist innen rosa okay?"

„Ja." Sie war zu müde, um zu widersprechen, und beschloss, dass es am Einfachsten wäre, ihn bestellen zu lassen. Wenn sie ehrlich war, wusste sie nicht, ob sie ihm überhaupt etwas erzählen sollte. Sie war sich nicht sicher, ob sie ihm trauen konnte.

Als er zurückkam, sagte er: „Na los. Erzähl, was ist passiert?"

Sie wusste nicht, wo sie anfangen sollte. „Wie gut kennst du Gil?"

Er sah sie nur ein paar Sekunden lang verwirrt an. „So gut wie du, würde ich sagen. Warum?"

„Weißt du etwas über seine Familie?"

„Nicht wirklich, außer dass die Familie superreich ist und er ein riesiges Haus hat. Und offensichtlich ein mächtiges magisches Erbe." Er beugte sich näher zu ihr und senkte die Stimme. „Worum geht es hier?"

„Vertraust du ihm?"

„So sehr, wie ich jedem anderen vertraue."

„Ich habe in Annes Sammlung von Notizen ein Foto gefunden. Es war ein Foto von Gils Haus, sehr alt, schwarz-weiß, und auf der Rückseite stand eine handschriftliche Notiz: „Die echten Jacksons". Das hat mich total aus der Fassung gebracht, also habe ich Annes Familienstammbaum nach Gil durchforstet und herausgefunden, dass er nicht der echte Erbe ist. Er stammt vom zweiten Sohn ab. Die Familie seines Großonkels Addison hätte alles erben sollen."

„Okay, das ist etwas seltsam, aber vielleicht war Addison kein guter Umgang oder er hat sich mit seinen Eltern gestritten und wurde enterbt." Alex sah leicht enttäuscht aus. „Ist das alles?"

Avery blieb hartnäckig. „Aber es gibt kein Sterbedatum für ihn, seine Frau oder seine Kinder. Das ist seltsam. Und direkt nachdem ich das gelesen hatte, fegte dieser schreckliche Wind durch meine Wohnung und es wurde richtig dunkel. Irgendetwas war bei mir im Haus."

„Hat es dir wehgetan?"

„Nein, ich habe Licht herbeigerufen und die Wohnung damit ausgeleuchtet, aber es hat mich erschreckt. Das ist nicht normal."

Er zuckte mit den Schultern. „Wir sind nicht normal. Aber ja, es ist seltsam. Und es gibt wirklich keine Sterbedaten?"

Avery schüttelte den Kopf.

„Auch seltsam, aber vielleicht hatte Anne Probleme, die entsprechenden Unterlagen zu finden." Er lehnte sich in seinem Stuhl zurück und beobachtete sie einige Augenblicke lang, dann blickte er gedankenverloren aus dem Fenster.

„Und noch etwas", fügte Avery hinzu. „Als ich gestern bei Anne war, habe ich an ihrem Haus Zeichen für magische Schutzzauber gesehen. Zumindest an der Eingangstür."

„Gibt es sonst noch etwas, das du mir bisher verschwiegen hast?", fragte Alex mit gefährlichem Unterton in der Stimme.

„Nein!", erwiderte sie. „Ich glaube es jedenfalls nicht."

„Ich war zwar eine Weile nicht da, aber ich bin durchaus vertrauenswürdig, weißt du!" Alex runzelte die Stirn. „Wenn du schon so gesprächig bist, kannst du mir dann auch sagen, warum ich dir so auf die Nerven gehe?"

„Du bist sehr sensibel. Du gehst mir nicht auf die Nerven." Das stimmte zwar nicht ganz, aber sie hatte keine Lust, das näher zu erklären.

„Lügnerin", meinte er grinsend.

„Wenn der Rest des Abends so weitergeht, gehe ich!" Avery wollte ihren Stuhl zurückschieben, doch er ließ sie nicht gehen. Sie funkelte ihn an und sagte mit drohender Stimme: „Lass meinen Stuhl sofort los!"

„Nein. Das Essen kommt gleich, und ich will nicht allein essen."

Einer der Barmänner kam grinsend herüber. „Bitte sehr, zwei Steaks. Guten Appetit, Boss!" Er nickte Alex zu und ließ sie allein.

Beim Geruch und Anblick des Essens dachte Avery, dass sie wahrscheinlich verhungern würde, wenn sie nicht aß, und nahm ihr Messer und ihre Gabel. „Gehst du so mit all deinen Verabredungen um?"

„Ich wusste nicht, dass es sich um eine Verabredung handelt", entgegnete er grinsend.

„Ach, halt die Klappe und lass mich in Ruhe essen." Sie schnitt ein großes Stück Steak ab und steckte es sich in den Mund.

Während sie aßen, herrschte für ein paar Momente Stille, und Alex wirkte nachdenklich. „Was hältst du davon, wenn ich dir morgen beim Suchen helfe? Wir wären schneller, und zu zweit sind wir sicherer."

Bevor sie antworten konnte, klingelte ihr Handy, und sie zog es aus der Tasche. Sie runzelte die Stirn, als sie die unbekannte Nummer sah. „Entschuldigung, ich gehe besser ran. Hallo, Avery von *Happenstance Books*. Kann ich Ihnen helfen?"

„Hallo, Avery, gut. Hier ist Paul, Annes Sohn. Ich habe noch etwas gefunden, das Anne dir geben wollte."

Avery sah Alex an und brachte fast kein Wort heraus. „Oh, das ist toll. Sind es noch mehr Bücher?"

Alex beobachtete sie genau, während er fortfuhr, und sie flüsterte ihm tonlos zu: *Es ist Paul.*

„Nein, eigentlich nicht", antwortete Paul. „Ich glaube jedenfalls nicht. Ich habe auf dem Dachboden eine große Kiste mit deinem Namen darauf gefunden. Sie ist mit Klebeband verschlossen, also habe ich sie nicht geöffnet. Möchtest du sie abholen? Vielleicht morgen?"

„Ja, das passt. Wie wäre es mit zehn Uhr morgens?", entgegnete sie und hoffte, dass sie noch etwas länger schlafen konnte.

„Sehr gut. Bis dann." Er legte auf, bevor sie noch etwas fragen konnte.

„Und?", fragte Alex.

„Das Ganze wird wirklich seltsam. Anne hat mir noch etwas anderes hinterlassen. Eine Kiste auf ihrem Dachboden mit meinem Namen drauf!"

„Ich komme mit, also hol mich besser ab." Er sah sie an und verzog das Gesicht. „Keine Widerrede. Es könnte eine Falle sein. Du weißt nicht, wer dieser Paul ist oder ob er etwas weiß."

„Wenn er mich angreifen wollte, hätte er das gestern tun können. Aber", fügte sie hinzu, als sie seinen trotzigen Gesichtsausdruck sah, „ich hole dich trotzdem ab."

„Es sei denn, du bleibst heute Nacht hier. Das wäre wahrscheinlich sicherer."

Sie schüttelte den Kopf und war der Meinung, dass es viel zu intim wäre, bei Alex zu übernachten. „Nein, das ist schon in Ordnung. Die Katzen leisten mir Gesellschaft."

Als hätte er ihre Gedanken gelesen, sagte er: „Ich würde auf dem Sofa schlafen."

„Ja, das würdest du!", entgegnete sie spöttisch. „Aber ehrlich gesagt, musst du dir keine Sorgen machen. Trotzdem danke."

Er grinste: „Dann eben ein andermal. In der Zwischenzeit trink noch ein Glas Wein und erzähl mir von diesem Paul und allem, was du mir bisher noch nicht erzählt hast."

Wenn Paul auch überrascht oder beunruhigt war, als er am nächsten Morgen plötzlich zwei Leute vor seiner Tür stehen sah, ließ er es sich nicht anmerken. „Kommt rein! Ihr seid zu zweit. Tolle Idee. Die Kiste ist groß und schwer – ich habe sie nicht über die Treppe auf den Dachboden bekommen. Ich habe auch noch ein paar andere Sachen gefunden."

Alex schüttelte ihm die Hand. „Schön, dich kennenzulernen, Paul. Geh voran."

Paul führte sie die Treppe hinauf und durch staubige Korridore. Die Einrichtung war wie unten altmodisch und blumig, und durch offene Türen konnten sie staubige Schlafzimmer und ein veraltetes Badezimmer sehen. Beide waren auf der Hut, aber Avery war sich der soliden Präsenz von Alex hinter ihr bewusst, was sehr beruhigend wirkte.

Am Ende eines Ganges befand sich eine kleine Tür, die fast in der sie umgebenden Wandverkleidung verborgen war. „Früher hat man die Dachbodentüren gerne versteckt", erklärte er. Als er sie öffnete, knarrte sie, und sie folgten ihm die kahlen Holzstufen hinauf.

Sobald sie die Tür zum Dachboden erreichten, spürte Avery den sanften Sog eines Zaubers und blickte sich unruhig um. Der Dachboden war dunkel und voller Schatten, Lich drang nur durch sehr kleine Fenstern, die sich im Moment auf der der Sonne abgewandten

Seite des Hauses befanden. Paul betätigte den Lichtschalter und eine einzelne, bloße Glühbirne erhellte den Raum. Er war, soweit Avery es erkennen konnte, mit viel altem Kram gefüllt. Alte Stühle, kaputte Möbel und Kisten über Kisten mit Zeug. Er führte sie zu einer Kiste in der hinteren Ecke.

„Hier, bitte. Erst als du am Freitag weg warst, habe ich Annes Notiz noch einmal gelesen. Sie hatte mir eine Liste hinterlassen, wer laut Testament was bekommen sollte", erklärte er und sah dabei etwas gequält aus. „Ich habe noch eine ganze Menge, das ich anderen geben muss – ihr wisst schon, Schmuck und so. Sie sagte, es gäbe noch ein paar Kisten und die Bücher für dich, und ich musste sie erst suchen. Ich hatte nicht vor, in nächster Zeit hierherzukommen, also war es ein Glück, dass ich ihre Anweisungen noch einmal gelesen habe."

Avery hörte kaum zu, sondern schaute stattdessen verwirrt auf die Kiste. Sie hatte eine alte Pappschachtel erwartet, aber das war eine große Holztruhe, die komplett versiegelt war. Oben auf der Kiste lag ein Zettel mit ihrem Namen. Sie warf Alex und dann Paul einen Blick zu. „Wow, Paul, das Ding ist ziemlich groß. Das habe ich nicht erwartet. Bist du sicher, dass du willst, dass ich sie bekomme? Ich meine, du weißt nicht, was drin ist. Es könnte wertvoll sein."

Sie konnte spüren, wie Alex sie böse ansah, aber sie ignorierte ihn. Sie mussten das Richtige tun. Sie wollte keine negativen Folgen. Paul schüttelte den Kopf. „Nein, die Kiste sieht ramponiert und heruntergekommen aus. Ich schäme mich ein wenig, sie dir so zu übergeben, wenn ich ehrlich bin."

„Kein Problem, ich nehme sie dir gerne ab. Du hast wirklich genug zu tun", erwiderte sie lächelnd. „Hast du gesagt, du hast noch ein paar andere Dinge gefunden?"

„Eigentlich nur das hier", entgegnete er und griff nach einer kleinen Schachtel auf dem Boden. „Da ist ein großer, klobiger Schlüssel drin. Ich weiß nicht, wofür der ist, aber hier, bitte sehr."

Sie bedankte sich bei ihm, steckte die Schachtel in ihre Tasche und fragte Alex: „Sollen wir sie zusammen anheben?"

Paul winkte ab. „Lass das die Männer machen."

„Genau, du folgst uns nach unten", stimmte Alex zu, aber als Paul sich umdrehte, formte er mit den Lippen: Schau dich um! Er deutete auf die Kräuter, die über ihnen hingen. Es war ein Hexenbeutel. Avery wollte unbedingt noch etwas mehr Zeit auf dem Dachboden verbringen und flüsterte einen kleinen Zauberspruch, woraufhin ein lautes Klopfen von unten ertönte.

Paul sah verärgert aus. „Tut mir leid, ich gehe besser nachsehen, ich habe noch jemanden, der ein paar alte Möbel abholen möchte. Könnt ihr hier warten?"

„Natürlich, keine Eile", beruhigte sie ihn. „Ich bin sicher, dass ich zumindest helfen kann, die Kiste zur Tür zu schaffen."

„Ich bin gleich wieder da", versprach er und hetzte fast über den Dachboden und die Treppe hinunter.

Alex grinste. „Gut improvisiert!"

„Gern geschehen", erwiderte sie und grinste kurz zurück, bevor sie wieder ernst wurde. „Was zum Teufel ist in dieser Kiste und was ist mit den Kräuterbündeln?"

„Wenn sie keine Ahnung von Magie hatte, kannte sie jemanden, der sich damit auskannte." Alex betrachtete die Kiste zu ihren Füßen. „Ich mache mir wirklich Sorgen, was wir darin finden werden." Er griff nach dem Kräuterbündel und zog es vorsichtig von der Decke. „Wieder ein Schutzzauber. Schnell, sehen wir uns den Rest des Raums an, solange wir noch die Gelegenheit dazu haben."

Sie suchten in allen Ecken und auf den Dachsparren. Alex rief leise vom Fenster aus: „Noch ein Zeichen des Schutzes."

„Ich habe eine Idee", bemerkte Avery und ging zur Dachbodentür. Sie untersuchte den Rahmen innen und außen und zog einige abblätternde Tapeten an der Kante hoch. Darunter befand sich eine weitere Rune, die in die Wand über der Mitte des Rahmens geritzt war. „Alex", zischte sie. „Hier ist noch ein Zeichen."

Er kam zu ihr an die Tür. „Das ist zu seltsam. Je eher wir in die Kiste schauen, desto besser."

„Da bin mir nicht so sicher. Ich habe das schreckliche Gefühl, dass wir uns wünschen werden, Anne hätte mir nie etwas hinterlassen."

Eine Stunde später waren sie wieder in Averys Wohnung, die Kiste stand mitten im Wohnzimmer. Sie war nicht so schwer, wie sie aussah, aber sie war sperrig, und Avery hatte Mühe, sie zu heben, wobei Alex einen Großteil des Gewichts tragen musste. Nach mehreren Versuchen hatten sie es endlich die Treppe hinaufgeschafft, und nun standen sie da und betrachteten die Kiste mit ernsten Gesichtern.

Alex hatte ein großes Brecheisen aus der hinteren Ecke der Garage geholt und versuchte, unter dem Deckel zu hebeln, aber ohne Erfolg. „Es gibt keinen Rand. Die Kiste ist komplett versiegelt."

Langsam dämmerte es ihm. „Die Schutzzauber auf dem Dachboden waren dazu da, diese Kiste zu verstecken. Könnte es sein, dass wir etwas vor uns haben, das als etwas anderes getarnt ist? Ich meine, wahrscheinlich ist es keine Kiste." Avery eilte zur Wendeltreppe, die zum Dachboden führte. „Ich hole mein Zauberbuch. Ich habe ein paar Zaubersprüche, die vielleicht funktionieren."

Als sie zurückkam, legte Avery ihr Zauberbuch auf den Wohnzimmertisch, stellte sich vor die Kiste und begann, den wahrscheinlichsten Zauberspruch zu murmeln. Nichts geschah, und sie blätterte die Seiten durch, während Alex ihr über die Schulter sah. „Ich versuche es mit einem anderen Spruch", murmelte sie. Es war ein alter Zauberspruch, ein Gegenzauber, um Illusionen zu vertreiben. Als sie die Worte aussprach, geschahen seltsame Dinge mit der Kiste. Nebelartige Schwaden schienen aus der Kiste aufzusteigen, und Averys Wahrnehmung verschwamm, sodass sie schnell blinzeln musste. Die Kiste begann zu schimmern, bis das Bild der Holzkiste vollständig verschwunden war und stattdessen eine stabile, dunkle Holztruhe zu sehen war, in die auf allen Seiten seltsame Symbole eingraviert waren. Ein dickes Eisenband umschloss die Truhe, und darin befand sich ein Schlüsselloch.

„Ach du Schande. Das sieht unheimlich aus", bemerkte Alex. „Wo zum Teufel hat Anne das her, und woher wusste sie, dass sie die Truhe dir geben sollte?"

Er hatte recht. Die Symbole, die wie alte Runen aussahen, schienen eine Warnung zu sein.

„Ich weiß nicht, ob ich sie überhaupt öffnen will", murmelte Avery, während sie versuchte, zu verhindern, dass ihr der Mund offenstand.

„Wo ist dein Sinn für Abenteuer?", bemerkte Alex und ließ sich auf die Knie fallen. Er strich mit den Fingern über die Truhe und befühlte die Schnitzereien. „Was meinst du, wie alt die Truhe ist?"

Sie zuckte mit den Schultern. „Keine Ahnung. Wahrscheinlich Hunderte von Jahre alt. Ich beschäftige mich nicht mit antiken Möbeln, sondern mit Büchern."

„Gil weiß vielleicht mehr. Er mag Antiquitäten."

„Es könnte um Gils Familie gehen. Um Dinge, die sie uns nicht wissen lassen wollen. Und im Moment weiß ich nicht, was ich von Gil halten soll. Ich möchte ihm vertrauen, aber ich glaube nicht, dass wir ihn jetzt schon einbeziehen können."

„Ich stimme zu", entgegnete Alex. „Wir behalten es für uns. Wir sagen Briar und El noch nichts davon. Komm, lass uns diesen Raum mit einem Schutzzauber versehen, bevor wir die Truhe öffnen."

Sie setzte sich ihm gegenüber auf den Teppich, und er streckte ihr die Hände entgegen. „Ich übernehme die Leitung. Ich glaube, dass ein bestimmter Zauberspruch hier gut funktionieren wird. Darf ich?"

Sie nickte und legte ihre Hände in seine. Sie waren stark und warm, und er umschloss ihre Hände fest.

„Kannst du hier irgendetwas spüren?", fragte sie.

„Von gestern? Nein, kannst du es?"

„Nein. Was auch immer es war, ist weg."

„Du hast es vertrieben", erklärte er und drückte beruhigend ihre Finger. „Jedenfalls sollten wir besser anfangen."

Sie verstummte, als er zu singen begann. Der Gesang war in Alt-Englisch, ein alter Zauberspruch, den sie zwar kannte, aber noch nie verwendet hatte. Er beherrschte die Sprache gut, und die Kraft der Magie umgab sie schnell, gab ihr die glühende Gewissheit geschützt zu sein, während sie sich im Raum ausbreitete. Sie spürte, wie seine Gegenwart sich mit einer unerwarteten Intimität mit ihrer verband, und als sie sich verbanden, wurde die Macht stärker, bis der Raum davon wie von einem hellen Glockenklang widerhallte. Die Kerzen im Raum erwachten zum Leben, vertrieben die Schatten aus den dunklen Ecken, und sie fühlte, wie sie zum ersten Mal seit Tagen wieder richtig entspannen konnte.

„Gut. Fertig." Er ließ ihre Hände los und wandte sich der Truhe zu. „Du solltest sie öffnen. Sie ist schließlich dein Geschenk."

Sie nickte und zog die Schatulle mit dem Schlüssel aus ihrer Ledertasche, die neben ihr auf dem Boden lag. Nervös fummelte sie herum und steckte dann den Schlüssel ins Schloss. Sie brauchte mehrere Versuche, um ihn zu drehen, bis schließlich der alte Mechanismus einrastete und das Schloss sich öffnete. Sie klappte den schweren Riegel zurück und hob den Deckel an, den sie vorsichtig auf den Tisch legte.

Ein muffiger, alter Geruch entwich, und beide warfen sich nervös einen Blick zu und spähten in die Kiste. Die Kiste war voller magischer Gegenstände. Da war ein altes Athame – ein Hexenmesser, wie es für Zaubersprüche verwendet wurde – eine alte Schüssel oder ein alter Kessel, mehrere Gegenstände, die in Papier eingewickelt waren, das sich im Laufe der Zeit verfärbt hatte, und einige gefaltete Papiere. In einer Ecke steckte ein vertrocknetes Bündel Kräuter in einem Baumwollbeutel.

Ein Schauer der Aufregung durchlief Avery, und sie griff in die Truhe. „Das Zeug ist alt. Sehr alt. Und es ist echt magisches Zeug."

Sie zog das Papier heraus und faltete es vorsichtig auseinander. Alex stellte sich neben sie, drückte seinen Arm gegen ihren, um ebenfalls einen Blick darauf werfen zu können. Sie versuchte, das Kribbeln in ihrem Körper zu ignorieren, und las die ersten Zeilen.

„Es ist ein Brief oder eine Notiz."

„Von wann?", wollte er wissen.

Sie versuchte, die Schrift auf der ersten Seite zu entziffern. Die Tinte war an einigen Stellen verlaufen, aber es war gerade noch lesbar. *15. Oktober 1589. Der Hexenjäger kommt nach White Haven.*

Sie spürte, wie ihr der Atem stockte, ihre Finger zitterten und sie schaute Alex entsetzt an. „Der Hexenjäger? Verdammt, Alex. Woher stammt das?"

Sie wussten beide, was geschehen war, als der Hexenjäger nach White Haven gekommen war. Helena Marchmont, eine entfernte Verwandte von Avery, war auf dem Scheiterhaufen verbrannt worden.

„Wir lesen es später", flüsterte er ihr zu. „Ich habe das Gefühl, dass es eine Weile dauern wird, bis wir die Schrift entziffert haben. Ich frage mich, ob der Rest dieser Sachen aus der gleichen Zeit stammt." Er zog eines der in Papier eingewickelten Objekte heraus, und das Papier zerriss, als würde es protestieren. Es war ein Glasgefäß. „Eine Alembik-Destille – für Zaubertränke."

Avery packte ein weiteres Paket aus und fand ein zweites Glas, dieses Mal konisch, das Glas alt mit kleinen Blasen darin. „Da mochte wohl jemand Zaubertränke."

Sie holten die anderen Pakete heraus, bis eine Reihe alter Gläser vor ihnen stand.

Alex zuckte mit den Schultern. „Das sieht für mich nach Alchemie aus. Vielleicht hat jemand versucht, das Geheimnis der Unsterblichkeit zu finden."

Avery lachte: „Oder jemand hat versucht, Blei in Gold zu verwandeln."

„Beides ist möglich, und noch vieles mehr. Zeitlich passt es." Alex rutschte ein wenig auf seinem Platz hin und her, überschlug die Beine, wobei sein Gewicht gegen sie drückte und sie seine Wärme und Stärke deutlich spüren konnte. „Wir sollten die Truhe untersuchen. Hat Anne dir keine Nachricht hinterlassen?"

„Ja! Gute Idee." Avery wurde klar, dass sie so sehr mit dem Inhalt der Truhe beschäftigt gewesen war, dass sie vergessen hatte, sich die Notiz anzusehen. Sie war froh über die Ausrede, sich zurückziehen zu können, kniete sich hin und zog den Umschlag mit ihrem Namen darauf vom Deckel der Truhe. Darin befand sich ein Blatt Papier. Sie las es laut vor.

„Liebe Avery, ich weiß, dass dich das jetzt erschrecken wird, aber ich habe deine – nennen wir es mal so – besonderen Fähigkeiten schon

bemerkt, als du noch klein warst. Keine Sorge, dein Geheimnis war bei mir sicher.

White Haven ist ein magischer Ort, und seit Jahren bewahre und erforsche ich sein kulturelles Erbe. Ich war einmal mit Gils Großmutter Lottie befreundet, und sie war es, die mir die Geheimnisse der alten Familien anvertraut hat. Sie wusste, dass ich ihre Erinnerung in Ehren halten und bewahren würde. Und ich habe sie gut beschützt. Lottie hat mir einfache Schutzzauber beigebracht, und Lottie hat die Zeichen um mein Haus herum angebracht. Ich bin keine von euch. Sie hat mir diese Geheimnisse anvertraut und mich gebeten, ihre Hüterin zu sein, weil sie wusste, dass niemand mich verdächtigen würde. Und wenn jemand nach diesen Dingen suchte, und nach den anderen Dingen, die noch verborgen sind, gäbe es keinen besseren Schutz.

Aber ich liege im Sterben. Ich muss diese Dinge an dich und die anderen Familien zurückgeben. Es gibt niemanden, mit dem ich darüber sprechen kann. Mein Sohn weiß übrigens nichts davon. Er ist nur der Überbringer.

Ich bin keine Närrin, Avery. Diese Gegenstände wurden aus gutem Grund versteckt. Hexerei hat sowohl eine helle als auch eine dunkle Seite. Lotties eigener Onkel wurde wegen seiner beharrlichen Ausübung Schwarzer Magie aus dem Haus verbannt und sein Name aus den Familienaufzeichnungen gestrichen. Ich bin mir nicht sicher, ob Gil davon weiß. Aber Lottie hatte immer Angst, dass er zurückkommen würde. Er oder einer seiner Nachkommen. Er war auf der Suche nach den alten Grimoires, den originalen Beschwörungsbüchern. Du musst sie zuerst finden. Lottie sagt, dass die Zaubersprüche, die sie enthalten, sehr mächtig sind. Als der Hexenjäger kam, wurden sie zum Wohle aller versteckt. Als Helena Marchmont auf dem Scheiterhaufen verbrannt wurde, flohen die anderen, weil sie fürchteten, dass niemand sicher war, *wenn sie es nicht war. Erst Jahre später kehrten die Familien hierher zurück, und wie du weißt, bleiben einige nie lange.*

Ich habe getan, was ich konnte, um dir auf meine bescheidene Weise zu helfen, aber Lottie wusste nicht, und ich habe es auch nicht herausgefunden, wo sich diese Grimoires befinden. Ich habe die Stadt und die Familiengeschichten – deine, Alex, Gils, Elspeths und Briars – recherchiert, aber ich konnte nicht herausfinden, was mit Gils Großonkel Addison passiert ist. Es war, als wäre er einfach verschwunden.

Ich wünsche dir viel Glück, meine Liebe. Ich denke, du wirst es brauchen.

Deine Anne Somersby."

Ein Schauer lief Avery über den Rücken, und sie spürte, wie alles anders wurde, als hätte sich ihr Leben plötzlich auf eine Weise verändert, die sie noch nicht begreifen konnte. Sie sah Alex an. „Wusstest du etwas davon? Die verschwundenen Grimoires, der verstoßene Bruder?"

Er verdrehte die Augen. „Bist du verrückt? Wie hätte ich das wissen sollen! Das ist es ja, was ein Geheimnis ausmacht, du Dummerchen." Er nahm den Brief und überflog ihn noch einmal.

„Ich bin kein Dummerchen!", rief sie empört.

„Dann stell keine dummen Fragen."

Obwohl Avery Alex wegen vieler Dinge ärgerte, hauptsächlich weil er Alex war, war sie unglaublich dankbar, dass er jetzt bei ihr war. Sie fuhr sich mit den Händen durch die Haare. „Entschuldige. Ich bin nervös."

„Ich weiß." Er grinste: „Deshalb hast du mich hier. Um dich zu beschützen. Es ist mir ein Vergnügen."

„Du bist so anstrengend."

„Du auch", entgegnete er und stand auf, um sich zu strecken.

Sie ignorierte ihn. „Wir müssen die anderen informieren. Ich schätze, das entlastet Gil."

Alex nickte. „Ich denke schon. Wir müssen mehr über diese anderen Grimoires herausfinden. Wenn ich ehrlich bin, überrascht mich das nicht." Er stand am Fenster und blickte auf die Straße hinaus, dann sah er sie wieder an. „Das Datum auf unserem Familien-Grimoire ist von 1790. Was ist mit deinem?"

Sie rutschte hinüber, um die Vorderseite ihres Grimoires zu betrachten, und sah das Datum, das oben hingekritzelt war, sowie die lange Liste der Hexennamen, wobei Avery der jüngste Eintrag war. „1795."

„Weit über zwei Jahrhunderte nach den Hexenprozessen, die das Land erschütterten." Er sah sich die Kisten an, die im Raum herumstanden. „Wenn Anne gute Arbeit geleistet hat, werden wir darin viel finden, was uns weiterhilft."

Avery nickte, Entschlossenheit durchströmte sie. „Also, jemand kommt. Um uns und die Zauberbücher zu holen – wo auch immer sie sind. Wir müssen uns vorbereiten. Du solltest besser deine Magie spielen lassen, Alex."

Nachdem er die anderen gebeten hatte, später vorbeizukommen, verbrachte Alex den Nachmittag damit, Avery zu helfen, alles, was sie aus Annes Haus geholt hatte, auf den Dachboden zu tragen, damit sie mehr Platz hatten. So würden auch andere unangemeldete Besucher, die vorbeikamen, nicht wissen, was sie alles gefunden hatten.

Er hatte sich ihr Wohnzimmer angesehen, verblüfft und amüsiert. „Hast du sonst auch so viel Zeug herumstehen?"

Avery blickte auf die Stapel von Büchern, Zeitschriften und Kleidungsstücken, die im Zimmer verstreut waren, und fragte sich, was er meinte. Sie mochte alles, was exotisch war, und überall waren Kerzen, Wandbehänge und Decken auf dem Sofa, und auf dem Holzboden lagen große, bunte Kelim-Teppiche. Ihre Bücher und Zeitschriften waren strategisch klug neben ihren Lieblingsplätzen platziert, und überall standen Zimmerpflanzen herum. Ja, es war ein wenig chaotisch, aber sie liebte es. Es war warm und gemütlich – ihr Nest. „Äh, ja. Ich mag es, wenn es bewohnt aussieht."

„Herzlichen Glückwunsch. Es sieht definitiv bewohnt aus." Er lächelte sie an, wobei er eine Augenbraue hochzog, und Avery wurde rot. *Machte er sich über ihr Zuhause lustig?*

„Was stimmt denn nicht damit?", erwiderte sie.

„Nichts! Das war keine Kritik", sagte er und grinste sie immer noch auf seine irritierende Art an. Er machte eine ausladende Handbewegung, die von ihrem Kopf bis zu ihren Zehen reichte, und sie sah an ihrem langen Kleid hinab und wieder zu ihm. Er fuhr fort: „Es ist eine Beobachtung. Es entspricht ganz deinem Stil. Es gefällt mir."

Sie zog die Augenbrauen zusammen und fragte sich, wie sie seine letzte Bemerkung auffassen sollte. Sie beschloss, sie lieber zu ignorieren.

Als sie alles eingeräumt hatten, ließen sie sich erschöpft und verschwitzt auf dem Dachboden sinken. Alex lag ausgestreckt auf dem Teppich in der Nachmittagssonne, wie eine Katze, die sich in der Hitze aalt, während Avery sich an das Sofa lehnte und die geschnitzte Holztruhe anstarrte, als würde sie jeden Moment explodieren.

„Was denkst du gerade?", fragte Alex, der noch auf dem Boden lag und die Augen geschlossen hatte. „Ich kann hören, wie deine Gedanken von hier wegschwirren."

„Ich frage mich, was in dem Brief steht."

Er rollte sich auf die Seite und stützte sich auf den Ellbogen, während er sie mit seinen dunkelbraunen Augen ansah. „Nun, wir haben noch ein paar Stunden, bis die anderen herkommen. Warum lesen wir ihn nicht? Oder besser gesagt, du liest ihn, und ich höre zu."

„Meinst du, wir sollten auf die anderen warten?"

„Nein, es wird wahrscheinlich ewig dauern, diese krakelige Schrift zu entziffern."

„Gut. Ich hatte gehofft, dass du das sagst." Sie beugte sich über ihn, um in die Truhe zu greifen, und versuchte, ihn nicht zu berühren, während sie sich an den Anblick seiner durchtrainierten Bauchmuskeln erinnerte, die sie gesehen hatte, als er die Kisten die Treppe hinaufgetragen hatte.

Sie wusste, dass er sie beobachtete, und versuchte, ihn zu ignorieren, während sie sich die Papiere schnappte und sich wieder gegen das Sofa fallen ließ. Er grinste sie an und lehnte sich wieder zurück, die Augen geschlossen. „Lies dir alles durch!", sagte er dramatisch.

Avery verdrehte die Augen, ohne dass er es sehen konnte. Es waren nur ein paar Seiten, und sie blätterte sie vorsichtig um, aus Angst, sie zu beschädigen, während das Papier unter ihren Fingern knisterte. „Ich bin wirklich nervös. Was, wenn wir etwas Schreckliches herausfinden?"

„Das ist alles eine Million Jahre her, Ave", erklärte er und kürzte ihren Namen in einer unerwarteten Geste der Vertrautheit ab. Das gefiel ihr, und sie beobachtete ihn forschend, fühlte sich wie eine Voyeurin, weil er sie nicht sehen konnte. Seine langen Beine waren muskulös und kräftig, und seine Jeans umschmeichelten seine Oberschenkel genau richtig. Er hatte eine Hand unter dem Kopf und die andere auf seinen sehr flachen Bauch gelegt. Sie wandte den Blick ab und wieder dem Brief zu.

„Aber wer auch immer diesen Brief geschrieben hat, könnte einer unserer Vorfahren gewesen sein."

„Ja, das könnte sein, wahrscheinlich von Gil, aber der Brief liest sich nicht von selbst!"

„Na gut!" Langsam und zögernd begann sie, zu lesen. Sie las die erste Zeile noch einmal und spürte, wie sich ihr Magen umdrehte.

Oktober 1589. Der oberste Hexenjäger kommt nach White Haven.

„Wir hatten hier in White Haven bisher Glück. Wir sind weit von den Städten entfernt und konnten unsere Geheimnisse bewahren. Doch nun breitet sich eine Krankheit im Land aus. Die Gerüchte verdichten sich und wir hören, dass der oberste Hexenjäger nur noch wenige Tage von uns entfernt ist. Er hat bereits in kleinen Städten angehalten und wir hören von Verhören, öffentlicher Demütigung, Ertränken und sogar

von Verbrennungen auf dem Scheiterhaufen. Aber es sind keine echten Hexen, nicht so wie wir.

Wir können nicht weglaufen und woanders neu anfangen, das wäre zu offensichtlich. Außerdem gibt es noch andere Dinge, die wir bedenken müssen, Dinge, die langfristige Auswirkungen haben werden. Wir haben beschlossen, dass wir unsere Zauberbücher und Rituale verstecken und vergraben müssen, bevor er kommt und uns alle verbrennt. Unsere Magie ist nicht mehr so mächtig wie früher – aus Gründen, die ich hier nicht erklären kann. Aber wenn wir sie vor allen anderen einsetzen, gefährden wir nicht nur unsere Kinder, sondern die ganze Stadt. Alle unsere Zauberbücher werden in White Haven und auf unseren Grundstücken versteckt. Wir müssen uns schnell entscheiden, wo.

Ich werde diese Utensilien vor seinen Augen verstecken, und er wird sie nicht sehen. Diese Gegenstände sind mit Bannsprüchen und Siegeln versehen. Die anderen halten mich für verrückt, aber ich bin von meiner eigenen Magie überzeugt. Er wird diese Objekte nicht finden, obwohl ich das Buch natürlich an einem anderen Ort aufbewahren werde.

Ich hoffe, dass er die Stadt verlässt, ohne etwas zu finden, und dass ich dann in ein paar Monaten das zurückfordern kann, was mir und meiner Familie gehört. Aber wenn nicht ... ich kann diese Angst nicht abschütteln, dass etwas schiefgehen wird und dass wir alle sterben werden, bevor eines von ihnen gefunden werden kann. Wir bereiten uns jedoch auf die Zukunft vor. Unsere Magie wird nicht sterben. Sie wird durch die Adern unserer Kinder fließen – sie ist unser Erbe. Aber es ist diese Angst, die mich dazu bringt, diesen Brief zu schreiben – nur für den Fall. Ich sehe Dinge, die andere nicht sehen, und ich sehe den langen, dunklen Schatten des Hexenjägers und ich sehe Blut und Feuer. Ich sage mir, dass ich mir das nur einbilde, aber das würde bedeuten, meine Kräfte zu leugnen.

Sollte jemand anderes diesen Brief finden, bin ich tot, aber ich hoffe, dass es nicht zu spät ist, um das Buch zu finden. Ich glaube, ich habe es gut versteckt. Unser Buch enthält alte Zaubersprüche aus dunklen Zeiten und unsere Kraft des Geistes und des Feuers. Wer auch immer du bist, wenn du dich entschließt, danach zu suchen, denke daran, was wir tun. Es wird da sein. Und dann bewahre es gut auf.

Imogen Bonneville."

Alex schaute Avery schockiert an. „Hast du gerade Bonneville gesagt?"

Sie schluckte und sagte: „Ja."

„Aber das ist *mein* Nachname."

„Ich weiß. Ich habe dich gewarnt, dass es einer unserer Vorfahren sein könnte!"

Seine dunklen Augen zeigten seine Verwirrung, und er streckte die Hand aus und nahm den Brief. „Ich weiß, aber es zu denken und es zu wissen, sind zwei verschiedene Dinge."

Avery lehnte sich zurück, sah ihn an und dachte nach. „Zumindest einer deiner Vorfahren ist nicht auf dem Scheiterhaufen verbrannt worden." Sie schauderte. „Ich weiß, dass das schon lange her ist, aber es kommt mir vor, als wäre es erst letztes Jahr passiert. Es ist eines dieser Dinge, die ich verdränge. Ich kann immer noch nicht glauben, dass Helena ihre Kräfte nicht genutzt hat, um zu fliehen."

„Es würde alle in Gefahr bringen, so stand es in dem Brief. Kannst du dir vorstellen, was passieren würde, wenn das jetzt geschähe?"

„Da muss noch mehr dahinterstecken. Sie sagte: *Unsere Magie ist nicht mehr so mächtig wie früher.* Und ich will gar nicht daran denken, dass das wieder passiert. Vielleicht müssen wir unsere Magie offener einsetzen, wenn wir bedroht werden, und was dann?"

„Ich bin mir nicht sicher, ob wir uns das jetzt leisten können, genauso wenig wie sie es damals konnten." Alex sah sich die Notiz an.

„Imogen erwähnt eine Prophezeiung und ein Vermächtnis aus Feuer, also sind das eindeutig Fähigkeiten, die in meiner Familie liegen. Aber wie ist diese Kiste in Gils Haus gelandet?"

„Ein weiteres Rätsel, das zu den vielen anderen hinzukommt", bemerkte Avery und dachte, dass das Leben jetzt noch viel komplizierter und wahrscheinlich auch gefährlicher werden würde.

Briar, El und Gil sahen sie beide erstaunt an. Die Truhe stand mitten auf dem Dachboden, der Rest der Akten und Bücher war um sie herum auf dem Boden verteilt. Sie saßen auf Bodenkissen, Teppichen und den abgenutzten Sofas. Kerzen erhellten den Raum, und der Duft von Weihrauch lag in der Luft.

„Also, du hast diese Kiste auf Annes Dachboden gefunden?", fragte Gil erneut.

„Ja. Ich weiß, es ist seltsam, aber sie hat sie jahrelang versteckt", erklärte Avery zum hundertsten Mal. „Und sie hat sie von deiner Großtante bekommen."

„Aber eigentlich gehört sie mir", fügte Alex hinzu.

Gil schloss die Augen und lehnte sich auf dem Sofa zurück. „Ich brauche Zeit zum Nachdenken."

„Aber Gil", drängte Briar, „du hattest wirklich keine Ahnung von deinem verrückten Onkel, der Schwarze Magie betrieb?"

„Ur-Ur-Onkel", murmelte er, ohne die Augen zu öffnen. „Nein! Das wusste ich nicht."

„Und was ist mit deinem Bruder?", fragte sie und bezog sich auf Reuben, Gils jüngeren Bruder, der Magie generell aus dem Weg ging.

„Ich bezweifle, dass er es weiß." Er blieb auf dem Sofa liegen, die Hände vor den Augen.

Alex unterbrach: „Briar, können wir Gil einen Moment Zeit geben, ohne ihm ständig Fragen zu stellen?"

Briar sah ihn mit großen Augen an. „Das sind wichtige Fragen, Alex. Irgendein Verrückter aus seiner Familie ist hinter alten, verborgenen Grimoires her, und wir sind in Gefahr!"

„Ja, danke, Briar, das weiß ich. Aber jetzt ist nicht der richtige Zeitpunkt, um Schuldzuweisungen zu machen. Es ist nicht Gils Schuld. Und eigentlich wissen wir noch gar nicht, was wir da spüren. Es könnte Gils Familie sein, oder es könnte jemand ganz anderes sein."

Avery unterdrückte ein Lächeln, da sie es genoss, dass Briar und nicht sie Alex' Sarkasmus zu spüren bekam. Wenn sie ehrlich war, war Briar heute Abend ein wenig empfindlich. Sobald sie in Averys Wohnung angekommen war, hatte sie sich misstrauisch umgesehen und die Augen zusammengekniffen, als sie Alex sah, der bereits mit einem Bier in der Hand an der Küchenzeile lehnte. Ob sie auf Alex stand? Avery wäre nicht überrascht. Er sah sehr gut aus, das musste sie zugeben. Er hatte diese verwegen-selbstsichere Art, die gleichzeitig nervte und faszinierte. Seine Gegenwart wirkte auf sie überraschend verwirrend.

Avery steckte sich eine Strähne ihres dunkelroten Haares hinters Ohr und hustete leicht. „Also, um auf unseren Plan zurückzukommen. Wir müssen uns durch den ganzen Papierkram arbeiten und herausfinden, wo die alten Grimoires sind."

El sprach zum ersten Mal seit Langem: „Und sehen, was uns unsere alten Aufzeichnungen sonst noch verraten."

„Genau", erwiderte Avery und blickte El dankbar an. „Wir müssen uns auch die alten Stadtpläne, Aufzeichnungen und alles andere ansehen. Und wir müssen schnell handeln, bevor jemand anderes uns zuvorkommt.“

„Wie kommt es, dass keiner von uns etwas von den alten Grimoires wusste?“, fragte Briar. „Die Familienmitglieder hätten sie doch sicher weitergegeben.“

„Oh, ich kann euch sagen, warum.“ Gil setzte sich auf und strich sich durch die Haare, sodass sie sich aufstellten. „Aus Angst. Nachdem Helena gestorben war, waren sie sicher nur allzu froh, sie verschwinden zu lassen.“

„Aber die Grimoires sind unsere Stärke“, argumentierte Avery. „Als das Risiko vorüber war, hätte doch sicher mindestens eine Familie ihre Grimoires zurückgeholt.“

El zuckte mit den Schultern. „Ein weiteres Rätsel. Und was ist mit der Truhe? Hast du sie untersucht?“

„Jeden Zentimeter“, entgegnete Alex. „Ich erkenne einige Symbole, aber nicht alle. Runen sind nicht wirklich meine Stärke. Es ist schon seltsam, dass sie von meiner Familie oder für sie geschnitzt worden sein könnte.“

El rutschte nach vorn und setzte sich neben die Truhe. Ihre silbernen Armreifen klimperten, als sie mit den Händen über die Oberfläche strich. „Sie muss mehrere Jahrhunderte alt sein, oder?“ Sie sah zu ihnen auf. „Und wir glauben, dass diese Gegenstände aus dem 16. Jahrhundert stammen?“

„Wir glauben schon, ja“, bestätigte Alex. „Wenn wir den Buchstaben zur Datierung verwenden.“

„Ich kenne mich mit Runen aus, und diese hier bieten Schutz. Sie wehren das Böse ab und verbergen es vor neugierigen Blicken.“

„Wenn sie das können, warum haben sie es dann nicht mit den Grimoires gemacht?“, fragte Briar.

„Das Risiko ist wohl noch zu groß", meinte Avery. „Ich habe jedenfalls angefangen, die Geschichte der Stadt zu recherchieren. Wisst ihr, wo eure alten Familienhäuser gestanden haben?"

„Nun, du weißt ja, wo meins ist", sagte Gil. „Wir sind seit Jahren nicht umgezogen. Ich könnte mir vorstellen, dass unser Zauberbuch auf dem Grundstück versteckt ist, aber vielleicht bin ich da zu einfach gestrickt."

„Nun, es klingt so, als hätte dein Ururgroßonkel Addison danach gesucht, und er muss überall gesucht haben", folgerte Alex. Er sah Gil verwirrt an. „Wusstest du wirklich nichts über ihn und deine ausgestorbene Linie?"

„Nein, gar nichts." Gil sah sie an und fuhr sich mit der Hand durch die Haare. „Ich stehe unter Schock. Ich muss mit Reuben darüber sprechen, aber ich bin sicher, dass er auch nichts weiß. Wie ihr wisst, ignoriert er unsere Magie lieber."

Avery kannte Reuben nicht wirklich, aber er war ihrem Alter näher und ganz anders als Gil. „Bist du sicher, dass er keine Magie mag, Gil? Ich hätte gedacht, dass er aus White Haven weggezogen wäre, wenn er seine Vergangenheit verdrängen wollte. So wie meine Schwester es getan hat." Manchmal war die Magie nicht in allen Familienmitgliedern stark ausgeprägt, und manchmal zogen sie es einfach vor, sie zu ignorieren und ihr Talent verkümmern zu lassen. Ihre Schwester Bryony hatte ihre magischen Fähigkeiten jahrelang missachtet und war weggezogen, im Gegensatz zu Avery, die ihre Magie verfeinert und geübt hatte und jeden Tag stärker wurde. Der Gedanke, das alte Familienbuch zu finden, erfüllte sie mit Vorfreude.

„Ich weiß nicht, was er denkt, Avery, wir reden einfach nicht mehr darüber."

„Wie läuft es mit deiner Frau, Gil?", fragte Briar. Sie saß im Schneidersitz auf einem Kissen, wachsam, und es schien Avery, dass sie immer noch verärgert war, als ob sie es wüsste, aber ...

„Ich verheimliche es ihr", entgegnete er. „Alles."

Avery spürte eine Welle der Ungläubigkeit und sah ihn schockiert an. Gil war der Einzige von ihnen, der verheiratet war oder überhaupt in einer Beziehung lebte. Es war nicht so, dass keiner von ihnen je in einer Beziehung gewesen wäre, aber sie hielten nie lange. Sie war davon ausgegangen, dass seine Ehe so lange gehalten hatte, weil seine Frau Alicia über seine Fähigkeiten Bescheid wusste.

„Wirklich?" Alex schien ebenfalls überrascht zu sein. „Wie ist das überhaupt möglich? Du lebst mit ihr und ihr seid jeden Tag zusammen. Verheimlichst du ihr nicht einen Teil von dir? Dein wahres Ich?"

Gil dachte einen Moment nach. „Ich habe das Thema angesprochen, weißt du, die Geschichte dieses Ortes, und ob sie glaubte, dass es Hexen gäbe, aber sie hat mich angesehen, als wäre ich verrückt." Er sah die anderen an, ein reumütiges Lächeln auf seinem Gesicht. „Ich habe es gelassen und mir immer wieder vorgenommen, es später anzusprechen, aber ich habe mich nicht getraut." Er sah sie alle an und lachte. „Ihr solltet eure Gesichter sehen! Ich weiß, es ist verrückt, aber es funktioniert." Er wurde wieder ernst, blickte kurz zu Boden und sah dann verlegen wieder auf. „Ich war einsam und habe sie gebraucht. Ich brauche sie immer noch. Ich weiß nicht, wie ihr das macht. Wir sind so anders als alle anderen, ich brauchte einfach eine Beziehung zu jemandem."

El, Avery, Alex und Briar sahen sich an, und ein Blitz des Verständnisses ging zwischen ihnen hin und her.

„Schon gut, Kumpel", erklärte Alex verlegen. „Du musst dich nicht rechtfertigen."

El lächelte traurig und lehnte sich an die Holzkiste. „Ich beneide dich, Gil. Es ist schwer, deshalb bin ich hierher zurückgekehrt. Deshalb bin ich gerne mit deinem Bruder zusammen. Er praktiziert zwar keine Magie, aber er versteht sie zumindest. Und mich auch.“

Avery versuchte, ihre Überraschung zu verbergen. Elspeth war wie Briar vor einigen Jahren nach White Haven zurückgekehrt. Ihre Familien waren weggezogen, als sie noch Kinder waren, und beide hatten sich von der magischen Anziehungskraft White Havens angezogen gefühlt und waren mit Anfang zwanzig zurückgekehrt. Sie hatte keine Ahnung, dass El Zeit mit Reuben verbracht hatte, und ihr wurde klar, dass es so viele Verbindungen gab, von denen sie nichts wusste.

Gil wusste es offensichtlich, denn er nickte nur. „Ich weiß. Ich hoffe, du kannst ihn umstimmen.“

El schüttelte den Kopf. „Ich glaube, dazu braucht es schon etwas wirklich Großes.“

„Tja“, entgegnete Briar mit einem bedauernden Blick, „mein letzter Freund fand es toll, dass ich all diese tollen Tränke und Cremes herstellen konnte, bis auf die, von denen er vermutete, dass sie wirklich wirken könnten. Er konnte sich einfach nicht damit anfreunden, egal wie sehr ich versuchte, es herunterzuspielen. Die Kräuterernte um Mitternacht hat ihn wirklich verrückt gemacht. Diese ganze Beziehungssache macht mich fertig. Wenn ich nicht jemanden treffe, der mich versteht, verzichte ich zukünftig darauf.“ Sie warf Alex einen Blick zu und starrte dann gedankenverloren in die Ferne.

„Und was ist mit dir, Avery?“, fragte Alex.

Sein Blick war so direkt, dass es sich intim anfühlte, obwohl alle anderen anwesend waren, und Avery geriet ins Stocken. „Ich schätze, ich habe die gleiche Erfahrung gemacht wie alle anderen. Alte Freunde dachten, ich sei seltsam, mit liebenswerten Hobbys – ihr wisst schon, meine Leidenschaft für Tarot und Bücher – und ich habe sie wirklich heruntergespielt. Ich dachte, mein letzter Freund hätte kein Problem damit, aber es stellte sich heraus, dass er es doch hatte. Aber ich habe Glück, wir sind immer noch gute Freunde!" Sie zuckte mit den Schultern und fühlte sich verlegen, obwohl es keinen Grund dafür gab. „Und was ist mit dir, Alex?", fragte sie und gab die Frage zurück. „Keine heimlichen Freundinnen, die du versteckst?"

Er lachte. „Mehrere, alle auf Armeslänge."

„Das ist ja wirklich keine Überraschung", bemerkte Avery und verdrehte die Augen, während alle lachten.

„Lügner", erwiderte El unerwartet und beobachtete Alex, der den Kopf spekulativ auf eine Seite gelegt hatte. „Mir machst du nichts vor, Alex Bonneville. Dieses Frauenheld-Getue ist nur gespielt."

Alexs Antwort kam genauso unerwartet. Er warf den Kopf zurück und lachte. „Kein Kommentar. Ich behalte mir das Recht auf Privatsphäre vor. Genau wie meine Frauen. Und es ist immer Platz für mehr." Er zwinkerte El, Briar und Avery zu.

„Du bist widerlich!", zischte Briar in gespielter Empörung und warf ein Kissen nach Alex, der erneut lachte.

Gil versuchte, sie wieder unter Kontrolle zu bringen. „Wenn wir Alex' Harem jetzt mal beiseitelassen, wie sieht dann der Plan mit diesen Grimoires aus?", antwortete Avery und versuchte, die Erinnerung an das Glitzern in Alex' Augen abzuschütteln. Er war viel zu gefährlich sexy. Und unerreichbar. Stattdessen sagte sie etwas, das sie nicht wirklich glaubte, aber dennoch aussprechen wollte. „Vielleicht sollten wir diese Grimoires in Ruhe lassen. Sie zu finden, könnte alles verändern. Wir haben es all die Jahre ohne sie geschafft."

„Dafür ist es zu spät", erwiderte Alex. „Ich glaube, dass in dem Moment, in dem Anne Somersby starb, etwas in Gang gesetzt worden ist. Und wir alle wissen, dass noch etwas kommen wird", fügte er hinzu und sah Avery dabei direkt an. „Wir haben keine andere Wahl, wir müssen zuerst die Grimoires finden und alles, was sonst noch über unsere Vergangenheit im Verborgenen liegt. Und wir müssen zusammenhalten."

„Ich kann das alles noch nicht mit nach Hause nehmen", sagte Gil. „Macht es dir etwas aus, wenn ich es hier lasse?"

„Nein, natürlich nicht", versicherte Avery ihm und zuckte mit den Schultern. „Wo bewahrst du denn dein Zauberbuch zu Hause auf?"

Er grinste. „Es gibt einen versteckten Raum auf dem Dachboden. Aber ich gehe selten dorthin. Die Zaubersprüche, die ich für meinen Garten brauche, kenne ich auswendig. Alicia denkt nur, dass ich exzentrische Gartenarbeitsgewohnheiten habe. Sie mag Gartenarbeit sowieso nicht, und ihr Job hält sie auf Trab."

„Ich möchte diese Truhe nicht herumschleppen, jedenfalls nicht bei Tageslicht", bemerkte Alex. „Wenn das für dich kein Problem darstellt, Avery? Ich nehme aber die Akten mit. Spannende Bettlektüre!"

„Klar, wie du willst."

El stimmte zu. „Ich nehme auch meine Familienpapiere mit, aber all die allgemeinen Unterlagen über die Stadt und so, sollten wir die vielleicht hier lassen?"

„Ich finde schon", fügte Briar hinzu. „Wir sollten uns bald wieder treffen und unsere Informationen austauschen."

Avery nickte: „In Ordnung, Mittwochabend?"

„Was machen wir alle am Tag der Sonnenwende?", fragte Alex. „Das ist in einer Woche. Wir sollten es zusammen feiern."

Avery hatte diesen Tag noch nie mit jemand anderem gefeiert, aber bevor sie protestieren konnte, ertönte ein Chor der Zustimmung. Alex grinste triumphierend, als er Avery ansah. „Gut, ich werde schon mal mit der Planung beginnen."

Wenn sie nicht im Laden arbeitete, verbrachte Avery jede freie Minute auf dem Dachboden, um ihren Familienstammbaum zu betrachten und die Geschichte ihrer Familie zu rekonstruieren, während sie sich gleichzeitig über die Geschichte von White Haven informierte. Anne hatte wirklich gründlich recherchiert, und Averys Kopf war voll von Informationen.

Sie hatte einen detaillierten Stammbaum, der bis ins 16. Jahrhundert zurückreichte. Ob Anne davor nichts finden konnte oder ob sie zu diesem Zeitpunkt aufgegeben hatte, war nicht klar. Sie hatte auch einen Blick auf Gils Stammbaum geworfen, der ebenfalls bis ins 16. Jahrhundert zurückreichte. Es muss Anne Jahre gekostet haben, alles zusammenzustellen. Es war seltsam, so viel Zeit mit der Geschichte eines anderen zu verbringen. Einige der Namen auf ihrem Stammbaum stimmten mit den Namen überein, die vorn in ihrem Zauberbuch standen. Sie erinnerte sich daran, dass sie mit sechzehn Jahren ihre eigenen Namen hinzugefügt hatte, da ihre Mutter sie in den Familientraditionen gefördert hatte. Das war eigentlich das einzige Mal, dass sie dazu gekommen war. Kurz darauf hatte ihre Mutter White Haven verlassen, und sie hatte nichts über ein früheres Zauberbuch, das verloren gegangen war oder sonst wie, preisgegeben. Vielleicht hatte sie nichts davon gewusst.

Unter Annes Unterlagen befand sich eine Karte von White Haven und der Umgebung, auf der Zahlen und Buchstaben verzeichnet waren. Avery heftete sie an die Wand und entfernte einige Ausdrucke, um Platz zu schaffen. Sie markierte Gils Haus darauf. Es war das einzige, von dem sie wussten, dass es der Familie über die Jahre hinweg gehört hatte. Aber wo hatten die anderen Familien früher gelebt? Sie war sich ziemlich sicher, dass der Buchladen und das Haus, in dem er sich befand, erst Ende des 19. Jahrhunderts in den Besitz der Familie übergegangen waren.

Ein paar Abende nach ihrer Entdeckung hob Avery den Kopf von ihren Nachforschungen und schaute sich auf dem Dachboden um, wobei sie sich fragte, welche anderen Hexen dort gestanden und ihre Zauberformeln gesprochen hatten. Der Dachboden war mit Papieren und Büchern von Anne, ihrem eigenen Hexenbuch und Büchern über Kräuter, Metalle und Edelsteine vollgestopft. Ihre Tarotkarten lagen auf dem Tisch, in Seide gefaltet und in ihrer eigenen speziellen Schachtel. Die geschnitzte Holztruhe stand noch immer auf dem Boden, obwohl sie sie zur Seite geschoben hatte, unter das Fenster. Sie zog ihre Aufmerksamkeit immer wieder auf sich, egal, wo im Raum sie sich gerade befand.

Als das Licht schwächer und die Schatten auf dem Boden länger wurden, fühlte sich Avery unruhig und rastlos. Sie nahm ein Bündel Salbei vom Regal und entzündete das Ende mit einem Fingerschnipsen. Der Salbei brutzelte und qualmte, und sie ging in eine Ecke des Raums, wo sie einen Reinigungszauber aufsagte, während sie durch den Raum ging und die Luft reinigte.

Mit einem weiteren Fingerschnippen zündete sie die Kerzen an, und die dunklen Ecken füllten sich mit einem warmen gelben Licht, das sie sofort beruhigte. Sie setzte sich und holte ihre Tarotkarten hervor, mischte sie gründlich und konzentrierte sich auf die Frage, die sie ihnen stellen wollte. Alex' Bild kam ihr in den Sinn, aber sie verdrängte es. Sie wollte wissen, ob noch etwas auf sie zukam. Ein Fremder, eine Bedrohung oder etwas anderes?

Das Kartendeck erwärmte sich unter ihren Händen, und während sie die Karten auslegte, beruhigte sich ihre Atmung. Als sie die Karten einzeln umdrehte, sah sie Abbildungen von sich selbst, von Alex und eine Karte, die Gil sein könnte. Dann kamen die großen Arkanen, die ihr das Blut in den Adern gefrieren ließen. Der Teufel, der Turm und der Mond, und zu viele Schwertkarten, die mit dem Schwertkönig ihren Abschluss fanden.

Sie sammelte die Karten hastig ein und zuckte zusammen, als sie ein Klopfen an der Tür hörte. Angreifer klopften normalerweise nicht an, beruhigte sie sich, während sie die zwei Stockwerke hinunter zu ihrer Haustür eilte. Sie konnte Alex' Silhouette durch das Glas sehen und fühlte sich erleichtert, wenn auch verwirrt. Sie öffnete die Tür und er trat ein, grinsend und eine Flasche Wein schwenkend. Er sah gut aus heute Abend, sein langes Haar war offen und frisch gewaschen; er roch nach Moschus.

„Ich komme nicht mit leeren Händen!" Er zögerte, als er sie ansah. „Geht es dir gut?"

„Mir geht es gut, ich habe nur die Karten noch einmal gelegt und sie verheißen nichts Gutes. Du hast mich erschreckt, das ist alles."

„Na, dann bin ich ja froh, dass ich hier bin. Darf ich mir die Truhe noch mal ansehen?"

„Natürlich, es ist ja deine."

Er sah sie erwartungsvoll an. „Gläser?"

Sie grinste. „Geh schon mal hoch, ich hole welche."

Als sie wieder auf den Dachboden kam, hatte Alex die Kiste wieder in die Mitte des Raumes geschoben und saß nun im Schneidersitz davor und betrachtete sie genau. Er hatte ein Buch aus seinem Seesack geholt, das nun neben ihm aufgeschlagen lag und Seiten mit Zeichnungen und Beschreibungen von Runen enthielt.

Avery setzte sich neben ihn und nahm das Buch in die Hand. „Woher hast du das?"

„El. Sie hat es schon seit Jahren und hat ein paar markiert, die ihr bekannt vorkamen." Er deutete auf eine Seite der Kiste. „Diese hier dient dem Schutz und vertreibt Dämonen." Er sah sie mit hochgezogenen Augenbrauen an.

„Dämonen? So wie die mit den roten Augen, die aus Rauch und Schwefel bestehen?"

„Ich denke schon." Er deutete auf die gegenüberliegende Seite, wo ein weiteres seltsames Zeichen in das Holz geritzt war. „Und diese hier vertreibt Geister." Er nahm ihr das Buch aus der Hand und blätterte ein paar Seiten durch. „Hier, siehst du?"

Avery verglich die beiden und spürte, wie ein Gefühl der Aufregung ihre Angst zu überlagern begann. „Und das Zeichen oben?"

„Unverständnis, Blindheit – eine Art Ablenkung des Sehvermögens. Das Zeichen, das uns daran gehindert hat, die Truhe zu sehen." Er beugte sich näher vor und betrachtete die Details. „Siehst du, da sind auch viele winzige Runen, die den gesamten Rand des Deckels der Truhe bedecken."

Der Deckel war tief und massiv, und auf der Innenseite befanden sich weitere Runen. „Und was bedeuten die?", fragte sie und zeigte darauf.

„Ein weiterer Zauberspruch." Alex' Stimme wurde vor Aufregung etwas lauter. „Sie ergeben zusammen einen Satz." Er blickte abwechselnd auf die Runen und die Truhe, blätterte ungeduldig in den Seiten und murmelte vor sich hin.

Während er hinsah, strich Avery mit den Fingern über die Runen und fühlte ihre glatten Konturen. Sie hatte das Gefühl, dass sie nicht von Hand geschnitzt, sondern durch Magie eingebrannt worden waren. *Sollten sie überhaupt versuchen, sie zu öffnen?* Sie setzte sich auf ihre Fersen und dachte nach. Sie war tief genug, um ein Zauberbuch darin zu verstecken. Vielleicht hatte Imogen Bonneville in ihrem Brief gelogen. Sie spürte, wie ein Kribbeln durch ihren Körper fuhr. Wenn die Truhe das Zauberbuch enthielt, waren sie dem, was auch immer kommen mochte, einen Schritt voraus.

„Alex, ich glaube, das Zauberbuch ist im Deckel."

„Was?", fragte er abwesend, immer noch in Gedanken.

„Das Familienbuch. Das Original."

Er sah sie schockiert an. „Aber der Brief ..."

„Sollte wohl verwirren – denke ich jedenfalls."

Er sah wieder auf die Seiten vor sich. „Okay. Das ergibt Sinn. Ich glaube, ich weiß, was die Runen bedeuten. Es erfordert ein Blutopfer."

„Was!" Avery fuhr erschrocken zusammen. „So etwas machen wir nicht." So etwas hatten sie nie getan. Das war eine dunklere, ältere Magie, die jetzt verboten war.

„Moment mal – es ist nicht so, wie du denkst. Das Blut muss von mir stammen." Er sagte es zwar ruhig, aber er sah besorgt aus.

„Sprich weiter." Sie nahm einen Schluck Wein, um ihre rasenden Gedanken zu beruhigen, und Alex griff ebenfalls nach seinem Glas.

„Um den Zauber zu brechen, benötigen wir etwas, das zeigt, wer ich bin, und dass ich der Sache würdig bin."

Der Raum wurde plötzlich sehr dunkel, und Avery fröstelte. „Dein Vorfahre würde dir doch sicher keinen Schaden zufügen wollen?"

„Ich vermute, es ist vor allem ein Akt des Glaubens."

„Es gibt hier viele *Vermutungen*." So sehr Alex ihr auch auf die Nerven ging, sie wollte nicht, dass er getötet oder verletzt wurde. Und sie konnte sich nicht mit dem Gedanken anfreunden, dass Schwarze Magie in ihrem Haus gewirkt wurde.

„Hilfst du mir?" Sie zögerte, und er fuhr fort. „Ich hatte eine weitere Vision. Mehr Blut, mehr Zerstörung. Ich sehe den Tod, Avery."

„Was, wenn es das hier vor uns ist?"

„Das ist es nicht. Das hier wird uns helfen."

„Die Karten, die ich vorhin gesehen habe, haben es auch vorhergesagt. Zerstörung, meine ich. Veränderung." Ihr wohlgeordnetes Leben, so seltsam es für manche Menschen auch sein mochte, war auch sicher, und jetzt fühlte es sich plötzlich an, als wäre es bedroht. Sie seufzte. „Wir können jetzt nicht mehr aussteigen, oder?"

Er schüttelte den Kopf, seine langen dunklen Haare fielen ihm ins Gesicht, und im Kerzenlicht wurde ihr bewusst, wie sehr sie sich zu ihm hingezogen fühlte. Er hatte eine animalische Anziehungskraft, eine schiere männliche Kraft, die sie nicht ignorieren konnte, aber eigentlich ignorieren musste. Sie war sich ziemlich sicher, dass er überhaupt nicht an ihr interessiert war, und wenn doch, dann war sie nur eine unter vielen. Und, erinnerte sie sich, er war manchmal ein arroganter Mistkerl.

„Es ist ein einfacher Zauber; ich brauche nur ein paar Kräuter und mein Blut. Du musst eigentlich gar nichts tun, außer hierzubleiben, falls etwas schiefgeht." Er grinste und zwinkerte ihr zu.

„Das ist nicht witzig. Ich bin nicht die Hexenkavallerie. Sollen wir die anderen rufen?" Da die Nacht bereits hereinbrach, fühlte sich ihr Dachboden plötzlich bedrohlich und angreifbar an. Mehr Hexen waren keine schlechte Idee.

„Nein, das würde zu lange dauern. Lass uns weitermachen", entschied er und stand schnell auf. Er ging zu ihrer umfangreichen Sammlung getrockneter Kräuter und wählte einige Gläser aus, die er mit den Worten „Ich brauche das, das und das" kommentierte.

Während er die Kräuter im Mörser zerstieß, blätterte sie im Runenbuch, betrachtete die Symbole und verglich sie mit der Truhe. „Bist du sicher, dass du weißt, was du tust? Ich kenne mich mit ein paar davon aus, aber ..." Ihre Stimme versagte, als sie versuchte, die Bedeutung zu entschlüsseln.

„Meine Großmutter konnte gut mit Runen umgehen", erklärte er vom langen Holztisch aus, an den er sich gestellt hatte. „Sie hat mir vor langer Zeit einige beigebracht. Ich erinnere mich jetzt vage an einige davon. Ich muss ihre Bücher irgendwo haben, oder vielleicht hat sie sie mitgenommen."

„Wo ist deine Großmutter jetzt?"

„Nicht hier", erwiderte er seufzend. Bevor sie noch etwas fragen konnte, brachte er die Kräutermischung zu ihr rüber. „Jetzt muss ich nur noch mein Blut daruntermischen."

„Wir brauchen eine schwarze Kerze", erklärte Avery. „Sie verstärkt den Zauber, enthüllt die Wahrheit und verbannt negative Energien." Sie ging zum Regal, in dem mehrere Körbe standen, und zog nach kurzem Stöbern in einem davon eine nagelneue Kerze heraus, während Alex mit Salz einen Kreis auf dem Boden zog.

„Salz?" Sie sah ihn verwirrt an.

„Ich ergreife Vorsichtsmaßnahmen. Nur für den Fall, dass etwas Ungutes auftaucht." Er zuckte mit den Schultern. „Ich bin sicher, dass nichts passieren wird."

Sie widerstand dem Drang, ihn böse anzusehen. „In diesem Fall brauchen wir auch lila Kerzen."

Alex stellte die Schachtel in die Mitte des Kreises, und Avery zündete die Kerzen auf beiden Seiten an.

Er sah sie ernst an. „Bereit?"

„So bereit, wie ich nur sein kann."

„Tritt zur Seite, nur für den Fall."

Er wartete, bis sie am anderen Ende des Raums am Tisch stand, trat dann in den Kreis und setzte sich im Schneidersitz vor die Truhe.

Er zog ein Taschenmesser hervor und schnitt sich damit in die Mitte seiner Handfläche. Avery zuckte zusammen, als sie ihm zusah. Er ballte die Hand und ließ das Blut in die Schale tropfen, während er leise vor sich hin sprach. Er vermischte das Blut und die Kräuter mit seiner unverletzten Hand und begann, die Mischung über die Runen im Deckel und die kleinen Runen am Rand zu streichen. Währenddessen tropfte sein Blut in die Schale, und er schien eine ganze Menge davon über die Truhe zu verteilen.

Während Alex die Beschwörungsformel murmelte, ließ der Luftdruck nach, und Avery merkte, dass sie Schwierigkeiten beim Atmen hatte. Sie begann nach Luft zu ringen und bemerkte, dass Alex dasselbe tat, aber sie traute sich nicht zu sprechen. Etwas, Gutes oder Schlechtes, war im Gange. Mit einem seltsamen Sauggeräusch ließ der Luftdruck erneut nach, und Avery wurde schwindelig, als alle Kerzen im Raum erloschen, dann die Lampen, bis nur noch die beiden Kerzen im Kreis brannten.

Avery konzentrierte sich auf Alex und die Truhe. Lange, flackernde Schatten ließen ihn dämonisch aussehen, und es sah so aus, als würden sich die Runen auf der Truhe bewegen.

Gerade als der Schmerz in ihren Ohren unerträglich wurde, gab es einen lauten Knall wie von einem Schuss, und der hölzerne Deckel der Kiste zerbrach in der Mitte. Dicker, schwarzer Rauch quoll daraus hervor. Die Kerzenflammen auf beiden Seiten der Kiste schrumpften zu winzigen Flämmchen zusammen, und Alex begann lauter zu skandieren, während er den Kopf hob und den Rauch anstarrte.

Avery trat vor, hob die Hände und war bereit, einen Energiestoß auf das zu schleudern, was auch immer da aufgetaucht war, aber der dichte Rauch blieb innerhalb der schützenden Grenzen des Kreises. Sie erinnerte sich an Alex' Worte. Er hatte gesagt, es sei ein Test, aber war es das wirklich? Die Zeichen auf der Kiste boten Schutz vor Geistern und Dämonen. Vielleicht war etwas darin eingeschlossen.

Sie stand wie erstarrt. Alex' Stimme klang angespannt, und er war von der Dunkelheit eingehüllt und schrie fast seinen Zauberspruch. Sie trat wieder vor und überlegte, was sie noch tun könnte, als die Dunkelheit plötzlich zu knistern begann, als würde sie Blitze enthalten, und dann verschwand. Alex lag zusammengesackt auf dem Boden. Die Kerzenflammen auf beiden Seiten loderten hoch auf, bevor sie wieder kleiner wurden, und der Druck im Raum normalisierte sich wieder.

Was auch immer es gewesen war, es war verschwunden.

Avery nutzte ihre aufgestaute Energie, um jede einzelne Kerze wieder anzuzünden, und eilte zu Alex, zog ihn aus dem Kreis, bis sie rückwärts auf den Teppich fiel und er auf ihrem Schoß lag.

Sie betrachtete die Truhe misstrauisch, aber es geschah nichts weiter, und sie fühlte schnell nach Alex' Puls. Sie seufzte erleichtert. Der Puls war da, stark und regelmäßig, aber er war vollkommen bewusstlos und lag wie ein Toter auf ihr.

Sie beugte sich über ihn, was ihr etwas schwerfiel, und rüttelte an seinen Schultern. „Alex, Alex, kannst du mich hören?"

Nichts.

Sie schrie lauter: „Alex. Wach auf!"

Plötzlich kam ihr der schreckliche Gedanke, dass er vielleicht besessen sein könnte, und sie schalt sich dafür. *Wir waren hier ja nicht bei Supernatural. Aber konnte es passieren?* Sie und die anderen benutzten die Elemente, sprachen Schutzzauber, aber sie hatten sich nie mit Blutmagie abgegeben. Nun, bis jetzt jedenfalls nicht. *In was zum Teufel hatten sie sich da nur reingeritten?*

Sie betrachtete seine reglose Gestalt. Er war wirklich schwer. Und muskulös. Seine Arme waren sehnig und stark, seine Schultern breit, und sein Hemd war hochgerollt, als sie ihn herübergezogen hatte, sodass man einen glatten, flachen Bauch sehen konnte. Ihr Blick wanderte an seinen Beinen hinab, und sie schluckte schuldbewusst. Sie riss ihre Augen von ihm los und konzentrierte sich auf sein Gesicht. Sie schrie erneut: „Alex, wach auf!"

Immer noch nichts.

Sie warf einen Blick auf die Truhe und beschloss, den Salzkreis noch einmal nachzuziehen. Sie fühlte sich verwundbar und angreifbar, da sie nicht wusste, was in dem schwarzen Rauch gewesen war. Sie rutschte unter Alex hervor, legte seinen Kopf behutsam auf ein Kissen und kroch zur Truhe hinüber. Sie war hellwach und spähte in den Spalt im Holzdeckel. Sie konnte einen Hauch von Silber erkennen. Irgendetwas war darin, aber sie würde es Alex überlassen, nachzusehen. Sie nahm das Salz und vervollständigte den Kreis noch einmal.

Avery war versucht, ihn mit einem Zauberspruch zu wecken, entschied sich aber dagegen. Er musste viel Energie verbraucht haben, und seine Kräfte konnten nur durch Ruhe wiederhergestellt werden. Seine Hand blutete immer noch von dem Schnitt, der quer über seine Handfläche verlief. Sie holte einen Verband aus dem Badezimmer und verband die Wunde. Dann schob sie ein Kissen unter seinen Kopf und warf eine Decke über ihn, um es ihm so bequem wie möglich zu machen.

Im Zimmer war es jetzt kühl, obwohl es Sommer war. In der Wand zwischen ihrem Schlafzimmer und dem angeschlossenen Badezimmer befanden sich ein kleiner Kamin und der Rest des Dachbodens, da der Hauptkamin zwischen den beiden einst getrennten Häusern aufragte. Sie entzündete ein kleines Feuer, und das helle Leuchten der Flammen wärmte sie sofort.

Sie fragte sich, wie die anderen mit ihren Nachforschungen vorankamen. Die Vergangenheit war ihr schon immer nahe gewesen, und jetzt fühlte sie sich ihr noch näher. Sie hatte das Gefühl, dass alte Geheimnisse bereit waren, aufgedeckt zu werden, ob sie es wollte oder nicht. Zitternd zog sie sich eine Decke über die Schultern und legte sich mit einem Kissen unter dem Kopf auf das Sofa. Es dauerte nicht lange, bis auch sie eingeschlafen war.

Als Avery am nächsten Morgen aufwachte, war Alex verschwunden und er hatte seine Decke über sie ausgebreitet. Er hatte eine Nachricht auf dem Tisch hinterlassen.

Ich wollte dich nicht wecken, also bis heute Abend. Die anderen kommen auch. Fass die Truhe nicht an, bevor wir da sind. Danke für deine Hilfe. Mir geht es gut.

– Alex

Natürlich, es war ja Mittwoch. Sie sah sich im Raum um und erwartete, dass er nach den Ereignissen der vergangenen Nacht in irgendeiner Weise durcheinander war, aber im fahlen Licht der Morgendämmerung sah alles in Ordnung aus, abgesehen von dem zerbrochenen Deckel der Holztruhe. Sie bedauerte, dass Alex gegangen war; sie hätte gerne gewusst, was er erlebt hatte, aber das musste warten.

Nachdem sie geduscht und sich geschminkt hatte, zog sie einen langen dunkelblauen Baumwollrock und ein kurzärmliges Baumwolloberteil an, bevor sie nach unten in den Laden ging. Der Tag war bewölkt und es sah nach Regen aus, was für gewöhnlich gut für den Umsatz war. Mittwochs waren nur sie und Sally im Laden, sodass sie viel zu tun hatten. An anderen Tagen kam ein Praktikant namens Dan für ein paar Stunden vorbei, sodass Avery nicht den ganzen Tag im Laden sein musste. Sie ließ Sally nur ungern allein.

Sally grinste sie an, als sie ankam. „Was hast du so getrieben? Du siehst aus, als hättest du die Nacht durchgemacht."

„Nichts Aufregendes", log Avery. Sie hatte sich bereits überlegt, wie sie erklären würde, dass sie sich jetzt öfter mit den anderen traf. Es wäre ungewöhnlich für Sally, etwas dazu zu sagen. „Weißt du noch, als Anne Somersby uns ein paar Bücher dagelassen hat?"

„Ja", entgegnete Sally und lehnte sich mit der Hüfte gegen die Ladentheke.

„Sie hat mir ein paar Unterlagen über die Geschichte unserer Familie und der Stadt hinterlassen. Sie enthalten die von Alex, Gil und ein paar anderen – du kennst Elspeth aus dem Juweliergeschäft und Briar mit dem Lotionsgeschäft?"

„Jaaaa." Sally zog das Wort in die Länge, mit einem leicht fragenden Unterton und einem leichten Stirnrunzeln.

„Nun, ich habe sie informiert, und wir haben beschlossen, ihre Recherchen zu beenden", sagte sie leichthin, während sie begann, die Regale aufzuräumen. „Alex ist gestern Abend vorbeigekommen, und es ist spät geworden, das ist alles. Sie kommen heute Abend wieder."

Sallys Stimme wurde um eine Oktave höher. „Was meinst du mit ‚ist vorbeigekommen'? Seid ihr zwei …?"

Avery fiel ihr ins Wort, bevor sie den Satz beenden konnte, und drehte sich zu Sally um. „Nein! Es war nur ein kurzes Gespräch."

„Ein nächtliches Gespräch." Sally lächelte selbstgefällig. „Nenn es, wie du willst, ich mache eine Tasse Tee", und sie verschwand im Hinterzimmer.

Avery seufzte und lehnte ihren Kopf gegen das Bücherregal. Das würde jetzt immer so weitergehen. Sie hoffte, dass die Kunden sie den ganzen Tag auf Trab halten würden.

Als sie Feierabend machten, war Avery völlig erschöpft. Sie hatten den ganzen Tag über viel zu tun gehabt, sodass sie keine Zeit gehabt hatte, sich um andere Dinge zu kümmern. Sie schloss ab und ging nach oben in ihre Wohnung.

El kam als Erste an und sah gespannt aus. „Hey Avery, das Zeug, das du mir von Anne gegeben hast, ist toll." Sie stellte eine große, ausgebeulte Ledertasche auf den Boden, die mit Papieren gefüllt war. Ihr weißblondes Haar war zu einem unordentlichen Dutt hochgesteckt, und sie trug verwaschene Jeans und ein T-Shirt, das einen Blick auf ihre Tattoos auf den Oberarmen freigab. „Ich habe so viel mehr über meine alte Familiengeschichte erfahren, als mir meine Familie je erzählt hat."

„Wer hat dir denn dein Zauberbuch gegeben, El?", fragte Avery neugierig.

„Meine Großtante. Und sie hat es mir auch noch heimlich gegeben. Ich musste ihr versprechen, es meinen Eltern oder sonst jemandem in der Familie nicht zu erzählen. Magie war für sie ein absolutes Tabu."

Avery stand in der offenen Küche und bereitete Tee und Kaffee zu. „Woher wusste sie, dass du damit kein Problem haben würdest?"

„Sie hat Dinge bemerkt, die der Rest meiner Familie entweder nicht sehen konnte oder nicht sehen wollte. Ich war schon immer geschickt im Basteln, und ihr ist aufgefallen, dass ich die Dinge etwas anders gemacht habe. Sie hat mich immer wieder besucht, so lange ich klein war, und eines Tages hat sie mich gefragt, ob ich das Wochenende bei ihr verbringen möchte. Es war ein alter, ziemlich baufälliger Ort, aber im Laufe des Wochenendes erzählte sie mir von unserer Familie, soweit sie darüber Bescheid wusste, und brachte mir Zaubertricks bei.

Danach war es unser kleines Geheimnis." Elspeth lächelte und zuckte mit den Schultern. „Sie war unglaublich. Ohne sie wäre ich vielleicht gar nicht hier."

Avery reichte ihr eine Tasse Kaffee. „Ich schätze, ich hatte Glück. Zumindest war es in unserer Familie nichts, was man verbergen musste. Jedenfalls nicht voreinander. Obwohl nicht alle Familienmitglieder es gutheißen."

„Seltsam, nicht wahr, dass manche Leute Angst vor diesen Dingen haben?" Elspeth lachte. „Und dann gibt es eine Menge anderer Leute, die sich wünschen, sie hätten das, was wir haben."

„Ich weiß nicht, ob sie das wollen, was wir jetzt haben. Gestern Abend ist etwas Seltsames passiert."

Bevor sie weiterreden konnte, kamen die anderen an. Alex sah müde aus.

„Alles in Ordnung?", fragte Avery. „Du hast mir gestern Abend wirklich Sorgen gemacht."

„Was ist los?", fragte Briar und warf den beiden einen besorgten Blick zu.

„Es ist alles in Ordnung, mir geht es gut", erklärte Alex. „Tut mir leid, dass ich nicht geblieben bin", sagte er zu Avery. „Ich bin gegen drei Uhr morgens aufgewacht und wollte dich nicht wecken, also bin ich gegangen. Geht es dir gut?"

„Ich war nicht diejenige, die von seltsamem schwarzem Rauch eingehüllt worden ist. Mir geht es gut, danke. Ich bin zwar etwas verwirrt, aber es geht mir gut."

Inzwischen schauten die anderen verwirrt, und Alex sagte schnell: „Die Runen auf der Kiste, das war ein Test für mich. Kommt und seht selbst."

Sie folgten ihm die Treppe hinauf auf den Dachboden, der friedlich, wenn auch unordentlich, aussah und nichts von den

Ereignissen der vergangenen Nacht erahnen ließ. Die Holztruhe stand in einem Sonnenstrahl, der den Riss auf der Innenseite des Deckels hervorhob. Der Salzkreis umgab sie noch immer.

„Was zum Teufel ist passiert?", fragte Gil. „Ist das Blut?" Er trat näher an die Truhe heran und untersuchte den Fleck aus Kräuterpaste, der über die Runen lief, und die Schüssel, in der die Paste angerührt worden war. Auch Alex' Messer lag noch auf dem Boden, und er betrachtete Alex' bandagierte Hand. Er richtete sich auf und wirkte plötzlich ernst. „Was hast du getan?"

„Die Truhe benötigte mein Blut als Beweis, wer ich bin. Oder besser gesagt, wer mein Vorfahre war. Es war ein Runenzauber, und ich habe ihn entschlüsselt."

„Und dann hast du beschlossen, ihn zu wirken! Blutmagie?" Gil sah Alex ungläubig an und dann Avery. „Und du hast ihn das machen lassen?"

Avery hatte Gil noch nie so erlebt. Sie kannte Gil als lockere Hexe aus einer der alten Familien der Stadt. Aber sie hatten auch noch nie zusammen Magie gewirkt.

Sie stllte sich solidarisch neben Alex. „Eigentlich wollte ich das nicht, aber wir wussten, dass etwas im Deckel war. Es ist immer noch im Deckel. Wir glauben, dass es sich um das Zauberbuch handelt." Die Spannung im Raum war spürbar. „Ich weiß, dass es gefährlich war, aber wir waren vorsichtig, das sieht man doch. Und ich habe Alex vertraut." Sie spürte, wie Alex ihr einen kurzen Blick zuwarf, aber sie sah weiterhin Gil an.

Gil ließ die Schultern sinken und seufzte. „Ich wünschte, ihr hättet uns zuerst angerufen. Es hätte alles Mögliche passieren können."

Alex erklärte: „Wir hatten keine Zeit, und außerdem dachte ich, dass wir euch nicht brauchen. Und mir geht es gut."

„Und der schwarze Rauch?", fragte El, die Hände in die Hüften gestemmt, und wollte sie nicht so einfach davonkommen lassen.

Er grinste verlegen: „Das *war* schon seltsam."

„Es war aber kein Rauch, oder?", hakte Briar nach, der neben dem Kreis stand. „Es war eine Geisterform."

Averys Mund stand weit offen. „Es war *was*?"

„Sie hat recht", sagte Alex. „Es hat mit mir gesprochen. Na ja, irgendwie. Ich konnte es in meinem Kopf spüren, wie es mich untersucht und erforscht hat." Er schüttelte den Kopf, als wollte er das Eindringen abschütteln. „Ich hatte das Gefühl, kämpfen zu müssen, um zu beweisen, wer ich bin. Es war anstrengend."

„Du bist ohnmächtig geworden. Das muss es gewesen sein", sagte Avery und schaute Alex stirnrunzelnd an. „Ich wusste nicht, ob ich eingreifen sollte, aber dann dachte ich, wenn du recht hast und es ein Test war ..." Sie verstummte und schaute Briar an. „Es war verrückt. Alles hätte passieren können, aber wir mussten es versuchen. Woher weißt du, dass es ein Geist war?"

Briar tastete vorsichtig um den Riss im Deckel der Truhe und strich dann mit den Fingern über das Symbol an der Seite. „Dieses Zeichen. Jetzt erscheint es logisch."

„Tja, im Nachhinein ist man immer schlauer. Ihr hättet getötet werden können. Ihr beide", bemerkte Gil immer noch verärgert. Er setzte sich auf die Kante des Sofas und betrachtete die Truhe misstrauisch.

Alex ging zu Briar hinüber. „Nun, wir wurden nicht getötet, und es ist an der Zeit, nachzusehen, was hier drin ist."

Er schob seine Finger in den langen Riss im Deckel und zog daran. Das zerbrochene Holz splitterte und gab den Blick auf ein großes, dickes Zauberbuch frei, das in abgenutztes schwarzes Leder gebunden war. Alex hob es vorsichtig heraus, und als das Licht darauf fiel, schimmerte ein verblasstes silbernes Bild auf dem Einband, das Avery nur schwer erkennen konnte. Alex trug das Buch zu dem Eichentisch, an dem Avery ihre Zaubersprüche vorbereitete, und sie drängten sich um ihn, als er den Einband öffnete. Auf der Vorderseite war eine Liste mit Namen in verschiedenen Schriften geschrieben, und das Datum oben auf der Seite lautete 1309.

„Das war 300 Jahre alt, als es versteckt worden ist!", stellte er schockiert fest. Er blätterte die Seiten um, und es schien, als hielten alle den Atem an. Die Seiten waren mit dichter, winziger Schrift bedeckt, und alle Zaubersprüche begannen auf einer neuen Seite, genau wie in ihren anderen Grimoires. Die Sprache war alt, und die Schrift schwer zu entziffern. Es gab auch einfache Illustrationen.

„Was für Zaubersprüche sind das?", fragte El und streckte sich, um besser sehen zu können.

„Einige davon scheinen die üblichen zu sein", erwiderte Alex nachdenklich. „Schutzzauber, Heilzauber, einige Flüche und ..." Er hielt inne und sah sie an. „Zauber, um Geister und Dämonen zu beschwören."

„Dämonen?", fragte Briar mit großen Augen.

Er nickte. „Es sind viel mehr, als ich in meinem Buch habe."

Avery spürte, wie sich erneut ein Gefühl der Sorge in ihr ausbreitete. Als Kind hatte man ihr beigebracht, dass man Geister und Dämonen nur gelegentlich heraufbeschwören sollte – da es zu gefährlich ist. „Heißt das, dass sie früher öfter Dämonen beschworen haben als wir heute?"

„Ich denke schon." Alex blätterte weiter, gefesselt von dem, was er las. „Diese Zaubersprüche sind raffiniert und komplex. Und möglicherweise mächtiger als alles, was ich bisher verwendet habe."

Es dauerte ein paar Momente, bis sie das begriff. Ältere, mächtigere Zaubersprüche. Ein verborgenes Erbe der Magie, das sie nun erlernen konnten. Avery schauderte, nicht sicher, ob vor Aufregung oder Furcht. „Glaubst du, dass die anderen Grimoires auch so sind?"

„Das müssen sie sein", folgerte Gil. „Steht da irgendetwas über Unsterblichkeit drin? Oder irgendetwas, das besonders unheimlich aussieht?"

„Außer *Dämonen*? Keine Ahnung, bisher jedenfalls." Alex sah auf. „Ich muss mir das wirklich mal in Ruhe ansehen. Die Schrift ist an manchen Stellen schwer zu entziffern."

„Warum fragst du das?", fragte El Gil.

„Ich frage mich nur, ob das etwas ist, für das sich meine verschollenen Verwandten interessiert haben könnten."

Briar unterbrach ihn entsetzt: „Hat schon mal jemand einen Dämon beschworen?"

„Niemals", entgegnete El. „Und ich habe auch nicht die Absicht, das zu tun."

„Ich frage mich", warf Avery ein, „ob Annes Tod überhaupt etwas ausgelöst hat. Ich meine, dass ihr Tod das Wissen über die Kiste, die sie so lange versteckt hatte, freigesetzt hat. Schließlich hatte Alex seine Vision kurz nach ihrem Tod, und die Karten sagten ein Ereignis voraus."

„Alex", sinnierte El nachdenklich, „was sind die wichtigsten Arten von Zaubersprüchen in deinem Buch?"

„Ich bin mir nicht sicher, es ist schwer zu definieren. Astralprojektion, außerkörperliche Erfahrung, Kommunikation mit Geistern." Er saß jetzt da, den Kopf auf die Hand gestützt, und blätterte in dem Buch, das seine Aufmerksamkeit komplett in Anspruch nahm. „So etwas habe ich noch nie gesehen."

„Es ist also ein Symbol für den Geist oder alles Geistliche!", rief sie aus. „Ich meine das Bild auf dem Buchdeckel."

Avery ärgerte sich, dass ihr das nicht früher aufgefallen war. „Natürlich! Und das ist Alex' Stärke."

„Bedeutet das, dass sich die anderen Grimoires auf die anderen Elemente konzentrieren?", fragte Gil.

„Feuer, Luft, Wasser, Erde. Die Stärken unserer Familienlinien?", bemerkte Briar.

Avery grinste. „Wir könnten unsere Magie weiterentwickeln! Neues lernen. Eine Magie anzapfen, die uns seit Jahrhunderten verborgen war!"

Gil holte sie auf den Boden der Tatsachen zurück. „Wenn die Zaubersprüche so mächtig sind, wie wir – und Alex – glauben, dann könnten die Bücher Probleme machen. Eine ganze Menge Probleme. Wenn jemand anderes weiß, dass es sie gibt, ist es kein Wunder, dass sie sie haben wollen."

Am nächsten Morgen stand Avery früh auf. Die Straßen und Gassen von White Haven waren ruhig, und der Morgennebel begann sich zu lichten, als die Sonne am blassblauen Himmel aufging.

Avery ging den Hügel hinauf, weg von ihrer Wohnung und *Happenstance Books*, und blickte von oben auf die Stadt und das Meer. Sie wurde nie müde, diesen schönen Ausblick zu genießen. Sie liebte die alten Kopfsteinpflasterstraßen und winzigen Gassen, die sich ineinander verflochten, mit dem Land anstiegen und senkten und schließlich zum Meer hinabführten. Fischerboote fuhren hinaus, aber die Segelboote blieben im Hafen, ihre hellen Segel waren eingerollt. Hinter der Stadt lagen die Häuser verstreut auf den Hügeln und Feldern. Es war ein so schöner Ort, und sie wollte, dass er so blieb. Sie wollte nicht, dass in White Haven wegen der Suche nach alten Grimoires ein Hexenkrieg ausbrach.

Gestern Abend, nachdem die anderen Hexen gegangen waren, hatte sie sich einen Kamillentee gemacht und die Tür zwischen ihrem Schlafzimmer und dem Dachboden geschlossen. Sie hatte sich bei gedämpftem Licht und geöffnetem Fenster ins Bett gesetzt und Annes Papiere auf der Bettdecke ausgebreitet. Ihre Katzen, Circe und Medea, hatten sich am Fußende des Bettes zusammengerollt und ihr Gesellschaft geleistet, die Ohren gespitzt, die Augen geschlossen, während sie alte Karten der Stadt durchgesehen hatte. Und da sah sie

Annes Zeichen auf der Seite, ein kleiner grüner Schnörkel, der wie ein „H" aussah. *Könnte der für Helena stehen?*

An diesem Ort war sie heute Morgen vorbeigekommen.

Avery wandte sich von der Aussicht ab und ging die Gassen entlang, bis sie die richtige gefunden hatte. *Besom Lane.* Es war nicht gerade eine Strasse, an der man zufällig vorbeikam. Sie lag etwas abseits und war von kleinen Häuschen gesäumt. Sie schlenderte die Gasse entlang und bewunderte die Blumenampeln und -töpfe, die hübschen Vorhänge und weiß getünchten Wände und notierte sich sorgfältig die Hausnummern. Die Gasse war lang und kurvig, und schließlich erreichte sie das Häuschen, das sie suchte.

In diesem kleinen Haus könnte Helena mit ihrer Familie vor all den Jahren gelebt haben. Im Erdgeschoss gab es neben der Eingangstür ein Fenster, und im Obergeschoss zwei kleine Fenster. Das Haus war identisch mit den anderen auf beiden Seiten. Es war seltsam, dass sie so nah an diesem Ort gelebt hatte und nie gewusst hatte, wem er einst gehört hatte.

Avery lehnte sich an die Wand des gegenüberliegenden Hauses und starrte es an, während ihre Gedanken durcheinanderwirbelten. *War Helena von hier zum Scheiterhaufen geschleift worden, oder war sie bereits irgendwo im Dorf gefangen gehalten worden?* Sie sah sich die Karte noch einmal an. Sie war im Vergleich zu modernen Karten ungenau und vage, und obwohl Anne eine Nummer notiert hatte, konnten sich die Nummern im Laufe der Jahre geändert haben. Die Karte zeigte kleine quadratische Gärten im Hintergrund, und diese Reihe war fast im Hang des dahinter liegenden Hügels eingebettet. Aber während die Gassen damals isoliert waren, waren sie jetzt von Straßen umgeben, die von neueren Gebäuden gesäumt waren – nun, aus dem 18. Jahrhundert im Gegensatz zum 16.

Was nun? War das alte Zauberbuch hier versteckt? Avery zermarterte sich das Hirn, während sie über Annes Notiz nachdachte. Das Häuschen musste viele Veränderungen und Renovierungen überstanden haben; es wäre ein Wunder, wenn sie das Buch hier fänden. Sie seufzte. Es war Zeit für Kaffee und Frühstück. Sie würde sehen, wer sonst noch wach war.

Avery stieß die Tür zu Briars Laden auf, und die Türglocke bimmelte fröhlich, als sie eintrat. Sie trug zwei heiße Latte Macchiatos in einem Pappbehälter und eine Tüte Croissants, die oben in ihrer Umhängetasche steckte.

Kaum hatte sie den Laden betreten, umfing sie der Duft von Lavendel, Rosen und Geranien. Sie atmete tief ein und sah sich mit Wohlgefallen um. Briars Laden sah aus wie eine altmodische Apotheke. Die Regale an den Wänden waren mit verschiedenen Hautlotionen, Haarpflegeprodukten, Seifen, Cremes gegen Beschwerden und allerlei getrockneten Kräutern, Kräuterbüchern, Duftkerzen und anderen Produkten für den Haushalt gefüllt. Alle Produkte wurden entweder von Briar oder anderen kleinen Unternehmen aus natürlichen Inhaltsstoffen hergestellt. Man konnte sofort erkennen, welche Produkte von Briar stammten, da sie alle in ungewöhnlich geformten Flaschen mit hellen Pastellfarben abgefüllt waren. Es war ein behaglicher Laden, und Avery entspannte sich sofort.

Briar sah von der langen hölzernen Theke im hinteren Teil des Ladens auf und lächelte verwirrt. „Hallo, Avery! Ist alles in Ordnung? Ich sehe dich hier sonst nie." Sie hatte gerade einige Gläser mit einer cremigen Lotion gefüllt, die wie eine Feuchtigkeitscreme aussah, und stellte den Krug auf die Theke.

„Lass dich nicht stören! Ja, mir geht es gut – so einigermaßen. Ich habe Kaffee und Croissants gekauft, um dich auszufragen." Sie stellte ihre Tasche und den Rest ihrer Sachen auf die Theke. „Dein Laden sieht toll aus!"

Briar lächelte. „Danke. Es läuft gut, also habe ich mein Sortiment erweitert." Sie grinste und beugte sich vor, um sich einen Kaffee zu nehmen. „Die Leute erwähnen oft die überraschenden Vorteile, die sie durch die Verwendung meiner Produkte haben."

Avery lachte. „Das glaube ich! Wenn sie nur wüssten."

„Wahrscheinlich ist es besser, wenn sie es nicht wissen." Briar nippte an ihrem Kaffee. „Der ist köstlich, danke." Sie tauchte das Croissant in den Kaffee und biss hinein. „Noch köstlicher!", kommentierte sie. Sie sah Avery kauend an. „Also, worüber willst du mich ausfragen?"

Avery sah sich um, um sicherzugehen, dass der Laden noch leer war. „Alte Zauberbücher natürlich. Ich mache mir Sorgen, dass wir die anderen nie finden werden."

„Wenn wir sie nicht finden, kann sie vielleicht auch niemand anderes finden. Das wäre vielleicht gar nicht so schlecht, wenn man bedenkt, was wir in Alex' Buch gesehen haben."

„Glaubst du das wirklich? Es ist unser Erbe!"

Briar leckte sich die Finger ab. „Es ist 500 Jahre her, dass wir diese Bücher in unserem Besitz hatten, und unsere Magie hat überlebt. Sie hat uns ein gutes Leben beschert." Sie deutete auf den Raum um sie herum. „Wir haben die Bücher nie gebraucht, und wir brauchen sie auch jetzt nicht." Briar sah ruhig und gefasst aus, und sehr entschlossen.

„Heißt das, dass du nicht nach deinem Buch suchen wirst? Oder nach dem Ort, an dem deine Vorfahren gelebt haben?" Avery fühlte, wie sie ins Schwimmen geriet. „Oder nach irgendetwas?"

„Ich weiß nicht. Wir haben viel zu verlieren."

„Wir haben auch viel zu gewinnen. Und irgendjemand oder irgendetwas ist im Anmarsch."

Briar seufzte und verdrehte die Augen. „Aber wer? Ich meine, wirklich? Das ist einfach zu seltsam. Anne stirbt, du und Alex seht die gleichen Dinge. All diese versteckten Informationen werden plötzlich enthüllt. Es fühlt sich wie eine Falle an. Ich bin mir nicht sicher, ob diese Dinge gefunden werden sollten."

„Aber Alex hat sein Buch schon gefunden. Die Truhe. Das Zauberbuch. Die Nachricht von Imogen, seiner Vorfahrin. Von Gil." Avery wandte sich an Briar, weil sie das Gefühl hatte, dass sie zur Vernunft gebracht werden musste. „Ich dachte, du freust dich über die Neuigkeiten?"

„Das habe ich, aber jetzt bin ich mir nicht mehr so sicher." Briar begann, ihre Gläser wieder zu füllen, und der Geruch von Geranien wehte zwischen ihnen hindurch. „Ich habe dabei ein schlechtes Gefühl. Ich mag keine Schwarze Magie und werde sie nie ausüben."

„Ich auch nicht. Und wir wissen nicht, ob es sich um Schwarze Magie handelt. Es könnte auch darum gehen, ungenutztes Potenzial zu nutzen."

Briar schüttelte den Kopf, wobei ihre langen dunklen Locken ihr hübsches Gesicht umrahmten. „Ich werde sehen, wie ihr anderen vorankommt. Bis dahin bleiben meine Unterlagen über meinen Stammbaum und meinen Wohnort in White Haven weggeschlossen."

Avery war plötzlich enttäuscht und dann neugierig. „Wie bist du hierhergekommen, Briar? El hat mir erzählt, dass ihre Großtante es ihr gesagt hat – es war ihr Geheimnis."

Briar nickte. „Ich weiß, das hat sie mir auch erzählt. Bei mir war es anders. Ich habe es durch Briefe erfahren.“

„Briefe?“ Das war sicherlich nicht die Antwort, die Avery erwartet hatte.

„Ja. Meine Eltern haben sich gegenseitig Briefe geschrieben und hin und her überlegt, ob sie es mir sagen sollten oder nicht.“ Avery muss verwirrt ausgesehen haben, denn sie lächelte. „Mein Vater war beruflich viel unterwegs, und er und meine Mutter haben sich ständig geschrieben. In der Schule hatte ich einen magischen Anfall und habe etwas getan, das einige in der Klasse erschreckt hat. Ich kann mich nicht einmal mehr daran erinnern, was es war, nichts Wichtiges. Meine Mutter sagte mir, dass ich etwas Besonderes sei und deutete auf meine Kräfte hin, aber mehr sagte sie nicht. Ein paar Jahre später starb mein Vater bei einem Unfall, und ein paar Jahre danach auch meine Mutter. Da habe ich die Briefe gefunden. Die Gespräche waren vage, aber ich habe genug verstanden, um zu wissen, worum es ging. Sie wollten mich schützen. Also bin ich hierhergekommen, an den Ort, den sie ihr Zuhause genannt haben.“

„Wie hast du dann gelernt, deine Magie zu nutzen? Es muss schwer gewesen sein, wenn dir niemand etwas beigebracht hat.“

„Ich habe es mir selbst beigebracht. Obwohl sie das Leben mit Zauberei aufgegeben hatten, konnten sie sich nicht von allem trennen. Oder zumindest meine Mutter nicht. Ich habe viele Bücher und das Familienzauberbuch gefunden. Und dann bin ich hierhergekommen und habe euch alle kennengelernt, und Elspeth hat mir viel beigebracht. Gil auch.“

Avery blieb vor Schreck der Mund offen stehen. Sie hatte keine Ahnung, dass Briar bei ihrer Ankunft so eine Anfängerin gewesen war oder dass die anderen ihr so sehr geholfen hatten. Und dann fühlte sie sich unglaublich schuldig. „Das habe ich nicht gewusst. Es tut mir so leid, ich hätte dir auch helfen sollen."

Briar zuckte mit den Schultern. „Schon gut, Avery, du hast immer dein eigenes Ding gemacht. Dir gefällt das, mir nicht. Ich brauche die anderen."

In letzter Zeit hatte Avery sich gefragt, ob das wirklich stimmte, aber sie lenkte das Gespräch wieder auf Briar. „Aber du hast so viel gelernt. Du bist brillant. Ein Naturtalent!"

Briar lächelte wehmütig. „Ich weiß nicht recht."

Avery schüttelte den Kopf und war verärgert. „Briar, ich bin verwirrt. Du könntest jetzt so viel über deine Vergangenheit erfahren. Und trotzdem kehrst du ihr den Rücken!"

„Es ist kompliziert. Ich habe das Gefühl, dass ich gerade erst anfange, die Dinge zu verstehen, und jetzt passiert so was. Ich bewege mich in einem anderen Tempo als du."

Avery fühlte sich plötzlich leer und frustriert. Sie hatte gerade erst angefangen, Briar zu verstehen. „Kommst du trotzdem zur Sonnenwendfeier?"

Briar lächelte. „Natürlich. Ich bin schließlich eine Hexe."

10

Averys nächster Zwischenstopp war Els Juweliergeschäft. Sie wollte sich vergewissern, dass El nicht auch Zweifel hatte. So sehr sie sich auch bemühte, Briars irritierend vernünftige Entscheidung zu respektieren, so sehr ärgerte sie sich über Briar, weil sie so, nun ja, irritierend vernünftig war. War das wirklich der richtige Zeitpunkt, um Zweifel zu haben, wo doch die alte Magie und die neuen Kräfte so nah waren?

Je näher sie Els Laden kam, desto unentschlossener wurde sie.

Els Laden lag in der Nähe der Küste, in einer der Gassen, die von der Hafenpromenade abgingen. Der starke Meeresduft nach Salz umgab sie, als sie vor dem Laden ankam. Die Ladenfront bestand aus einem großen Fenster mit kleinen, quadratischen, abgeschrägten Scheiben, die den Blick auf das Innere erschwerten, vor allem, weil unter dem Fenster eine Auslage mit Halsketten und Ohrringen in ungewöhnlichen Designs sowie eine Auswahl verzierter Messer aufgebaut war.

Als Avery den Laden betrat, stellte sie fest, dass Els Geschäft viel dunkler und kleiner war als das von Briar. Die Wände waren mit dunkel gemusterten Tapeten tapeziert, und die Vitrinen waren mit schwarzem Samt ausgeschlagen. Die Beleuchtung war schwach, und um die Auslagen herum waren Lichterketten angebracht. Hoch über der Theke im hinteren Teil des Ladens befand sich eine Auswahl an Messern und Schwertern. Sie sahen nicht nur gefährlich scharf aus, sondern auch sehr dekorativ. Auf der anderen Seite des Ladens befand sich eine Sammlung von Metallschalen und Gegenständen, wie sie in der Hexenkunst verwendet werden. El hatte sich eindeutig dafür entschieden, sich als Wicca zu vermarkten, und im Laden hing ein starker Geruch von Sandelholz-Räucherstäbchen.

Sie musste sich durch eine Gruppe Mädchen drängen, die den Schmuck bewunderten und sich Ohrringe vor einem Spiegel an die Ohren hielten. Hinter der Glasvitrine, in der weiterer Schmuck ausgestellt war, stand eine junge Frau.

Avery stellte sich vor. „Hallo, ich bin eine Freundin von El. Weißt du, wo sie ist?"

Die junge Frau hatte schwarzes Haar, das zu einem stumpfen Bob geschnitten war, die Spitzen waren lila gefärbt, und sie trug ein enges schwarzes Kleid, das jede ihrer Rundungen betonte. Ihr Gesicht war blass, aber kunstvoll geschminkt, ihre Lippen blutrot. Im Vergleich dazu fühlte sich Avery underdressed. Wie üblich trug sie ihr langes rotes Haar offen und eines ihrer knöchellangen, fließenden Kleider mit Flip-Flops. Sie fühlte sich wie eine Wilde neben dieser gepflegten Erscheinung und wünschte sich plötzlich, dass ein Windhauch durch den Laden fegte und ihr makelloses Haar zerzauste.

Die Frau warf Avery einen kurzen prüfenden Blick zu und rief über die halb geöffnete Tür hinter der Theke zurück: „El! Du hast Besuch. Eine rothaarige Tussi."

Avery grinste. *Tussi*! So hatte sie schon lange niemand mehr genannt.

Sie hörte El rufen: „Bist du das, Avery?"

„Ja!"

„Komm nach hinten."

Ohne ein Wort zu sagen, warf die Frau Avery einen weiteren langen Blick zu und hob dann die Klappe am Ende der Theke an, sodass Avery durchgehen konnte. Avery, die sich mit Magie auskannte, konnte es sehen. Sie hatte eine Art von Vorahnung. Es war unverkennbar.

Ohne ein Wort zu sagen, ging Avery in das hintere Zimmer, das nicht schwarz, sondern dunkelrot gestrichen war, und blieb fast erschrocken stehen. El war nicht allein. Reuben saß in einem Sessel neben Glastüren, die in einen winzigen Innenhof führten. Und bei der großen Göttin, er war wirklich heiß.

El grinste. „Wie geht es dir, Ave? Du kennst Reuben doch, oder?"

„Ich bin mir nicht sicher, ob ich ihn kenne. Ich habe dich natürlich schon mal gesehen. Deinen Bruder kenne ich besser." *Plapperte sie etwa verlegen?* Sie spürte, dass ihre Wangen heiß wurden, und hoffte, dass sie nicht rot wurde.

Reuben nickte: „Ich weiß. Und nein, wir sind uns noch nie vorgestellt worden." Er sprang auf, streckte ihr die Hand entgegen, und sie war überrascht von seiner Größe. Sie war ihm noch nie so nahe gewesen. Er war groß, athletisch und muskulös, sehr braun gebrannt, mit blondem, von der Sonne gebleichtem Haar. Er trug ein ärmelloses Oberteil, das schon bessere Tage gesehen hatte, und darunter kamen seine muskulösen Arme zum Vorschein, die voller Tätowierungen waren. Er trug eine Boardshort und roch nach Salz und Meer. Es sah aus, als wäre er gerade beim Surfen gewesen. Sie schüttelte seine Hand, die warm und stark war, und er grinste sie an. Sie hoffte, dass sie nicht wie ein Schulmädchen loskichern würde.

„Möchtest du einen Kaffee?", bot El an und unterbrach ihre Gedanken, was eine willkommene Ablenkung war, als Reuben sich wieder in den Stuhl fallen ließ und seine langen Beine vor sich ausstreckte. El stand neben einem hölzernen Tresen, der unter einem Fenster mit Blick auf den Innenhof verlief. Ihr Haar war zu einem Dutt auf dem Kopf hochgesteckt, und sie trug hellblaue Jeans und ein enges graues T-Shirt. Neben ihr lag eine Kollektion von Schmuck und Edelsteinen, und es sah aus, als hätte sie gearbeitet.

„Warum nicht? Tachykardie hat noch niemandem geschadet."

„Was?", fragte El verwirrt.

„Ich habe heute schon viel Kaffee getrunken."

El schaute auf die Uhr. „Schon? Es ist erst zehn Uhr!"

„Lange Geschichte." Sie sah Reuben an und überlegte, wie viel sie erzählen sollte.

„Schon gut", beruhigte El sie, während sie eine Tasse Kaffee aus der Kaffeemaschine auf der Anrichte goss und sie ihr reichte. „Er weiß alles."

„Oh." Für ein paar Augenblicke wusste Avery nicht, was sie sagen sollte. Soweit sie wusste, wollte Reuben nichts mit Magie zu tun haben.

„Deine Geheimnisse sind bei mir sicher", erwiderte er amüsiert.

„Darum geht es nicht", erklärte Avery und lehnte sich an einen Schrank im hinteren Teil des Raums. „Ich dachte nur, dass du nicht interessiert bist."

„Ich bin interessiert, aber ich praktiziere selbst keine Magie."

„Ich wollte wissen, was er von dieser seltsamen Sache hält", erklärte El.

„Und?", hakte Avery nach.

„Es klingt gefährlich. Aber auch faszinierend." Er zuckte die Schultern, ohne sich festzulegen, und musterte sie mit seinen leuchtend blauen Augen.

„Na ja, Briar findet es zu seltsam. Sie will im Moment nicht mitmachen", erwiderte Avery und versuchte, ihre Stimme nicht verärgert klingen zu lassen, was ihr aber nicht gelang. „Ich habe mich gefragt, ob du auch Zweifel hast, El?"

„Auf keinen Fall. Reuben wird mir helfen, mein Zauberbuch zu finden. Ich glaube, ich weiß, wo ich suchen muss." Sie runzelte die Stirn. „Im Ernst, Briar sucht nicht?"

Sie verdrehte die Augen. „Noch nicht. Und warte mal – du weißt schon, wo du suchen musst?" Avery war erleichtert, dass El nicht aufgegeben hatte, und dann überkam sie Panik, als ihr klar wurde, dass sie keine Ahnung hatte, wo sie nach ihrem eigenen Buch suchen sollte.

„Es ist nur eine Theorie", fuhr El fort. „Laut Annes Unterlagen lebte meine Familie oben auf den Hügeln über der Stadt. In dem alten Bauernhaus – *Hawk House*."

Avery wusste sofort, welches Haus sie meinte. „Das war eures? Aber es ist jetzt eine Ruine."

El grinste. „Genau. Wir können es uns in Ruhe ansehen."

„Wann?"

„Heute Abend. Was du heute kannst besorgen, das verschiebe nicht auf morgen. Du siehst aus wie ein kleines Kind, Avery. Willst du mitkommen?"

„Ja, bitte! Ich nehme an, du meinst heute Abend, im Dunkeln?" Sie zögerte einen Moment, weil sie sich fragte, wie gruselig das wohl werden würde.

Reuben lächelte langsam und sarkastisch. „Hast du Angst, Avery?"

Sie kniff die Augen zusammen und hasste es, so bloßgestellt zu werden. „Nein! Ich komme mit. Sagt mir einfach, wann."

Averys letzter Besuch des Tages galt Alex. Wenn sie Zeit gehabt hätte, wäre sie auch noch bei Gil vorbeigegangen, aber sein Haus lag am Stadtrand, und sie sollte wirklich zum Laden zurückkehren. Sally würde denken, dass sie entführt worden sei. Eigentlich sollte sie sie anrufen. Sie zog ihr Handy aus der Tasche und sah, dass sie ein halbes Dutzend Anrufe verpasst hatte. *Mist.* Sie hatte ihr Handy auf lautlos gestellt. Sie rief sie schuldbewusst an und machte sich auf das Schlimmste gefasst.

Sallys Stimme erklang in ihrem Ohr. „Geht es dir gut?" Sie klang mürrisch.

„Natürlich – mir geht es gut. Ich habe ein paar Dinge erledigt und ehrlich gesagt nicht gedacht, dass es so lange dauern würde."

„Verdammt, ich wünschte, du hättest eine Nachricht hinterlassen. Ich habe den ganzen verdammten Morgen versucht, dich zu erreichen."

„Ich weiß. Es tut mir leid."

„Der Laden ist wirklich verdammt voll."

„Tut mir leid, wirklich leid. Ich bin bis zum Mittagessen zurück." Sie sah auf die Uhr. *Hoffentlich.* Sie war jetzt direkt neben *The Wayward Son.*

Sie hörte, wie Sally laut ausatmete. „Dan ist heute früh da, du kannst dir also Zeit lassen. Gut, dass überhaupt jemand ans Telefon geht."

Avery war kurz davor, etwas zu erwidern. Sie hatte Sally eingestellt, sie sollte sich also beruhigen. Aber Sally war ihre Freundin und eine fantastische Managerin. Ohne sie wäre der Laden eine Katastrophe. Sie nahm ihren versöhnlichsten Ton an. „Es tut mir wirklich leid. Bis bald. Danke Dan von mir."

Sie ging in den Pub und beschloss, dass sie Kuchen kaufen musste, bevor sie den Rückweg antrat. Etwas, um ihre Mitarbeiterin zu besänftigen. Der köstliche Duft der Küche schlug ihr entgegen, sobald sie den Raum betrat, und es sah bereits nach viel Betrieb aus. Der Mittagsansturm hatte früh begonnen. Sie sah Simon, einen der Barmänner, an den sie sich vom Vorabend erinnerte, und sie lehnte sich an den Tresen, als er zu ihr kam, und fragte sich, ob es zu früh für ein Bier sei. Die Entscheidung fiel schnell. „Ein Pint *Doom*, bitte.“

„Klar.“ Er nahm ein Glas und schenkte ihr ein.

„Alex arbeitet heute nicht?“

Simon deutete mit einem Kopfnicken zur Decke. „Er ist oben. Er meinte, er hätte was zu erledigen.“

Sie nahm ihr Bier und bezahlte. „Danke.“

Avery ging ins Hinterzimmer und die Treppe hinauf, in der Hoffnung, dass Alex nichts dagegen hatte, dass sie einfach so hereinschneite. Sie klopfte an die Tür und rief: „Alex, ich bin’s! Avery.“

Sie hörte Schritte und dann wurde die Tür aufgerissen. Alex sah halb verschlafen aus, seine langen Haare waren durcheinander, sein Bart war dunkler und dichter als sonst. Er lehnte sich gähnend an die Tür und grinste dann. „Avery!“ Er trat zurück. „Komm rein. Entschuldige die Unordnung. Ich war die halbe Nacht auf.“

„Verdammt, Alex. Hier sieht es ja aus wie bei mir zu Hause!“

Das Zimmer war düster, die Jalousien waren noch unten und halb geschlossen. Auf dem Teppich vor dem Kamin lagen überall Papiere, die ihn fast vollständig bedeckten. Halb ausgetrunkene Kaffeetassen standen überall im Raum verteilt, und auf der Küchentheke standen leere Bierflaschen. Eine große Pinnwand stand auf dem Boden, an die Küchenwerkbank gelehnt, und darauf waren Zettel mit Notizen befestigt.

Er strich sich die Haare aus dem Gesicht und öffnete dann die Jalousien in der Küche, sodass die Sonne hereinströmen konnte. Er blinzelte kurz, um seine Augen an den Lichtwechsel zu gewöhnen. Selbst wenn er noch nicht ganz wach war, sah er immer noch sehr heiß aus. Sie hatte plötzlich die Vision, neben ihm aufzuwachen, und fragte sich, wie er wohl nackt aussehen würde. Reuben sah gut aus, aber Alex hatte eine verführerische Ausstrahlung, die sie einfach nicht ignorieren konnte. Was war heute Morgen nur mit ihr los? Sie hoffte, dass seine hellseherischen Fähigkeiten nicht darauf erstreckten, Gedanken zu lesen.

Er setzte den Kessel auf und rief: „Möchtest du einen Kaffee?"

Sie schaute schuldbewusst auf ihr Glas. „Äh, ich trinke gerade ein Bier."

Er sah auf ihr Bierglas und dann auf seine Tasse. „Das ist eine viel bessere Idee." Er holte ein Bier aus dem Kühlschrank und öffnete es. „Prost." Er nahm einen großen Schluck.

„Du hast also die ganze Nacht recherchiert?" Avery sah sich im Raum um. „Wo ist dein Grimoire?"

„Unter dem Stapel von Papieren." Er deutete auf den Teppich vor dem Sofa. Er grinste wieder und vertrieb so seine Müdigkeit. „Du solltest sehen, was da drin ist, Avery. Warte, ich hole es."

Er ging barfuß zum Zauberbuch hinüber, holte es unter den Papieren hervor und trug es zur Küchentheke, die die beiden Räume voneinander trennte.

Als Avery es wieder sah, war sie schockiert. Sie hatte vergessen, wie viel älter es war als ihre bisherigen Zauberbücher. Es strahlte Alter und arkanes Wissen aus, und auf dem Einband waren längst vergessene Zaubersprüche und Geheimnisse zu sehen. Sie blätterte die Seiten durch und bewunderte die alte Schrift und die Zeichnungen an den Rändern. Sie konnte es kaum erwarten, ihr eigenes Exemplar zu finden. Sie sah auf und bemerkte, dass Alex sie beobachtete.

Er lächelte. „Es ist wunderschön, nicht wahr?"

Sie nickte. „Was für Zaubersprüche hast du gefunden, nachdem du es dir jetzt genau angesehen hast?"

Er blätterte aufgeregt um und versuchte, behutsam vorzugehen. „Ich weiß nicht, wie es in so gutem Zustand erhalten geblieben ist, aber es ist wirklich hervorragend erhalten. Ich vermute, dass es an dem Zauber auf der Holztruhe lag. Ich bezweifle, dass sie wussten, wie lange sie es versteckt halten mussten."

Avery runzelte die Stirn. „Ich bezweifle, dass sie die Absicht hatten, es mehr als ein paar Jahre zu verstecken. Oder sogar nur ein paar Monate. Helenas Tod muss weitreichende Folgen gehabt haben."

„Die Familien sind geflohen. Ihr Tod muss eine Katastrophe gewesen sein. Unglaublich, sogar." Er seufzte. „Es deprimiert mich, darüber nachzudenken. Kannst du dir vorstellen, dass so etwas hier passiert? Jetzt – mit uns? Also: Zaubersprüche. Ich will dir was zeigen." Er fand die Seite, nach der er suchte. Oben war ein Bild von miteinander verbundenen Körpern. Darunter, in winziger Schrift, war eine Liste von Zutaten und ein Zauberspruch.

„Was ist das für ein Zauberspruch?", fragte Avery.

„Astralwanderung."

„Was?"

Alex lachte. „Ein anderes Wort für Astralprojektion. Aber mit einer anderen Person. Was meinst du?"

Avery war verwirrt. „Ich dachte, das ist etwas, das man einfach so kann, wozu braucht man da einen Zauberspruch?"

„Weil ich es noch nie auf diese Weise gemacht habe. Oder mit jemandem. Sollen wir es probieren?"

Avery sah in seine dunklen Augen, in denen keine Spur von Müdigkeit mehr zu erkennen war. Ihr Herz schlug unglaublich schnell, er war so nah. Sie hatte das überwältigende Verlangen, ihn zu küssen, sagte aber stattdessen: „Bist du verrückt? Du willst mit mir auf eine Astralreise gehen?"

„Wenn du es noch nie gemacht hast, ist es eine sichere Methode für dich. Ich werde dir helfen und dich beschützen." Er zwinkerte ihr zu, sein Blick fiel auf ihre Lippen, bevor er ihr wieder in die Augen sah.

„Ich kann mir niemand anderen vorstellen, mit dem ich lieber eine Astralreise machen würde.“

Averys Magen zog sich zusammen. *Flirtete Alex etwa mit ihr?* Es wäre so einfach, sich von ihm verführen zu lassen, und sie war sich nicht sicher, ob das eine gute Idee war. „Wirklich? Ich bin mir nicht sicher, ob ich dir so sehr trauen kann. Ich dachte, diese Dinge wären gefährlich.“

„Nur, wenn man nicht weiß, was man tut. Und ich weiß es.“ Er grinste sie immer noch auf seine unverfrorene Art an. „Na los. Du weißt, dass du es willst.“

So sehr sie auch das Gefühl hatte, dass sie in die entgegengesetzte Richtung laufen sollte, wollte sie doch unbedingt sehen, wie sich die Astralreise anfühlte. „Na gut. Was muss ich tun?“

Er grinste. „Du musst heute Abend wiederkommen, wenn du schon müde bist. Ich bereite den Zauberspruch vor und dann sehen wir weiter.“

„Aber ich habe versprochen, El und Reuben heute Abend bei der Suche nach Els Grimoire zu helfen.“ Sie war sich nicht sicher, ob sie erleichtert war oder nicht.

„Toll! El hat einen Plan. Und Reuben hilft ihr dabei – interessant. Wie kommt das?“

„Keine Ahnung. Er war in ihrem Laden. Sah auch ziemlich entspannt aus. Er sagte etwas darüber, dass er sich für Magie interessiere, sie aber nicht praktiziere“, erklärte Avery, dachte aber, dass sie für sich behalten würde, dass er sehr heiß ausgesehen hatte.

Alex nickte. „Wo suchen sie?“

„Im alten *Hawk House*, oben in den Hügeln über der Stadt. Es scheint, als hätte es früher einmal ihrer Familie gehört.“

Alex dachte kurz nach und entschied dann: „Sie brauchen deine Hilfe nicht. Jedenfalls nicht die physische Art. Ich schreibe ihr, dass wir auf andere Art helfen werden."

„Auf was für eine andere Art?"

„Auf eine astrale Art", erwiderte er grinsend.

11

Der Rest von Averys Tag verging wie im Flug, und schon bald war sie wieder in Alex' Wohnung, ihr Herz schlug unangenehm schnell, ihr Mund war trocken. Sie lehnte sich an seine Tür, bevor sie sie öffnete, und fragte sich kurz, ob sie verrückt geworden war und warum sie sich vor der Ankunft noch einmal geschminkt hatte. Sie wünschte, sie wäre stattdessen mit zu den Hügeln gegangen.

Noch bevor sie anklopfte, wurde die Tür aufgerissen, und Alex bat sie herein. „Deine nervöse Energie hat mich schon gewarnt. Ich habe dich schon von Weitem gespürt."

„Übertreiber", antwortete sie und schob sich an ihm vorbei.

Er schloss die Tür hinter ihr ab. „Wir möchten wirklich nicht gestört werden."

Seine Wohnung hatte sich komplett verändert. Alle Spuren des Chaos von vorhin waren verschwunden. Obwohl es ein warmer Abend war, brannte das Feuer auf kleiner Flamme, und der Raum erstrahlte im Schein der Kerzen. Vor dem Feuer lag eine weiche, warme Decke, die groß genug für zwei Personen war. Es gab keine andere Beleuchtung im Raum, und der Duft von Weihrauch hing in der Luft. Avery konnte spüren, wie ihr der Mund vor Überraschung offen stehen blieb, und Alex lachte.

„Es ist leicht, sich zu erkälten, wenn man stillliegt, also brauchen wir das Feuer und müssen es uns bequem machen. Das Licht hilft dabei, einen entspannten Zustand zu erreichen."

Im Moment war Avery der Meinung, dass sie sich nie entspannen würde. „Ich wette, das sagst du zu allen Mädchen", erwiderte sie und hatte das Gefühl, dass man ihren Herzschlag hören konnte.

Alex lachte nur wieder und führte sie zum Teppich. Hinter ihnen lag das Zauberbuch auf dem Wohnzimmertisch, daneben eine Auswahl bunter Kerzen, Alex' Athame und ein silberner Kelch, der mit einer dunklen, trüben Flüssigkeit gefüllt war.

„Wir müssen den Schutzkreis ziehen und dann dieses Getränk zu uns nehmen – es wird uns helfen, in den richtigen Zustand zu gelangen und uns miteinander zu verbinden, und dann sprechen wir den Zauberspruch."

„Was ist in dem Trank?", fragte Avery und betrachtete das Gebräu misstrauisch.

„Baldrian, Muskatellersalbei, Eisenkraut, Bergamotte, Goldblatt, Lavendel und Lorbeer. Und noch ein paar andere Kräuter."

„Na gut, wenn du sicher bist, dass du uns nicht vergiftest."

„Vertrau mir, Ave, ich bin ein Profi."

Sie widerstand dem Drang, etwas zu sagen, und schloss sich ihm stattdessen an, als er mit dem Athame einen schützenden Kreis zeichnete, indem er in der Luft und auf dem Boden Linien zog. Sie folgte ihm, zündete die Kerzen an und stellte sie auf die vier Himmelsrichtungen. Er setzte sich in die Mitte des Teppichs, und sie setzte sich ihm gegenüber, die Beine gekreuzt, Knie an Knie. Das sanfte gelbe Kerzenlicht tauchte alles in ein warmes Licht, und sie entspannte sich, ohne es zu wollen.

„Fühlst du dich wohl?", fragte Alex.

„Überraschenderweise ja."

„Gut.“

Er nahm ihre Hände in seine, schloss die Augen und atmete ein paar Mal tief durch. Avery tat es ihm gleich und zwang ihr Herz, ruhiger zu werden, während sie die Schultern sinken ließ. Nach ein paar Augenblicken ließ er ihre Hände los, und sie öffnete die Augen, um zu sehen, wie er den kleinen, gravierten Silberkelch mit der Flüssigkeit darin hielt. Er nahm ein paar Schlucke und verzog das Gesicht, dann reichte er ihr den Kelch. Avery nahm ebenfalls ein paar Schlucke und schauderte. Der Trank war schrecklich. Bitter, mit einem leicht verbrannten Geschmack. Sie gab ihn Alex zurück, der ihn außerhalb des Kreises abstellte. Dann legte er sich auf den Rücken, mit dem Gesicht nach Osten, und sie legte sich neben ihn. Er nahm ihre Hand in seine und drückte sie erneut. „Bereit?“

„Bereit.“

Alex begann, den Zauberspruch zu rezitieren, und sie schloss wieder die Augen, spürte, wie sich die Energie im Kreis veränderte, und ihre Wahrnehmung schärfte sich. Während er den Zauberspruch aufsagte, wurde ihr Atem tiefer und ihr Körper entspannte sich, ihre Glieder wurden schwer. Innerhalb kürzester Zeit hörte sie Alex' Stimme in ihrem Kopf, doch anstatt sie zu wecken, verstärkte sie ihre Erfahrung, und sie ließ sich von seiner Stimme umfangen. Es war, als würde sie von einer weichen Decke eingehüllt, und sie hätte sie am liebsten fest an sich gedrückt. Als ob er es spüren könnte, umgab seine Gegenwart sie, und sie erwiderte diese mentale Umarmung, die Intimität war fast überwältigend. Und dann konnte sie ihn sehen, seine gesamte Gestalt befand sich nur wenige Meter über ihr. Aber es war nicht seine physische Gestalt. Er war blass, silbrig-blau und lächelte auf sie herab.

„Komm schon, Avery. Komm zu mir.“

Er nahm ihre Hände und zog sie sanft, und mit einem Rauschen fühlte sie, wie sie aus ihrem Körper glitt und neben ihm im Raum schwebte. Für einen Moment überkam sie eine Welle der Panik, doch dann umhüllte Alex sie wieder mit seiner Gegenwart und beruhigte und stärkte sie.

„Es geht mir gut", versicherte sie ihm. Sie sah ihren Körper unter sich liegen und eine lange, dünne silberne Schnur, die ihren Geist mit ihrem Körper verband, und das Gleiche galt für Alex neben ihr. „Das ist so seltsam", dachte sie und vergaß, dass Alex sie hören konnte.

„Aber toll, oder?" Seine Augen leuchteten in einem blassen Licht, und als er ihr Unbehagen spürte, sagte er: „Lass uns einfach im Zimmer herumgehen, damit du dich an das Gefühl gewöhnst. Geh einfach langsam."

Er löste sich von seinem Körper und zog sie mit sich. Der Raum war dämmrig und schattig, die Farben verblichen, die Kerzen leuchteten hell in der Dunkelheit. Eine mächtige violette Aura ging von dem Zauberbuch aus. Sie zeigte darauf: „Sieh mal!"

Alex nickte. „Das ist magische Energie. Und sie ist sehr stark."

Während sie ihm folgte, fühlte sie sich stärker und sicherer. Es machte sogar Spaß.

„Wenn du an irgendeinem Punkt beunruhigt bist", sagte er, „stell dir einfach vor, wie du hier liegst, und folge dem Faden zurück zu deinem Körper."

Sie nickte, während ihre Augen dem Faden folgten, der sich durch den Raum wand. „Können wir nach draußen gehen?"

„Wenn du dich bereit fühlst."

„Ja!" Sie grinste. „Das hier ist unglaublich."

Avery spürte erneut, wie Alex' Aura sie sanft umschloss, und sie lachte, als er antwortete. „Das ist so cool – viel besser, als es allein zu machen. Fürs Erste werde ich deine Hand festhalten, ist das okay?"

„Ja, das wäre mir lieber."

„Toll. Das wird jetzt etwas seltsam, aber keine Panik."

Er drehte sich um und zog sie zur Wand und dann durch sie hindurch. Sie spürte das seltsame Gefühl von Ziegeln und Steinen, dann war sie frei und die Sterne schwebten über ihr. Sie keuchte. „Schau!"

Avery drehte sich auf den Rücken, als würde sie schwimmen, und sah die Sterne in Strömen aus weißglühendem Licht leuchten. Sie wirkten größer, als sie es gewohnt war, und der Rest der Stadt unter ihr war im Vergleich dazu blass. Sie konnte sehen, wie Energiewellen um alles herumflossen. Hinter dem Pub konnte sie das Meer sehen und die ungeheure Kraft der Wellen, die weiter am Strand anrollten und wieder verebbten. Die rohe Kraft, die sich hier offenbarte, war erstaunlich – sie war so greifbar.

„Das ist es, woraus du deine Energie ziehst, Avery. Siehst du es?", fragte Alex, dessen Hand die einzige Wärmequelle in diesem Meer der Veränderung um sie herum war.

„Ja. Ich habe das Gefühl, ich könnte sie berühren." Sie keuchte erneut, als die Menschen aus dem Pub unter ihnen herausströmten. „Schau, ich kann ihre Auren sehen." Die Menschen waren schemenhaft, aber ihre Auren leuchteten weiß, violett oder orange.

„Hier kann man die Auren gut sehen", erklärte Alex. „Es wird auch einfacher, wenn du wieder in deine physische Form zurückkehrst. Wie ist dein Energielevel?"

„Ich fühle mich gut. Sogar großartig!"

„Gut, dann gehen wir mal rauf zu den Hügeln."

„Können wir so weit gehen?", fragte Avery besorgt.

„Du kannst an deinem Energiefaden einen langen Weg zurücklegen, solange deine Kraft ausreicht", erklärte Alex und drückte Avery noch einmal beruhigend. „Komm schon."

Alex zog Avery höher und weiter weg durch die Stadt, bis es dunkel wurde und die Lichter und Menschen hinter ihnen verschwanden. In der Ferne konnte sie dunkle, violette Wolken sehen, die von der Brandung an den Klippen vor der Stadt herangetrieben wurden. Und dann sah sie das zerstörte Haus auf dem Moor, das in einer Kurve am Hang lag, und die blassblauen Auren von zwei Gestalten, die zwischen den Ruinen herumstöberten. Elspeth und Reuben. Am Fundament leuchtete es auf; es schien, als würde El Magie einsetzen.

„Sie muss irgendeinen Ortungszauber anwenden", bemerkte Alex. „Siehst du die Linien unter der Erde?"

Einen Moment lang konnte Avery nicht verstehen, was er meinte, doch dann sah sie, wie die silbernen Linien, die das Fundament des alten Hauses markierten, immer stärker wurden und sich teilweise den Hügel hinaufzogen. „Hat El das gemacht?"

„Sie muss es getan haben. Können sie es sehen? Schau mal", sagte Alex und deutete auf den Hügel. Eine Schicht aus Erde leuchtete einige Augenblicke lang silbrig auf, und als sie darüber hinwegflogen, verschwand sie wieder.

Avery spürte, wie die Aufregung in ihr hochstieg. „Ist das Buch dort?"

Doch bevor er antworten konnte, spürte sie eine weitere Energiewelle, die sie diesmal jedoch anders berührte. Sie fühlte sich dunkel und wütend an. Sie verspannte sich und sah gleichzeitig mit Alex auf. Ein dunkelrotes Leuchten kam auf sie zu, und Alex zog sie schnell an seine Seite, als vor ihnen eine Silhouette sichtbar wurde.

„Was zum Teufel ist das?", fragte Avery, während Panik in ihr aufstieg.

„Noch ein Astralwanderer", erklärte Alex, „und er hat nichts Gutes im Sinn."

Die Gestalt kam auf sie zugerast und eine Energiewand pulsierte nach außen. Fast gleichzeitig spürte Avery, wie Alex etwas wie ein Kraftfeld auf die sich nähernde Gestalt richtete. Die beiden prallten aufeinander, und obwohl Avery nichts hören konnte, spürte sie, wie eine fast gezeitenartige Welle von Elektrizität um sie herumschoss.

Jetzt war nicht der Moment, um in Panik zu geraten, und Avery blieb dicht bei Alex, tat es ihm gleich und rief ihre eigenen Kräfte herbei. Sie war eine Hexe – wenn sie das in ihrem physischen Körper tun konnte, konnte sie es jetzt auch.

Alex konzentrierte sich voll und ganz auf ihren Angreifer, doch sie spürte, wie er sie beschützte, und sie schloss sich seiner Kraft an, um den von ihm geschaffenen Schild zu verstärken. Die Gestalt ihres Angreifers war verschwommen und nicht menschlich, und es war unmöglich, zu erkennen, was er oder sie war. Eines war sicher: Die Gestalt versuchte, ihnen wehzutun. Die Gestalt drängte näher und versuchte, den Schutzschild zu durchbrechen, der vor ihnen blassblau leuchtete. Avery fragte nicht, was passieren würde, wenn es durchbrochen würde.

„Wir müssen den Rückzug antreten, Alex. Ich weiß nicht, wie ich helfen kann.“

„Um den Rückzug antreten zu können, müssen wir das Ding zurückdrängen, um Zeit zu gewinnen. Wir wollen nicht, dass es uns folgt.“

„Könnte es Reuben und El wehtun?“

„Nein, es kann nur zuschauen. Hoffe ich zumindest. Hör zu, wir müssen unsere Kräfte zusammentun, um es zurückzudrängen. Dafür sorgen, dass es denkt, es hätte uns überwältigt, und es dann zurückdrängen. Hoffentlich reicht das, um es aus dem Gleichgewicht zu bringen. Und ich habe noch einen Trumpf im Ärmel.“

Avery war sich der Szene unter sich vage bewusst. Die beiden Hexen arbeiteten weiter an dem Zauber und folgten den Linien unter der Erde, aber Alex lenkte ihre Aufmerksamkeit wieder auf sich.

„Wir müssen sie auch beschützen, ihnen Privatsphäre geben." Er grinste sie an, seine Zähne leuchteten silbrig, seine Augen funkelten. „Mach es mir nach."

Die dunkle Masse vor ihnen drängte gegen sie. Ihre Wut war spürbar. Avery fühlte, wie Alex' Energie zurückwich, und sie folgte ihm, sodass ihr Angreifer näher kommen konnte. Sie sah zwei rote Augen, die ihr feindselig entgegenstarrten, und sie spürte, wie sich der Angreifer verfrüht über ihre vermeintliche Schwäche freute. Sie ließen ihn immer näher kommen, bis Avery befürchtete, dass er zu nah war, um ihn abwehren zu können. Rote Wellen loderten wie Feuer um den Schild herum und leckten wie Flammen, die versuchten, ihre Verteidigung zu durchbrechen.

Alex flüsterte: „Es ist fast so weit. Warte. Warte. Jetzt!"

Er sammelte seine Energie und ließ sie sich mit einem einzigen gewaltigen Schlag entladen, und Avery tat es ihm gleich, erstaunt über die Kraft, die sie gemeinsam entwickelten. Mitten ins Zentrum des Angriffs schleuderte Alex einen Blitz – einen silbernen Strahl, der vor sengender Hitze knisterte. Er durchdrang ihren Schild und den des Angreifers, der daraufhin nach hinten geschleudert wurde.

Sie hatten kaum Zeit, ihren Sieg zu genießen, als Alex sie wegzog, und sie tat, was er ihr zuvor befohlen hatte. Sie dachte an ihren physischen Körper neben dem Feuer und folgte ihrem Faden, der verschwommenen an ihr vorbeiraste, Alex neben sich. Ihr Angreifer war weit hinter ihnen.

Avery kehrte mit einem dumpfen Schlag in ihren Körper zurück. Ihre Gliedmaßen fühlten sich schwer an, aber ihr Geist war sofort hellwach und sie versuchte, sich aufzusetzen. Ein stechender Schmerz explodierte in ihrem Kopf und sie schrie auf und ließ sich wieder fallen.

Sie hörte Alex. „Es ist okay, lass dir Zeit. Du hast viel Kraft verbraucht."

Sie drehte sich zu ihm um, blinzelte und der Raum wurde klarer. Das warme orangefarbene Licht war beruhigend, und das Feuer knisterte noch immer und tauchte sie in Wärme. Alex lag auf der Seite, den Kopf auf eine Hand gestützt, und beobachtete sie. Sie atmete ein paar Mal tief durch und spürte, wie der Schmerz schnell nachließ.

„Besser?" Seine Stimme war Balsam für ihre Sinne. Sie machte fast den Verlust seiner wärmenden Präsenz wett, die sie zuvor umhüllt hatte.

„Ich denke schon." Sie fröstelte, trotz der Wärme. „Sollten wir nicht etwas unternehmen? Uns El und Reuben anschließen?"

Seine Nähe machte sie nervös, aber ihr Blick wanderte von seinen dunklen Augen über seinen verführerischen Dreitagebart bis hinunter zu seinen vollen Lippen.

„Gleich", erwiderte er leise. Dann beugte er sich vor und küsste sie, zunächst sanft.

Ein Feuer der Lust durchzuckte Avery, und sie lehnte sich in seinen Kuss. Innerhalb von wenigen Augenblicken hatte er seine Hand auf ihrem Rücken und zog sie an sich, bis sie seinen ganzen Körper an ihrem spürte. Sie schlang ihre Hand um seine Taille und fühlte seinen durchtrainierte Körper und seine Wärme. Seine Küsse wurden intensiver, und sie fühlte, wie sie sich fallen ließ und sich völlig in ihm verlor.

Schließlich zog er sich zurück und sah sie an. „Ich denke, wir sollten jetzt nach El und Reuben sehen." Aber er rührte sich nicht, wartete auf ihre Antwort, sein Blick wanderte immer noch von ihren Augen zu ihren Lippen und wieder zurück. Sein Haar fiel ihm ins Gesicht, streifte ihre Wangen, und sein Duft umhüllte sie.

Sie fühlte sich benommen und atemlos und wollte nichts lieber, als genau hier zu bleiben. „Ich denke, das sollten wir."

Er grinste, und sie schmolz ein wenig mehr dahin. „Gleich." Und er küsste sie erneut, und als sie sich an ihn schmiegte und ihn näher an sich zog, war alle Verspieltheit verflogen. Als sie sich wieder voneinander lösten, waren beide atemlos.

Avery stieß ihn von sich, ihre Hand auf seiner Brust. Es kostete sie all ihre Willenskraft. „Du hast einen sehr schlechten Einfluss, Alex Bonneville. Unsere Freunde könnten in Schwierigkeiten stecken."

Widerwillig zog er sich zurück. „Na gut. Ich fahre." Er zog sie auf die Beine, und während er nach seinen Schlüsseln griff, löschte sie mit einem Wort der Magie die Kerzen.

Die engen Gassen waren stockfinster, nur die Scheinwerfer des Fahrzeugs leuchteten den Weg vor ihnen aus und warfen kurze Lichtblitze auf Hecken, Tore und Felder.

„Ich hätte nicht gedacht, dass ein Astralwanderer jemanden körperlich angreifen kann", bemerkte Avery. Sie spähte durch die Windschutzscheibe, um zu sehen, ob sie etwas am Himmel über ihnen erkennen konnte.

„Normalerweise können sie das nicht." Alex fuhr schnell, seine Augen auf die Straße gerichtet. Sein Wagen war ein klassischer Alfa Romeo Spider mit Bootheck, und er jagte über die Landstraßen. „Ich denke, El und Reuben geht es gut, aber ich weiß nicht, was uns angegriffen hat. Ich bin mir nicht einmal sicher, ob es ein Mensch war."

Avery fühlte, wie sich eine Schwere in ihrem Körper ausbreitete, als sie an Dämonen, Geister und andere Kreaturen der Nacht dachte. „Was könnte es gewesen sein?"

„Entweder jemand, der Schwarze Magie praktiziert, oder ein Dämon."

Da. Jetzt war es raus.

„Aber die gibt es doch gar nicht." Ihre Stimme klang matt und schwach. Sie sah Alex an, der sich auf die Straße konzentrierte, und hoffte, dass er ihr beipflichten würde.

„Wir wissen beide, dass es sie gibt." Er warf ihr einen Blick zu. „Wir sind nur noch nie einem begegnet."

„Nekromantie war vor Hunderten von Jahren sehr beliebt. Glaubst du, unsere Vorfahren haben Dämonen beschworen?" Es war ein schrecklicher Gedanke.

„Das haben sie bestimmt, sonst wären nicht so viele Zaubersprüche über sie in meinem Grimoire. Nach dem, was ich bisher gesehen habe, haben sie sich mit Sicherheit mehr mit dunklerer Magie beschäftigt als wir. Und du hast bestimmt auch ein paar Zaubersprüche über Dämonen in deinem Zauberbuch."

Sie musste widerwillig zugeben, dass dem so war. „Ich dachte, sie wären eher theoretischer als praktischer Natur."

„Alles ist theoretisch, bis man sich entscheidet, es in die Tat umzusetzen."

Ein Gedanke kam ihr in den Sinn. „Wie hast du gelernt, diese ganze Sache mit diesen Blitzen zu beherrschen?"

„Aus dem Zauberbuch natürlich. Und da steht noch viel mehr drin. Kein Wunder, dass jemand anderes diese Bücher haben will."

Sie überquerten eine Anhöhe, und die Hecken verschwanden, die Scheinwerfer erhellten die Ebene. Alex bog in eine ausgefahrene Straße ein, und der Wagen hüpfte, als sie mit hoher Geschwindigkeit darüber rasten. Avery stemmte sich gegen die Seiten, in der Hoffnung, dass sie nicht gegen das Wagendach geschleudert werden würde. Dem Alfa gefiel die Unebenheit in der Straße nicht.

Sie konnten die ausgebleichten Umrisse des Gebäudes vor sich erkennen, aber von El oder Reuben war nichts zu sehen. Alex bremste den Wagen neben Els verbeultem Land Rover 4x4 ab. Sie sprangen aus dem Wagen, und in der Stille war das Zuschlagen der Wagentüren laut zu hören.

Ohne ein Wort zu sagen, sahen sie sich vorsichtig um, und die Stille der Nacht legte sich über sie. Nichts bewegte sich. Selbst die normalen nächtlichen Geräusche waren verschwunden. Von hier aus konnten sie White Haven sehen, dessen Lichter funkelten, und draußen auf dem Meer die Lichter der Boote. Um sie herum herrschte allerdings nichts als Dunkelheit und die Hügel waren nicht zu sehen, und man hatte nur das Gefühl, dass die Landschaft weit und offen war. Avery konzentrierte ihre Energie, sodass sie in ihren Händen eine Kugel formte, die sie auf jeden unerwünschten Besucher schleudern konnte, und dann richtete sie ihre Sinne nach außen, auf der Suche nach etwas, irgendetwas, aber da war nichts. Nur Alex.

Sie blickte auf, doch der Himmel war klar, die Sterne funkelten unerschütterlich, und es gab keine Anzeichen dafür, was auch immer zuvor geschehen war. Bildete sie sich das ein, oder konnte sie einen seltsamen Geruch wahrnehmen? Es roch wie eine unnatürliche, faulige Substanz.

Als Avery sich vergewissert hatte, dass sie nicht angegriffen wurden, ging sie zu Alex und gemeinsam betraten sie die Überreste des Hauses. Sie gingen durch die Ruinen der Räume, deren Wände eingestürzt waren und deren Grundmauern wie Knochen hervortraten. Von El und Reuben war noch immer keine Spur zu sehen.

Alex flüsterte: „Die Linien verliefen den Hügel hinauf, erinnerst du dich?"

Er ging voraus, wachsam und schweigend. Sie beide tarnten ihre Anwesenheit mit einem Zauber, der ihre Körper verhüllte, sodass sie wie Schatten wirkten. Die Spuren von Els Zauber waren noch sichtbar, blasse Linien, die die längst verschwundenen Fundamente einer früheren Behausung markierten. Nach wenigen Minuten erreichten sie ein schwarzes Loch im Boden, dessen Öffnung sich mehrere Fuß unter der Oberfläche befand. Zu beiden Seiten befanden sich Erd- und

Steinhaufen, und ein riesiger Steinquader, der wie eine Bodenplatte aussah, lag auf der Seite. Der Geruch von Verwesung war jetzt stärker und strömte aus diesem Loch.

„Was jetzt?", fragte Avery. „Wenn wir da runtergehen, könnten sie uns aus Versehen angreifen, oder was, wenn da unten etwas mit ihnen ist?" Sie verstummte, und es war klar, was sie meinte.

„Ich schaue nach." Alex kniete sich hin und steckte seinen Kopf hinein. Er beschwor Licht herauf und projizierte ein blasses Licht von seiner Hand nach unten. Avery stand dicht daneben und hoffte, dass aus der umgebenden Schwärze nichts auftauchen würde.

Nach ein paar Augenblicken sagte Alex: „Es ist ein alter Keller. Komm mit."

Er hielt sich an beiden Seiten der Öffnung fest und verschwand aus ihrem Blickfeld. Sobald er drin war, warf sie einen letzten Blick in den Raum und folgte ihm. Sie spürte, wie er ihre Taille packte und sie festhielt, während er sie sanft zu Boden ließ.

Ein Gang führte von ihnen weg, ein schwaches Licht war vor ihnen zu sehen. Sie waren nur ein paar Schritte gegangen, als ein Schrei ertönte und dann ein wütender Ausruf. Alex rannte los und Avery folgte ihm, ihr Herz schlug wie wild. Sie konzentrierte erneut Energie zu einer weißglühenden Kugel in ihren Händen, und als Alex um eine Ecke bog, blieb er stehen. Ein paar Gänge führten in verschiedene Richtungen, aber nur einer war beleuchtet, und er rannte erneut los, den Windungen des Ganges folgend. Ein weiterer Schrei hallte um sie herum wider; Alex blieb stehen und sie prallte gegen seinen Rücken. Er trat schnell zur Seite und für den Bruchteil einer Sekunde nahm Avery den Raum wahr.

Es war lang und niedrig, mit rauen Ziegeln und morschen Balken ausgekleidet. Der Geruch von Fäulnis und Feuchtigkeit war stark. Eine Lampe hing von der Decke, und im schwachen gelben Licht war eine Holzkiste auf dem Boden an der hinteren Wand zu sehen. Reuben stand in der Mitte des Raums und blickte auf ein schemenhaftes Wesen in der Ecke, das vor Hitze knisterte. Seine Arme und Beine waren in Flammen gehüllt, die ihn scheinbar zu dem Wesen hinziehen wollten – oder ihn auseinanderreißen wollten. Reuben versuchte, sich zurückzuziehen, und brüllte vor Schmerz. Als sie den Raum betraten, verschwanden die Flammen, und Reuben fiel zu Boden.

Das Wesen wurde immer größer, und in seinem Inneren leuchteten rote Augen. Avery konnte gerade noch die unförmigen Gliedmaßen erkennen; es strahlte Bösartigkeit aus. Es war ein Dämon, und El kämpfte und wand sich in seinem Griff, während sie schrie und Flammen um sie herum knisterten.

Alex rannte zu Reuben und zog ihn zurück in Richtung Eingang.

Wenn sie den Dämon angriffen, griffen sie auch El an, aber die Truhe war intakt und sah genauso aus wie die von Alex. Dort musste das andere Grimoire sein. Avery richtete ihren Ball aus leuchtendem Zauberlicht auf die Truhe und schrie: „Lass sie frei, oder ich zerstöre die Truhe.“

Für einen Moment zögerte der Dämon, seine Flammen wurden schwächer und das Knistern ließ nach.

Avery spürte, wie sich Alex neben sie stellte. Sie rief erneut: „Ich werde es tun! El bedeutet mir mehr als das Zauberbuch.“ Der Lichtball in ihren Händen schwoll an, und sie trat näher an die Truhe heran. Der Dämon musste verstehen, dass sie es ernst meinte. Sie schickte die Explosion auf die Truhe zu, die daraufhin von Flammen umhüllt wurde, und der Dämon brüllte mit einem unheimlichen Heulen.

Avery wartete, den Lichtball wieder in ihrer Hand. „Lass sie sofort frei!“

Aus den Tiefen des Dämons schoss eine Feuersäule auf sie zu, und sie warf sich flach auf den Boden, während Alex einen Schildzauber über sie beide errichtete. „Feure noch einmal, Avery!"

Sie feuerte einen weiteren Energiestoß auf die Holztruhe ab, und der Dämon heulte erneut auf. Diesmal schleuderte er El zu Boden, während er durch den Raum auf sie zustürmte. Avery konzentrierte sich wieder auf den Dämon, und Alex schloss sich ihr an. Gemeinsam versetzten sie dem Dämon mit vereinten Kräften einen weiteren Schlag. Avery sah, wie El sich aufrappelte, und feuerte einen weiteren Energiestoß auf den Dämon ab. Der Dämon war nun von Energie umgeben, aber er wuchs und füllte die Mitte des Raums aus.

Der Raum war erfüllt von Hitze und Magie, und die weißglühende Explosion, die den Dämon umgab, war fast blendend. Nährte er sich von ihren Kräften? Avery nahm die Feuchtigkeit in den Wänden und der Erde um sie herum wahr und konzentrierte sich auf Wasser. Ein Wasserstrahl schoss aus ihren Händen, und diesmal waberte Dampf um sie herum, während der Dämon mit einem unheimlichen Schrei aufheulte, der ihr eine Gänsehaut über den ganzen Körper jagte. Mit einem letzten Kraftschub schoss der Dämon nach oben und aus dem Keller hinaus, und plötzlich war der Raum leer.

El fiel auf die Knie, und Alex eilte zu ihr. „Alles in Ordnung?"

„Ich bin okay, ich habe nur viel Energie verbraucht, und das Ding hat mir etwas davon abgezogen. Geht es Reuben gut?"

Avery fühlte sich benommen und erschöpft, aber sie drehte sich um und sah nach Reuben, der noch immer ziemlich mitgenommen und schwach war. „Ich weiß nicht, aber er lebt. Wir müssen hier weg, bevor das Ding zurückkommt."

„Wir gehen nirgendwo ohne die Truhe hin", erklärte El, die auf leicht wackeligen Beinen stand.

„Oh, wir nehmen auf jeden Fall diese Truhe mit", stimmte Alex zu. Er sah Avery an: „Alles in Ordnung?"

Sie nickte. „Mir geht es gut. Glaube ich. Besser als Reuben, auf jeden Fall." Sie drehte sich um und zog Reuben am Arm, wobei sie die Brandblasen vermied, die sich bereits um seine Unterarme gebildet hatten. „Hey Reuben, du musst aufstehen. Wir müssen von hier verschwinden."

Er sah sie an, seine Haut war aschfahl, seine Tätowierungen zeichneten sich noch deutlicher gegen seine Blässe ab. Avery konnte auch Blasen an seinen Waden erkennen. Er streckte die Hand aus, und sie half ihm auf die Beine.

„Ich fühle mich furchtbar", stöhnte er und verzog das Gesicht.

„Wir müssen Briar holen. Sie kann besser heilen als wir alle zusammen", bemerkte El besorgt.

„Geh", sagte Alex. „Ich nehme die Truhe mit. Wir müssen hier verschwinden, bevor das Ding mit Verstärkung zurückkommt."

Sie versammelten sich in Elspeths Wohnung. Anders als Alex und Avery wohnte Elspeth nicht über ihrem Laden. Sie lebte im obersten Stockwerk eines alten, umgebauten Lagerhauses mit Blick auf den Hafen. Die Wände waren wie in ihrem Laden eine Mischung aus warmem Backstein und kunstvollen dunklen Tapeten; der Boden bestand aus massiver Eiche, und die Fenster waren hoch und mit Metallrahmen versehen. Und die Wohnung war klein. „Ich liebe sie, aber sie kostet mich ein Vermögen", hatte El einmal geklagt. In den Ecken sammelte sich das Licht der Kerzen, und der Duft von Räucherstäbchen erfüllte die Luft – ein Schutzzauber.

Sie hatten sich in den klapprigen Aufzug gezwängt und waren alle erschöpft in ihre Wohnung gestolpert. Die Holztruhe stand unheilvoll auf dem Boden. Avery blickte aus dem Fenster auf den Hafen, der von den Straßenlaternen beleuchtet wurde, und beobachtete das sanfte Auf und Ab der Wellen und die Boote, die sanft auf der Dünung schaukelten. Sie konnte die Truhe hinter sich spüren. Die eine Hälfte von ihr wollte unbedingt wissen, was sich in der Truhe befand, die andere Hälfte wollte zu Hause sein, im Bett liegen und schlafen. Oder vielleicht bei Alex. Sie spürte seine Anwesenheit überall, wie ein Prickeln auf der Haut, und sie sehnte sich danach, ihn wieder zu berühren.

Ein lautes Klopfen an der Tür unterbrach ihre Träumerei, und Briar kam herein, gefolgt von Gil.

„Ich war mir nicht sicher, ob du kommen könntest", erklärte Alex ihm.

Gil runzelte die Stirn. „Reuben ist verletzt. Natürlich komme ich." Er eilte zu Reuben. „Wie geht es dir, Reu?"

„Es ging mir schon mal besser", erwiderte er. Er setzte sich auf das Sofa und nahm einen kräftigen Schluck Kaffee. „Die Verbrennungen sind das Schlimmste. Das Ding hat mich mit diesen seltsamen Flammensträngen gepeitscht."

„Es war ein Dämon", erklärte Alex ernst. Er lehnte sich an die Küchentheke. „Wir müssen die Dinge beim Namen nennen."

Gil und Briar waren schockiert, die restlichen Anwesenden hatten sich bereits an den Begriff gewöhnt.

„Als du es am Handy gesagt hast, dachte ich, es wäre ein Scherz", bemerkte Briar. Sie saß auf dem Boden neben Reuben und packte ihre Flaschen und Salben aus. Ohne Make-up war sie blass, ihr Haar war zu einem Dutt auf dem Kopf zusammengebunden.

„Das ist kein Witz", murmelte El, die vor dem Kamin saß, wo schwarze Kerzen statt eines Feuers brannten, um die Geister abzuwehren. „Das Ding hat mich in sein dämonisches Feuer gehüllt. Ich hatte Glück, dass ich nicht auch verbrannt worden bin. Ich nehme an, es brauchte mich – vielleicht, um die Truhe zu öffnen.“

„Ich habe Salben für Verbrennungen und einen Zauberspruch gegen Geisterfeuer. Hoffen wir, dass es hilft“, entgegnete Briar und wählte die richtige Dose aus.

„Erzähl uns alles“, drängte Gil.

Alex begann und erzählte ihnen von ihrer Astralreise, und dann berichtete El von ihren Ermittlungen, die sie zu dem Haus geführt hatten. Sie wandte sich an Alex und Avery. „Also habt ihr bei eurer Astralreise etwas gesehen? War es dasselbe?“

„Ich weiß es nicht.“ Alex zuckte mit den Schultern. „Aber wir waren über euch und es hat sich auf uns gestürzt. Es war eine dunkle Masse. Es sah aus wie der Dämon im Raum, aber es hätte auch jemand mit dunkler Magie sein können, der sich getarnt hat.“

Avery lehnte sich gegen den Fensterrahmen, dessen kalter Stahl sich in ihre Schulter bohrte. „Wenn der Dämon durch Nekromantie kontrolliert wurde, dann könnte es sein, dass das, was auch immer – oder wer auch immer – die Astralreise gemacht hat, den Dämon geschickt hat.“

Gil hatte Briar dabei zugesehen, wie sie Reubens Wunden fachmännisch versorgte, aber jetzt sah er Avery an. „Du meinst, jemand hat dieses Ding kontrolliert. Den Dämon.“

„Warum sollte ein Dämon ein Zauberbuch brauchen, Gil?“, fragte sie. „Sie brauchen sie nicht. Hexen brauchen Zauberbücher. Hexen kontrollieren Dämonen. Oder zumindest einige von ihnen. Im Mittelalter war das sehr beliebt. Und jemand ist offensichtlich bereit, alles zu tun, um diese Grimoires zu bekommen.“

Es war schrecklich, das zuzugeben, aber es ging nicht anders. Sie beobachtete Gil und Reuben. Sie waren so unterschiedlich. Reuben, der gut aussehende Surfer, der angeblich der Magie den Rücken gekehrt hatte, und Gil, sein älterer, ruhigerer Bruder. Gils Haare waren dunkler und kürzer, und er war etwas kräftiger gebaut, aber jetzt, da sie nebeneinandersaßen, konnte Avery die Familienähnlichkeit um ihre Augen und ihre Mundpartie erkennen.

„Statt also die heilende und nährende Magie zu pflegen, haben wir es jetzt mit dunkler Magie zu tun?" Gil sah Avery vorwurfsvoll an. „Du hast das verursacht, indem du die Truhe und die Papiere gefunden hast."

Avery fühlte sich, als hätte man ihr einen Schlag in die Magengrube versetzt. „Du kannst mich mal, Gil! Ich habe das nicht verursacht! Und ich habe diese Papiere nicht gefunden oder auch nur danach gesucht. Sie wurden mir überlassen. Wenn du jemandem die Schuld geben willst, dann gib sie Anne!" Sie war jetzt wütend und sie konnte fühlen, wie ihre Magie wieder zu sieden begann. „Eigentlich solltest du deiner Verwandten die Schuld geben. Sie ist diejenige, die Anne in all das hineingezogen hat."

Die Spannung im Raum war spürbar, als Gil aufstand. „Wir haben nur Annes Wort dafür. Es könnte eine Lüge sein oder ein doppeltes Spiel. Etwas, das uns dazu bringen soll, uns auf die Suche zu machen, und das alles für die Zwecke eines anderen. Anne hat sich große Mühe gegeben, uns in die richtige Richtung zu lenken. Nach ihrem Tod. Sehr praktisch."

Avery trat auf Gil zu. „Du hattest keine Ahnung von deiner Vergangenheit. Hör auf, jemand anderem die Schuld zu geben. Wahrscheinlich war es dein verrückter Onkel Addison, der heute Abend versucht hat, uns umzubringen."

„Hört auf. Alle beide." Alex stellte sich zwischen die beiden und sah dann Gil an. „Du musst das akzeptieren, Gil, ob es dir gefällt oder nicht. Ich schlage vor, dass du nach deinem eigenen Zauberbuch suchst. Du auch, Briar. Nur die Götter wissen, was darin steht." Er wandte sich Avery zu, mit einem Hauch eines Lächelns in den Augen. „Ich helfe dir, deins zu finden." Dann verkündete er allen: „Und wir müssen zusammenhalten. Ich weiß nicht, wie es euch geht, aber ich habe keine Ahnung, wie man einen Dämonen beschwört, kontrolliert oder vernichtet. Das Ding, dem wir heute Abend begegnet sind, ist nur vorübergehend verbannt. Es wird zurückkommen. Und wir müssen darauf vorbereitet sein."

13

Avery wachte spät auf und streckte sich genüsslich in ihrem Bett. Und dann zuckte sie zusammen. Sie fühlte sich bleischwer und hatte dröhnende Kopfschmerzen. Die Aktivitäten des vergangenen Abends hatten ihre Energiereserven aufgebraucht, und sie musste sie wieder auffüllen.

Das Sonnenlicht drang durch die Jalousien, und im warmen Licht fragte sie sich, ob der gestrige Abend ein Albtraum gewesen war. So vieles war geschehen. Die Astralwanderung war fantastisch gewesen – nun ja, größtenteils zumindest. Und Alex. Was war da passiert? Das Gefühl seines Kusses lag noch auf ihren Lippen, und sie hoffte, dass es wieder geschehen würde. Und dann hatte der Dämon natürlich alles verändert.

Sie sah sich im Zimmer um, um sich zu vergewissern, dass alles in Ordnung war: die Bilder, die Regale mit ihren Lieblingssachen, die weiche Bettwäsche, die alten Schubladen und der Kleiderschrank. Hier fühlte sie sich sicher. Als sie ihre Füße vom Bett nahm, stieß sie gegen etwas Schweres und hörte ein Miauen. Sie blickte nach unten und sah Circe und Medea, die sie anblinzelten. Zeit zum Frühstücken.

Nachdem sie geduscht hatte, ging sie in den Laden hinunter. Es war erst Freitag, und seit sie die Truhe und den Brief von Anne erhalten hatte, war eine Woche vergangen, aber es kam ihr vor, als wäre es eine Ewigkeit her.

Der Laden war geöffnet, und einige Kunden waren bereits dort. Im Hintergrund ertönten die sanften Klänge von John Coltrane. Sally sah auf, als sie den Laden betrat. Sie ordnete Karten und räumte Regale auf, aber sie warf ihr einen Blick zu und bat sie: „Lass uns reden."

Avery sah Dan an, der am Tresen stand, und er grinste. Dan war groß, dunkel und schlank und toleranter als Sally, was ihr sprunghaftes Verhalten in den letzten Tagen anging.

Avery ging zur Kaffeemaschine im Hinterzimmer und schenkte sich eine große Tasse ein. Sie sah Sally an. „Möchtest du auch einen?"

Sally lehnte sich mit verschränkten Armen an den Türrahmen. „Versuch nicht, mich abzulenken, Avery. Was ist mit dir los?" Sie hatte die Lippen zu einem schmalen Strich zusammengepresst und sah wirklich besorgt aus.

„Nichts ist los, ich habe nur ein paar anstrengende Tage und lange Nächte hinter mir." Avery nippte an ihrem Kaffee und spürte, wie das warme Koffein ihr träges Gehirn wieder in Schwung brachte.

„Ich habe noch nie erlebt, dass du nicht zur Arbeit gekommen bist – oder vergessen hast, mich anzurufen! Und du siehst heute total fertig aus."

Wow, Sally nahm kein Blatt vor den Mund. „Danke, Sally. Wie nett, dass du das bemerkst!"

Sally seufzte. „Ich sage das, weil ich deine Freundin bin und mir Sorgen um dich mache! Dein Verhalten ist seltsam."

Sie musste sie beruhigen – und zwar schleunigst. „Das Zeug, das ich von Anne bekommen habe, hat einige Fragen über meine Familie aufgeworfen, das ist alles. Ich habe nur ein paar Nachforschungen angestellt. Und das hat dazu geführt, dass ich spät ins Bett gegangen bin." Sally wusste, dass ihre Familie ein heikles Thema war. Hoffentlich würde sie nicht weiter nachfragen.

„Weißt du, dass gestern Abend eine Frau getötet worden ist? Ich hoffe, du bist nicht allein durch die Straßen gelaufen. Das ist nicht sicher."

Avery verschüttete vor Schreck fast ihren Kaffee. „Wer wurde getötet? Wo?"

„Ein Wagen wurde auf der Straße über das Moor gefunden. Es war offenbar überall Blut. Die Polizei hält sich im Moment noch bedeckt, aber es waren keine anderen Fahrzeuge beteiligt, und das ist wirklich suspekt."

Avery spürte, wie ihr schwindelig wurde, und sie tastete nach einem Hocker. „Im Moor? Was – kilometerweit weg?"

„Nein! Gleich außerhalb der Stadt." Sie senkte die Stimme. „Ich habe Joe heute Morgen gesehen, als ich aufgemacht habe. Er sagte, er hätte so etwas noch nie gesehen. Es war, als wäre sie von einem Tier angegriffen worden."

Joe war einer der hiesigen Polizisten. Er war mit Sally zur Schule gegangen und kannte sie gut. Außerdem verbreiten sich in einer Kleinstadt Neuigkeiten schnell.

Averys Gehirn schien nicht in der Lage zu sein, irgendetwas zu verarbeiten. „Aber ich dachte, du hättest gesagt, es war ein Verkehrsunfall? Das kann eine Menge Blut verursachen."

„Joe wollte es nicht sagen, aber ich glaube, da war noch etwas anderes."

„Sie glauben also, dass ein Verrückter das getan hat? Dass es in der Gegend einen Mörder gibt?"

Sally schwieg. „Ich weiß es nicht. Aber es ist seltsam. Du solltest vorsichtig sein."

„Das solltest du auch", erwiderte sie. Avery musste unbedingt mit den anderen sprechen. *War dies ein Angriff durch einen Menschen oder hatte der Dämon eine unschuldige Frau angegriffen?* So schrecklich der Gedanke war, dass ein Mörder frei herumlief, war er doch weitaus besser als ein Dämon. „Hör zu", versuchte sie Sally zu beschwichtigen, „ich habe nichts getan, wodurch ich in Gefahr geraten könnte. Mach dir keine Sorgen. Und ich bin sicher, dass es sich bei diesem Unfall nur um genau das handelt. Okay?"

„Du willst schon wieder verschwinden, oder?"

„Nur für eine Weile. Ich bleibe nicht lange weg."

Bevor Avery ging, ging sie noch einmal in ihre Wohnung und belegte sie mit jedem Schutz- und Bannzauber, der ihr einfiel, und dann schützte sie auch noch den Laden. Sie tat alles in ihrer Macht Stehende, um ihre Umgebung zu schützen.

Allem Anschein nach wussten Averys Füße schon, wohin sie unterwegs war, bevor sie es selbst wusste. Sie führten sie direkt zum Pub. Ein Teil von ihr fragte sich, ob es klug war, Alex so schnell wiederzusehen. Sie war verwirrt wegen des Kusses. *Würde so etwas noch einmal passieren, oder war es nur ein spontaner Flirt, der nichts zu bedeuten hatte?* Nun, für ihn. Für sie bedeutete es mehr, als ihr lieb war. So sehr sie es auch zu leugnen versuchte, sie fühlte sich zu ihm hingezogen. Vielleicht sollte sie versuchen, sich ein wenig abzuschotten. Selbstschutz war keine schlechte Sache.

Das Treiben auf den Straßen wurde immer lebhafter. Die Menschen schlenderten durch die Straßen und genossen die in den letzten Tagen aufgehängten Wimpelketten, und die Ladenbesitzer dekorierten ihre Schaufenster für die Sommersonnenwende. Da White Haven eine Stadt war, die ihre Hexengeschichte, einschließlich der Hexenverbrennungen, zelebrierte, zelebrierte sie auch die natürlichen

Rhythmen der Jahreszeiten, und die Sonnenwende war eine davon. Morgen Abend würde es am Strand Feuer und Partys geben, und die Pubs würden besondere Angebote machen. Leider war *The Wayward Son* jetzt geschlossen.

So sehr es sie auch in den Fingern juckte, Alex zu wecken, dachte sie, dass sie ihn lieber schlafen lassen sollte. Stattdessen ging sie zu Els Laden, um nach Reuben zu sehen. Die Tür schwang lautlos auf, und hinter dem Tresen stand dieselbe Frau wie am Tag zuvor. Anstatt sie durchzulassen, sagte sie: „Sie ist noch zu Hause. Und ich weiß nichts." Sie hielt ihre Hand hoch, um weitere Fragen abzuwehren, und Avery drehte sich um und ging zum Kai, überzeugt davon, dass sie mehr wusste, als sie zugeben wollte.

Der Eingang zu Els Wohnung hatte eine große Lobby mit kahlen Ziegelwänden und einer Rufsäule unten. Sie drückte den Summer, und ohne dass sie etwas sagen musste, sagte El: „Komm hoch, Avery."

Da sie davon ausging, dass die „Gefürchtete Wächterin des Ladens" – wie Avery sie inzwischen nannte – angerufen hatte, um sie vorzuwarnen, ging Avery durch die von El geöffnete Tür und in den Aufzug. Innerhalb von ein paar Augenblicken war sie in Els Wohnung.

Durch die großen Fenster strömten Sonnenlicht und eine leichte Brise herein, und sie sah den Hafen im Sonnenschein funkeln, die Boote auf dem Meer schaukeln. Sie genoss den Anblick ihres schönen Zuhauses, bevor ihr Blick auf die Truhe in der Mitte des Wohnzimmers fiel. Sie war offen.

El saß auf dem Boden davor, um sie herum lagen Gegenstände verstreut. Sie sah zu Avery auf. „Es ähnelt dem von Alex. Ein Kelch, ein Athame, eine Ritualschale, ein kleines Hackmesser und etwas Schmuck – ein wunderschöner alter Anhänger." Sie hielt ihn ins Licht, und Avery nahm ihn ihr ab und drehte ihn. Die silberne Kette war lang, und der Anhänger war ein blutroter Stein. Sie muss verwirrt ausgesehen haben, denn El sagte: „Karneol. Zum Schutz und zur Stärkung von Ausdauer und Mut. Wenn ich ehrlich bin, ist es genau das, was ich jetzt brauche."

Avery ließ sich neben ihr auf den Teppich fallen. „Hast du gehört, was letzte Nacht im Moor passiert ist? Nachdem wir gegangen sind?"

„Nein. Was denn?"

„Eine Frau hatte einen Autounfall. Aber wahrscheinlich sollte es nur wie ein Unfall aussehen."

El war bereits blass, aber wenn es möglich war, wurde sie noch blasser und sie legte die Hand auf den Mund. „Nein!"

„Doch. Ich frage mich, ob es der Dämon war."

El schloss kurz die Augen. „Worauf haben wir uns da eingelassen, Avery? Das ist nicht das, was ich an der Magie liebe. Dämonen, Blut, ungezügelte Macht. Ich möchte Menschen beschützen, sie glücklich machen, die Natur anzapfen, mit unserer Umgebung eins werden."

Avery schnaubte. „Wir haben keine grenzenlose Macht, und ich bezweifle, dass wir sie je haben werden. Außerdem entscheiden wir selbst, wie wir unsere Magie einsetzen."

„Aber wir können keinen Dämon kontrollieren. Und ich bin mir nicht sicher, ob ich das will."

„Gut. Ich auch nicht. Aber wir werden es müssen, denn er wird wieder hinter uns her sein." Avery blickte sich im Raum um und konnte kaum glauben, was sie an einem so hellen, schönen Tag von sich gab.

„Wissen wir, wer die Frau war?"

Avery schüttelte den Kopf. „Nein. Noch nicht."

„Wissen es die anderen?"

Avery zuckte mit den Schultern. „Ich weiß es nicht, ich habe noch nicht mit ihnen gesprochen." Sie sah sich im Raum um. „Wo ist Reuben?"

„Gil hat ihn mit nach Hause genommen, er wollte ihn im Auge behalten." El runzelte die Stirn. „Ich glaube, er hat mir nicht getraut."

„Er ist sein jüngerer Bruder – er macht sich einfach Sorgen."

„Die Sache ist die, dass Reuben nicht einmal widersprochen hat. Ich glaube, er ist sauer auf mich. Er hat mich kaum angesehen, als er gegangen ist."

Avery war sich vorher nicht sicher gewesen, aber jetzt war sie sich sicher. Zwischen El und Reuben stimmte definitiv etwas nicht. El sah aus, als würde sie gleich in Tränen ausbrechen. Avery klopfte ihr auf die Schulter. „Er hat einen schrecklichen Schock erlitten. Er kennt dich und er weiß, was du bist. Verdammt, er ist doch selbst auch eine Hexe! Er wird sich wieder einkriegen. Vielleicht akzeptiert er sogar seine Fähigkeiten." Avery nickte in Richtung der Truhe. „Was ist mit dem Zauberbuch? Die Truhe ist praktisch identisch mit der von Alex. Es gibt zwar andere Markierungen, aber das ist auch schon alles. Das Zauberbuch muss sich im Deckel befinden."

El schien froh, sich auf etwas anderes konzentrieren zu können. „Es sind wieder Runen. Eine zum Schutz vor Geistern und Dämonen, aber die am Deckel sind anders. Ich werde sie hier aber nicht öffnen. Nicht allein. Ich hatte daran gedacht, sie morgen zu unserer Sonnenwendfeier mitzubringen. Ich möchte sie öffnen, während wir alle zusammen sind."

„Okay", stimmte Avery zu. „Das klingt vernünftig." Obwohl es sein konnte, dass sie unter der Kraft eines abnehmenden Monds und im Freien mehr heraufbeschwören würden, als sie bereit waren zuzulassen. Sie behielt ihre Gedanken jedoch für sich. „Wir feiern in meinem kleinen Garten. Er ist bereits durch Schutzzauber gesichert, und ich werde heute noch weitere hinzufügen."

Sie zuckten beide zusammen, als die Glocke an der Sprechanlage läutete. El ging hinüber und drückte den Knopf. „Hi, hier ist Elspeth."

„Hier spricht Detective Inspector Newton. Wir würden Ihnen gerne ein paar Fragen stellen, bitte."

El sah Avery schockiert an und formte mit den Lippen: *Verdammt!* Sie drehte sich schnell zur Sprechanlage um. „Natürlich, darf ich fragen, worum es geht?"

„Das erklären wir Ihnen, wenn wir bei Ihnen sind." Er klang streng, und Avery fühlte, wie ihr flau im Magen wurde. „Lassen Sie uns rein?"

„Natürlich, kommen Sie rauf." Sie drückte den Auslöser und drehte sich zu Avery um, die fassungslos war. „Verdammt, und dreifach verdammt!" Und dann fiel ihr Blick auf die Truhe, die selbst im hellen Sonnenlicht ausgesprochen magisch aussah.

„Wir werden sie mit einem Zauber belegen", erklärte Avery schnell. „Hilf mir, sie in die Ecke zu ziehen."

El lief hinüber, und gemeinsam schoben sie die Truhe unter einen Tisch, während Avery schnell einen Zauberspruch murmelte, der die Truhe unsichtbar machte.

„Was wollen die denn von uns, Avery?"

„Vielleicht haben sie deinen Wagen auf einem Überwachungsvideo gesehen. Bleib ruhig. Du wolltest im Mondschein eine Spritztour machen und hast nichts gesehen. Das ist erlaubt, weißt du."

Sie wurden durch ein Klopfen an der Tür unterbrochen, und nach einem letzten Blick in den Raum ging El zur Tür, während Avery in der Küche Tee aufsetzte und versuchte, ihre Nerven zu beruhigen.

El öffnete die Tür und ohne eine Einladung abzuwarten, stürmte ein großer Mann mit dunklem Haar in den Raum, gefolgt von einem jüngeren Mann mit rötlichem Haar. Beide sahen sich um, blieben kurz stehen, als sie Avery sahen, und wandten sich dann El zu. Sie sah jetzt sehr gefasst aus und schüttelte ihnen die Hände und sagte: „Hallo, ich bin Elspeth. Bitte kommen Sie herein." Sie deutete auf den Raum.

Der dunkelhaarige Mann ergriff als Erster das Wort. „Detective Inspector Newton, und das ist Officer Moore."

Moore nickte und folgte dem Kriminalbeamten in den Raum. Sie schienen den gesamten Raum von Els kleiner Wohnung auszufüllen. Avery schätzte Newton auf Mitte dreißig, und er war gutaussehend. Die ebenmäßigen Züge seines Gesichts verrieten sowohl Selbstbewusstsein als auch Misstrauen. Er trug einen grauen Einreiher und ein frisches weißes Hemd, und es stand ihm gut. Moores Anzug sah im Vergleich dazu ein wenig zerknittert aus.

Avery kam hinter der Theke der offenen Küche hervor und schüttelte den Beamten ebenfalls die Hände, wobei sie sich sehr bemühte, einen guten Eindruck zu machen. „Hallo, ich bin Avery, Els Freundin."

Newton nickte und musterte sie von oben bis unten. „Ich kenne Sie vom Sehen. Sie betreiben den Laden für Okkultes."

„Den Buchladen", korrigierte sie ihn, und ihr wurde ganz flau im Magen. Alle Ladenbesitzer hatten im Rahmen der gemeinschaftlichen Polizeiarbeit und Sicherheit regelmäßigen Kontakt zur Polizei, aber sie hatte Newton noch nie zuvor gesehen. „Kann ich Ihnen einen Tee anbieten? Ich mache gerade welchen."

„Nein, danke." Sein Gesicht war düster, und er wandte sich an El. „Letzte Nacht gab es einen Todesfall auf der Straße durch das Moor. Wir haben die Aufnahmen der Kameras, die aus der Stadt herausführen, durchgesehen, und Ihr Wagen wurde um 23:07 Uhr beim Verlassen der Stadt und um 1:15 Uhr bei der Rückkehr in die Stadt gesehen. Wo waren Sie?"

„Ich bin nur etwas herumgefahren. Ich sitze gern auf den Klippen und schaue aufs Meer. Ich habe vor Kurzem auch herausgefunden, dass mein altes Familienhaus das alte *Hawk House* im Moor liegt. Ich wollte es mir ansehen."

„Nachts?", fragte er und beobachtete El genau, warf ab und zu einen Blick auf Avery, während Moore eifrig schrieb.

Avery riskierte einen Blick unter den Tisch, und als sie sich vergewissert hatte, dass die Truhe nicht zu sehen war, widmete sie sich dem Tee.

„Ich war mit Reuben zusammen. Es war romantisch, wissen Sie, die Sterne zu betrachten." Sie lächelte und zwinkerte, aber Newton ignorierte sie.

„Wer ist Reuben?"

„Reuben Jackson. Er ist von hier. Er arbeitet in der Gärtnerei *Greenlane*."

„Einer der Jacksons aus Greenlane Manor?", fragte er mit zusammengekniffenen Augen.

El nickte: „Ja."

Er warf Moore einen Blick zu, der wieder wie wild in sein Notizbuch kritzelte, und fragte dann: „Haben Sie etwas im Moor gesehen?"

„Nichts, außer ein paar vorbeifahrenden Fahrzeugen. Warum?"

„Sie haben nichts gehört?"

El verschränkte die Arme vor der Brust. „Nein. Warum stellen Sie mir Fragen, wenn es einen Verkehrsunfall gegeben hat? Ich meine, es tut mir leid, dass jemand gestorben ist, aber ich habe nichts gesehen. Ich hätte natürlich angehalten. Und ich habe ganz sicher niemanden angefahren, Sie können meinen Wagen überprüfen."

Newton zögerte einen Moment und warf Moore einen Blick zu, der kaum merklich nickte. Er sah El an und dann über sie hinweg zu Avery, die nun an ihrem Tee nippte und verzweifelt versuchte, ihr rasend schnell schlagendes Herz zu beruhigen. „Wir machen uns keine Sorgen wegen eines anderen Wagens. Wir machen uns Sorgen wegen etwas viel Dunklerem."

Er beobachtete sie, und die Stille im Raum schien sich zu verdichten und Avery am Fleck zu fesseln. „Was meinen Sie mit ‚dunkler'?", fragte El.

Er änderte das Thema. „Sie beide und einige andere in White Haven haben einen gewissen Ruf."

„Wirklich?", fragte Elspeth und sah verwirrt aus.

Er lächelte, und zwar auf eine unangenehme Art. „Ja. Und während manche Leute das vielleicht interessant oder sogar aufregend finden, halte ich es für gefährlich."

„Detective Inspector, Sie müssen sich schon etwas klarer ausdrücken. Ich weiß wirklich nicht, was Sie meinen", entgegnete El, die sich sehr beherrscht gab. Vielleicht lag darin sogar ein Hauch von Glamour. Avery zollte ihr stillen Beifall.

„Ich meine Magie", entgegnete er und sah ihr direkt in die Augen. „Magie, die die Gesetze der Natur für ihre eigenen Zwecke nutzt."

Avery zog die Augenbrauen hoch, aber El fuhr ruhig fort. „Magie respektiert die Natur, sie missbraucht sie nicht, und das tue ich auch nicht. Ich mag einen gewissen Ruf haben, aber das ist alles zum Guten. Ich verkaufe einfache Schmuckstücke, Halsketten, Armbänder und Ringe, die die natürlichen Eigenschaften der Edelsteine haben, die ich verwende. Das ist keine Magie."

„Warum flüstern die Leute dann, dass sie, wenn sie bestimmte Glücksbringer oder Schutzamulette benötigen, Ihren Laden aufsuchen sollten?"

„Ich nutze lediglich den Reiz der Magie aus, aber ich bin nur eine einfache Silberschmiedin."

Er blickte zum anderen Ende des Raumes, wo Avery stand und schweigend zusah, was ihn ziemlich ärgerte. „Und Sie. Sie verkaufen Bücher über Okkultismus, Mystik, Wahrsagerei und Tarotkarten."

„Ich verkaufe auch Liebesromane, Action, Thriller und Fantasy-Romane. Das ist nicht illegal", erwiderte sie, während sie immer wütender wurde. „Wir leben nicht im Mittelalter. Diese Stadt hat eine bewegte Geschichte, die auf Hexenjagden und Verbrennungen basiert. Wenn Sie es noch nicht bemerkt haben, die ganze Stadt ist voller Wahrsager, Kartenleger, Kräuterfrauen und Menschen, die an Engel glauben. Deshalb kommen die Touristen hierher. Ich verkaufe, was die Leute interessiert." Sie spürte, wie der Wind wieder um sie herumwirbelte, und sah, wie Newton die Augen zusammenkniff, als sich eine Haarsträhne vor ihr Gesicht hob. Sie strich sie schnell hinter ihr Ohr.

Seine grauen Augen verdunkelten sich wie ein Sturm. „Der Frau auf der Straße wurde die Kehle herausgerissen. Bei Verkehrsunfällen passiert so etwas nicht."

El griff sich mit der Hand an die Brust, und Avery keuchte und sagte: „Es tut mir leid, das zu hören, wirklich leid, aber wir hatten nichts damit zu tun." Sie zögerte einen Moment und dachte dann, dass sie die Wahrheit sagen sollte – schließlich hatte er Alex' Wagen gesehen. „Ich war gestern Abend mit Alex Bonneville zusammen; ich weiß, dass Sie seinen Wagen auch gesehen haben. Wir haben El im *Hawk House* getroffen, aber das ist alles. Wir haben auch nichts gesehen."

Newtons Gesicht war wie aus Stein. „Also habt ihr euch alle ein paar Tage vor der Sonnenwende auf dem Gelände des *Hawk Hauses* getroffen, und eine junge Frau ist gewaltsam gestorben."

„Ich kann Ihnen versichern, dass diese Ereignisse nichts miteinander zu tun haben", erwiderte Avery mit eisiger Stimme, während sie Newton anfunkelte.

„Wir müssen mit Alex Bonneville und Reuben Jackson sprechen." Newton sah die beiden lange und prüfend an und blickte dann sorgfältig durch den Raum, als würde er plötzlich etwas Verdächtiges entdecken können. „Das ist alles für den Moment. Wiederholen Sie nicht, was wir Ihnen über die Todesursache der Frau gesagt haben. Wenn Ihnen noch etwas einfällt, kommen Sie zu mir. Und verlassen Sie nicht die Stadt."

Er zog seine Visitenkarte heraus und legte sie auf den Wohnzimmertisch, während Moore sein Notizbuch einsteckte. Er hatte während des gesamten Gesprächs kein Wort gesagt und folgte Newton schweigend zur Tür.

Sobald sie gegangen waren, schnaubte Avery. „Und verlassen Sie nicht die Stadt! Was glaubt er denn, wo wir hingehen? Ich wohne hier!"

„Ach du meine Güte, Avery. Wir sind Verdächtige in einem Mordfall, und eine Frau ist tot!" El ließ sich auf das Sofa fallen, und Avery setzte sich neben sie, nahm ihren inzwischen lauwarmen Tee und reichte El ihren. Sie schwiegen einige Augenblicke, und Avery lehnte sich zurück, schloss die Augen und versuchte, die Ereignisse der Nacht rational zu durchdenken.

El unterbrach ihre Gedanken. „Was wissen wir über Dämonen, Avery?"

„Nicht viel. Es handelt sich um dunkle Wesen, die sich von Blut oder Seelen ernähren – mächtig, unkontrollierbar, rachsüchtig und nicht in unsere Welt gehörend. Sie können mit Nekromantie beschworen und kontrolliert werden. Wenn man verrückt ist." Sie öffnete die Augen und sah, dass El sie anstarrte. „Nun, das ist alles, was ich weiß. Was ist mit dir?“

„Das Gleiche. Um ehrlich zu sein, habe ich nie geglaubt, dass es sie wirklich gibt. Ich dachte, sie wären ein Produkt der magischen Fantasie, das ins Mittelalter gehört. Manifestationen der Angst der Menschen.“

„Nun, das Ding gestern Abend war es keine Einbildung. Ein Dämon hat jemanden getötet und Reuben angegriffen.“

„Wenn es hier ist, wird es wieder töten. Wir müssen es aufhalten.“

„Jetzt haben wir drei Probleme“, meinte Avery. „Wir haben eine böse Vorahnung, einen misstrauischen Detective und müssen herausfinden, wer uns angreift und wer sein Haustier-Dämon ist. Ich sage Alex besser, dass er Besuch bekommt, und du musst es Reuben sagen.“ Dann holte sie ihr Handy aus der Tasche.

Avery beschloss, dass der Rest des Tages normal verlaufen sollte, ohne weitere Dramen. Sie hielt an der Bäckerei und holte eine Auswahl an Kuchen, Gebäck und drei doppelte Latte Macchiato mit Zimt. Als sie kurz nach elf im Laden ankam, saß Dan auf einem Hocker hinter der Theke und las ein Buch. Die Musik hatte sich geändert, und jetzt lief *Kashmir* von Led Zeppelin.

„Hallo“, begrüßte sie ihn mit einem Lächeln und versuchte, ihre Nervosität zu überspielen. „Ich habe was zu essen mitgebracht.“

Es waren nur ein paar Kunden im Laden, die in der Thriller-Abteilung stöberten, also stellte sie die Sachen auf die Ladentheke und nahm einen großen Schluck Kaffee. Manchmal war Koffein das Einzige, was ihr half, den Tag zu überstehen.

„Da ist ja die Wanderin wieder!", sagte Dan mit einem ironischen Lächeln, legte sein Buch beiseite und griff nach einem Latte. „Das hier ist toll. Prost."

„Ruhiger Morgen?", fragte Avery.

„Vorhin war viel los, aber jetzt ist es ruhiger geworden. Was hast du so gemacht? Du hast Sally ganz schön verärgert."

Avery beschloss, reinen Tisch zu machen. „Ich wurde von der Polizei verhört. Und das alles nur, weil Alex und ich spätabends noch eine Spritztour ins Moor gemacht haben."

Dan verzog das Gesicht. „Die arme Frau. Aber sie haben dich verhört? Ich dachte, es war ein Unfall?"

„Ein verdächtiger Unfall", erklärte Avery, ohne mehr sagen zu wollen. „Jedenfalls glaube ich, dass er mit unserer Erklärung halbwegs zufrieden war. Wir wissen natürlich nichts." Was nicht ganz der Wahrheit entsprach, aber sie wollte nicht über Dämonen sprechen. Dan würde denken, dass sie verrücktgeworden war. Und das war sie vielleicht auch. „Wo ist Sally?", fragte sie und sah sich um.

„Hier hinten. Sally!", rief er. „Kaffee gibt es auch." Er griff nach einem Gebäck. „Wow, die sind ja super."

„Oh, du bist wieder da!", sagte Sally, die aus dem Hinterzimmer kam, und zeigte eine Mischung aus Erleichterung und Verärgerung auf ihrem Gesicht. Sie sah sich den Kaffee und die Kuchen an. „Ein Friedensangebot?"

„Sozusagen. Tut mir leid, Sally. Es war eine verdammt harte Woche."

Dan sprach mit vollem Mund: „Und sie ist von der Polizei verhört worden."

„Aber mir geht es gut", beruhigte Avery Sally. „Es ist nur ein Missverständnis."

Sally beugte sich näher zu ihr hinüber, warf einen Blick auf die Kunden, um sicherzugehen, dass sie außer Hörweite waren, und sagte leise: „Es hat sich einiges geändert, seit du Annes Sachen abgeholt hast. Warum?"

„Es ist nichts", erwiderte Avery und beugte sich ebenfalls vor. „Sie hat mir nur ein paar Familiengeschichten vererbt, das ist alles."

„Wir wissen beide über deine ...", sie zögerte kurz, „... Praktiken Bescheid. Und es ist die Sonnenwende. Brauchst du unsere Hilfe?"

Avery war so schockiert, dass sie fast ihren Kaffee ausgespuckt hätte. „Was meinst du mit *Praktiken*?"

Dan lächelte. „Das ist eine Hexenstadt, aber wir alle wissen, dass in einigen von uns mehr Hexe steckt als in anderen. Und das gilt auch für dich, Avery. Und keine Panik."

„Ich mache kein Geheimnis aus meinen Interessen", begann sie defensiv.

„Ach, Quatsch, Avery. Wir reden hier nicht von Interessen. Wir reden von Praktiken", entgegnete Dan und strich sich die Streusel vom Hemd. „Wir respektieren deine Fähigkeiten, aber sie sind kein Geheimnis, jedenfalls nicht für uns."

Avery spürte, wie sich ihre Nackenhaare aufstellten. Sie hatte sich so sehr bemüht, ihre Kräfte zu verbergen, und sie hoffte, dass sie nicht wussten, wie weitreichend sie waren. Sie muss schockiert ausgesehen haben, denn Sally fügte hinzu: „Keine Sorge, nur wenige Menschen wissen wirklich Bescheid. Einheimische. Wir respektieren deine Privatsphäre. Aber wenn etwas Seltsames vor sich geht, werden sie anfangen, Fragen zu stellen. Wir wissen, dass du sicher bist, aber Magie ist Magie, Avery."

Beide verstummten, als Avery einen Schluck Kaffee trank und überlegte, was sie sagen sollte. Heute war einer dieser Tage, und mit der bevorstehenden Sonnenwende könnte es noch ungewöhnlicher werden als sonst. „Na gut“, entschied sie sich und warf noch einmal einen Blick über die Schulter. „Ich habe bestimmte Fähigkeiten. Sie sind erblich bedingt. Ich bin mit meinen Fähigkeiten sicher, das heißt, ich habe *nicht die Absicht, jemandem zu schaden*, aber es gibt andere, die das vorhaben. Hier ist es im Moment vielleicht nicht so sicher, also möchte ich, dass ihr beide vorsichtig seid. Ich werde etwas für euch vorbereiten, das ihr bei euch tragen könnt, und ich möchte, dass ihr mir versprecht, es immer bei euch zu tragen. Zumindest für eine Weile.“

Dan und Sallys leicht scherzhafter Tonfall war nun verschwunden. „Also ist etwas im Gange?“, fragte Sally.

„Ja. Aber mehr sage ich nicht. Wenn ihr nichts dagegen habt, gehe ich jetzt nach oben und bereite eine Kleinigkeit für euch vor.“ Sie sah in ihre entsetzten Gesichter und musste leise lachen. „Na ja, ihr habt ja gefragt.“

Avery ging in ihre Wohnung und überprüfte zunächst den Hauptwohnbereich, um ganz sicherzugehen, dass nichts Magisches herumlag, falls DI Newton sie besuchen sollte. Dann ging sie auf den Dachboden. Sie schob die Holztruhe in den Arbeitsbereich, wo ihre Regale mit ihren Vorräten gefüllt waren, und sprach einen Zauberspruch, um Besucher davon abzuhalten, in diesem Bereich zu genau hinzusehen.

Zufrieden mit ihrer Arbeit überquerte sie die kleine Gasse zum ummauerten Garten und betrat ihn durch das kunstvoll verzierte Tor, das mit Zaubersprüchen gesichert war. Sie schloss es immer ab, aber es war auch mit einem Schutzzauber versehen, um neugierige Blicke abzuwehren. Im Garten angekommen, sah sie sich zufrieden um und seufzte erleichtert. Ihr Garten hatte immer eine beruhigende Wirkung auf sie.

Er war von vier hohen Mauern umgeben, die mit Kletterpflanzen und Spalierobst bedeckt waren. Er wirkte größer, als er in Wirklichkeit war, denn es war unmöglich, alles von einem Punkt aus zu sehen. Pergolen und Pavillons verliehen ihm Höhe und Struktur, und überall wuchsen die Pflanzen in schwindelerregender Fülle. Es gab Rosen, Schwertlilien, Dahlien, Eisenkraut, Geranien, Lavendel, Stockrosen, Rittersporn, Lupinen, Sträucher und kleine Bäume und vieles mehr. Kieswege schlängelten sich durch alles hindurch, und überall, wo sie entlangging, streifte sie Pflanzen, sodass ihr Duft die Luft erfüllte.

Sie ging an dem Gartentisch und den Stühlen vorbei, an denen sie Alex am Abend zuvor getroffen hatte, und ging weiter zu den Kräutern. Sie blieb stehen und füllte einen Korb mit verschiedenen Kräutern und beschloss, später noch einmal zurückzukommen, wenn es dunkel war, um einige Wurzeln zu sammeln. Sie ließen sich am besten in der Dämmerung sammeln.

Morgen würden sie hier die Sonnenwende begrüßen, und sie wären ungestört. In der Mitte des Gartens befand sich eine Grasfläche, die so weich wie Samt war und sich perfekt für Rituale eignete. Obwohl der Garten von anderen Gebäuden umgeben war, war nur ihre eigene Wohnung hoch und nah genug, um den Garten einzusehen.

Avery traf sich noch einmal mit Dan und Sally, bevor der Tag zu Ende ging, um ihnen ihre Talismane zu geben. Sie bat sie ins Hinterzimmer und ließ die Tür einen Spalt offen, um die Kundschaft im Auge zu behalten. „Hier, bitte sehr", sagte sie.

Dan schaute verwirrt auf den kleinen Musselinbeutel, der mit Kräutern gefüllt war und am Hals mit einer Kordel zugebunden war. „Was sollen wir damit machen?"

„Tragt es." Sie zog die Kordel aus dem Beutel. „Seht ihr, ihr könnt es um den Hals tragen, unter dem Hemd verstauen oder in die Tasche stecken. Wie ihr wollt. Aber tragt es auf jeden Fall bei euch."

Sally sah sie mit großen Augen an. „Das sieht aus wie die Kräuter, die ich in meine Unterwäsche-Schublade lege. Hat es *irgendeine* Wirkung?"

„Es bewirkt eine Menge. Hier, nimm es und benutz es", erwiderte Avery.

Sally beugte sich vor und berührte das Beutelchen vorsichtig. Dann zog sie es sich wie eine Kette über den Kopf, sodass es unter ihrem T-Shirt lag, wie Avery es vorgeschlagen hatte, während Dan es in seine Hosentasche steckte.

Avery fühlte sich, als wäre ihr eine große Last von den Schultern genommen worden, und obwohl sie wusste, dass dieses Gefühl nicht lange anhalten würde, beschloss sie, es zu genießen, solange es anhielt. Es war schön, mit zwei Menschen, die keine Hexen waren, wenigstens ein bisschen ehrlich sein zu können. „Sehr gut, aber seid trotzdem vorsichtig."

„Was machst du heute noch?", fragte Dan. „Wir gehen ins *Mermaid* auf ein Bier, wenn du mitkommen willst?"

Avery schüttelte den Kopf. „Nein, ich mache es mir heute Abend gemütlich, danke. Nur ich, die Katzen und der Fernseher."

„Bist du sicher?", fragte Sally besorgt.

„Ganz sicher. Bis morgen früh."

Nachdem sie gegangen waren und der Laden abgeschlossen war, genoss Avery den faulsten Abend, den sie sich vorstellen konnte, und wollte sich nicht einmal Annas Recherchen ansehen. Die Geschehnisse der vergangenen Nacht hatten sie erschöpft, und der Tod der Frau hatte sie sehr mitgenommen. Magie war das Letzte, was sie jetzt gebrauchen konnte. Außerdem würden sie am Tag der Sonnenwende eine Menge zu tun haben.

14

S amstags war immer viel los, die Kunden strömten in den Laden und wieder hinaus, und alle sprachen über die Feierlichkeiten am Strand. Avery hatte, wie viele andere auch, ihr Schaufenster dekoriert. Der Tag verging mit Gesprächen und Verkäufen, und sie hatte kaum Zeit, an die eigenen Feierlichkeiten am Abend zu denken.

Weder Dan noch Sally erwähnten ihr Gespräch vom Vortag, und Avery war erleichtert. Auf dem Weg zur Tür fragte Dan: „Gehst du später zu einer der Feiern am Strand?"

„Nein. Ich werde heute Abend privat feiern. Und du?"

Er grinste. „Klar, wer mag kein Lagerfeuer, ein paar Gesänge unseres örtlichen heidnischen Druiden und ein paar Bier?"

Sie lachte. Einer der Stadträte übernahm gern die Rolle des örtlichen Druiden und leitete die Feierlichkeiten zur Sonnenwende und Tagundnachtgleiche. Besucher und Einheimische liebten diese Tradition, obwohl dabei keinerlei echte Magie im Spiel war. Die vielen Menschen sollten ausreichen, um den Dämon und seinen Meister fernzuhalten. „Gut. Bleib bei den Menschenmengen. Und viel Spaß!"

Der blassblaue Himmel schien wie ein Deckel auf der Stadt zu liegen und hielt die Hitze des Tages in den Gassen und Gebäuden fest. Einer der Vorzüge des Hochsommers, dachte Avery, bestand darin, dass das Tageslicht bis spät in die Nacht hinein anhielt. Sie ging in den Garten und verbrachte die nächsten Stunden damit, sich auf die Ankunft der anderen Hexen vorzubereiten und versuchte, ihre immer stärker werdenden Hungergefühle zu ignorieren. Für manche magische Handlungen war ein leerer Magen erforderlich, daher hatte Avery seit dem Frühstück nichts mehr gegessen.

Sie hatten beschlossen, die Sonnenwende mit einem Grillfest zu feiern, das nicht im Geringsten nach Hexenfest aussah. Averys gemauerter Grill war seit dem letzten Sommer nicht mehr benutzt worden, also schrubbte sie ihn sauber. Sie bereitete Salate für später vor und sorgte dafür, dass es genügend Kerzen gab, um die schwache elektrische Beleuchtung zu ergänzen, die die Gartenwege, Pflanzen und den Tisch erhellte. Der ganze Ort sollte hübsch und magisch aussehen.

Alex kam zuerst an und ging durch das Tor. Avery hörte das Knirschen des Kieses, als er den Weg entlangging. Sie saß am Tisch, nippte an ihrem Wasser und lächelte, als er in Sichtweite kam. Letzte Woche hätte sie ihn am liebsten erwürgt, aber jetzt schlug ihr Herz etwas schneller, als sie sich an den langen, innigen Kuss erinnerte.

Er ließ sich auf dem Stuhl gegenüber von ihr nieder. „Wie geht es dir?"

„Es ging mir schon mal besser."

Er stellte sein Bier in den Kühlschrank und nahm einen Schluck Wasser. „Danke für die Warnung gestern. Inspektor Newton kam mit seinem wortkargen Kollegen im Schlepptau. Was für ein unheimliches Paar die beiden sind."

„Sie haben einen Mordfall zu untersuchen."

„Ich weiß. Ich versuche, eine schlechte Situation zu entschärfen. Normalerweise werde ich nicht des Mordes verdächtigt." Er sah sich um. „Ich spüre, dass du deinen Schutz verstärkt hast."

„Ja. Und ich habe Dan und Sally auch ein Schutzamulett gegeben."

Er zog die Augenbrauen hoch.

„Anscheinend wissen einige Einheimische, dass ich eine Hexe bin – und wahrscheinlich auch, dass du eine bist. Sie haben noch andere erwähnt, aber ich habe nicht nachgefragt. Ich bin mir nicht sicher, wie viel sie über unsere Fähigkeiten wissen, aber anscheinend vertrauen sie darauf, dass wir das Richtige tun. Also habe ich es getan. Hat dich schon mal jemand darauf angesprochen?"

„Auf Magie? Noch nie. Aber ich arbeite in einem Pub, nicht in einem okkulten Buchladen. Und ich denke, dass man Frauen viel eher mit Hexen in Verbindung bringt als Männer. Es klingt jedenfalls nicht so, als würden sie dich aus der Stadt jagen wollen", bemerkte Alex grinsend. „Hast du El gefragt, was im *Hawk House* passiert ist – du weißt schon, wie der Dämon dorthin gekommen ist?"

„Nein, Newton ist gekommen, bevor ich die Gelegenheit hatte, es herauszufinden. Wir fragen später nach."

Seine dunklen Augen ruhten auf ihren Lippen, und es schien, als wollte er etwas sagen, als sich das Tor erneut öffnete und sie El und Briar kommen hörte. Avery war sich nicht sicher, ob sie erleichtert oder enttäuscht war.

Briar sah so überirdisch schön aus wie immer. Sie trug ihr langes Haar offen und war ganz in Weiß gekleidet – ein langer Rock und ein mit Spitze verziertes Baumwollhemd. El trug ihr übliches Schwarz, und ihr weißblondes Haar leuchtete im Abendlicht. Sie trug ein großes Objekt, das in eine Decke gewickelt war.

„Ist Gil noch nicht da?", fragte El.

„Nein. Gibt es Neuigkeiten von Reuben?", fragte Avery.

„Nein", antwortete El mit einem leichten Stirnrunzeln.

Briar sah sie alle an. „Ich habe das Gefühl, dass ich etwas nicht mitbekommen habe."

„Wir warten noch auf Gil und dann werden wir euch einweihen", erklärte Avery. „Was hast du da, El?"

„Ich habe ein Schwert mitgebracht, das mit zeremonieller Magie versehen ist. Ich dachte, es wäre eine tolle Idee, damit unseren Kreis zu ziehen." Sie packte es aus und Avery fiel vor Erstaunen die Kinnlade herunter.

„Wow! Das ist ja unglaublich cool!"

Das Schwert hatte einen einfachen Griff, der aus einer Mischung aus Silber und etwas, das wie Kupfer aussah, bestand. Die Klinge war in der Mitte mit einer feinen Gravur verziert. Alex sprang auf. „Darf ich?"

El grinste. „Natürlich."

Alex hob es hoch und schwang es herum. „Das gefällt mir."

„Lass es besser nicht Newton sehen, sonst wird er dich wieder verdächtigen", bemerkte Avery.

Briar schwieg, aber sie beobachtete Alex voller Bewunderung, und für einen Moment fühlte Avery sich schuldig, als sie sich an ihren Kuss von gestern Abend erinnerte. Sie war sich sicher, dass Briar auf ihn stand, aber es schien, als würde Alex das nicht bemerken. Seine Muskeln spannten sich an, wenn er sich bewegte, und Avery spürte, wie sich in ihr Verlangen regte.

El lachte. „Im Ernst, Alex, du hältst das ganz falsch." Sie trat hinzu, um seinen Griff zu korrigieren, als Gil eintraf, und alle waren überrascht, als Reuben hinter ihm auftauchte.

El rührte sich nicht, sie sah Reuben nur mit großen fragenden Augen an, und im Raum wurde es für einen kurzen Moment still, als Alex auf sie zuging. „Gil, schön, dich zu sehen. Reu, wie geht es dir? Wir haben uns große Sorgen gemacht."

Trotz des Angriffs ein paar Nächte zuvor sah Reuben so gut aus wie eh und je, und er grinste. „Ein Dämon allein kann mich nicht erledigen." Er sah einen Moment lang ernst aus. „Danke für eure Hilfe neulich. Ohne euch beide", er blickte Avery an, „wäre alles ganz anders gelaufen." Er sah El an. „Wie geht es dir?"

Erleichterung zeichnete sich auf ihrem Gesicht ab. Sie hatte befürchtet, dass er ihr nicht verzeihen würde. „Ich habe Schuldgefühle. Ich hätte dich töten können."

„Nein, das hätte der Dämon tun können. Es war nicht deine Schuld. Du hättest auch sterben können."

„Was ist mit den Verbrennungen?"

Reuben zeigte die schmerzhaften roten Striemen an seinen Handgelenken, Armen und Beinen. „Sie sind immer noch da, aber sie heilen – dank Briars Heilpackung."

Avery entspannte sich und war erleichtert, dass El und Reuben anscheinend wohlauf waren.

Gil setzte sich an den Tisch. „Also, ich bin sauer auf euch alle. Das ist für mich immer noch der blanke Wahnsinn."

Alex legte das Schwert auf den Tisch. „Gewöhn dich besser daran, denn es wird nicht verschwinden."

Gil sah ihn an. „Ich bin auch nicht begeistert, dass die Polizei uns besucht hat."

„Ich auch nicht!"

„Ich auch nicht!", fügte El verärgert hinzu.

Briar meldete sich zu Wort. „Die Polizei? Was ist passiert, seit ich euch das letzte Mal gesehen habe?"

„Hast du es nicht gehört?", fragte Avery, die das Gefühl hatte, Briars Abend zu ruinieren. „In dieser Nacht ist eine Frau im Moor gestorben."

Sie nickte. „Ein Autounfall. Was hat das mit uns zu tun?"

„Es war kein Autounfall. Es war der Dämon."

Briar sah entsetzt aus, als ihr die Realität ihrer Situation bewusst wurde. „Der, der dich angegriffen hat?"

„Hoffentlich gibt es keinen weiteren", bemerkte Alex trocken. Er wandte sich an El. „Wie hat er dich angegriffen? Das hast du nie erzählt."

„Wir waren bereits unter der Erde", erklärte sie nachdenklich. „Der Zauberspruch zeigte uns das Fundament und führte uns zum Eingang des unterirdischen Kellers. Bis zu diesem Punkt waren wir allein. Es war natürlich dunkel, aber ich spürte nichts, und es gab keinen Laut, abgesehen von gelegentlichen Fahrzeugen auf der Straße. Der Dämon ist erst aufgetaucht, als wir mit der Truhe im Kellerraum waren. Ich weiß nicht, woher er gekommen ist – er war plötzlich einfach da. Ich habe nichts gespürt." Sie atmete schwer aus. „Ich komme mir ziemlich dumm vor. Er packte mich und es war, als würde ich von einem starken Strom festgehalten. Es war schrecklich. Ich konnte diese Dunkelheit und den Hunger nach Macht spüren. Und ich konnte mich nicht befreien – das war wirklich beängstigend."

Reuben rührte sich. „Es stimmt. Er war einfach da. Als er El packte, hat er mich getroffen."

„Aber die Truhe war doch da", bemerkte Avery verwirrt. „Warum hat er sie nicht mitgenommen?"

„Die Schutzzauber", entgegnete Briar. „Sie haben ihn abgewehrt."

Alex nickte. „Da ist was dran. Vielleicht sollte der Dämon euch dort festhalten, bis derjenige, der ihn kontrollierte, die Truhe holen konnte. Wir hatten Glück, dass wir näher dran waren."

Gil stand auf. „Wenn ich ehrlich bin, bin ich nicht in Feierlaune. Aber wir sind hier, um die Sonnenwende zu feiern, also lasst uns damit anfangen."

„Ich werde meine erste Begegnung mit einem Dämon und das Überleben feiern", meinte Reuben grinsend.

„Da hat er recht!", stimmte Alex zu. „Also, machst du mit?"

„Nach dem gestrigen Abend habe ich beschlossen, dass ich meine Magie nicht länger ignorieren kann. Vor allem, wenn ich überleben will. Also ja, ich bin dabei."

„Bevor wir anfangen, brauche ich Hilfe, um die Truhe reinzubringen", erklärte El. „Ihr werdet mir alle helfen, mein Zauberbuch zu finden."

Sie stellten sich auf die Rasenfläche in der Mitte des Gartens. El hielt das Schwert mit der Spitze nach unten, sodass es den Boden berührte, und begann im Osten, einen Kreis zu bilden, der groß genug war, dass alle darin Platz hatten. Die anderen fünf folgten ihr, wobei sie alle die rituellen Worte murmelten, um den magischen Kreis zu erschaffen.

Sie traten in den Kreis, und in dem Moment, als der Kreis hinter ihnen geschlossen wurde, spürte Avery, wie die Außenwelt verschwand und der sakrale Bereich sie vollständig umschloss. Alle anderen Geräusche des Abends verschwanden: Fahrzeuge, das Gemurmel der Menschen, das von der Straße herüberdrang, und sogar das Rauschen des Windes in den Bäumen.

Sie hatten beschlossen, dass ihre Feierlichkeiten auch ein Dankesritual an die Götter und Elemente für ihre Magie und eine Bitte um Kraft für das kommende Jahr umfassen sollten. Sie sprachen im Chor, ihre Stimmen verwoben sich, während sie die vertrauten Sprüche aufsagten, die sich mit wechselndem Rhythmus anhoben und wieder senkten. Sie bewegten sich in einem gleichmäßigen Tanz um den geweihten Kreis, wobei sie Kerzen untereinander austauschten, und Avery spürte deutlich das kalte Gras unter ihren Füßen, trocken und spröde.

Als das Licht schwächer wurde und die ersten Sterne am Himmel erschienen, spürte Avery, dass der Wechsel der Jahreszeiten nahte. Sie nahm wahr, dass sie sich bereits auf den Winter zubewegten und der längste Tag fast vorüber war. Die Stille verlieh ihr Kraft, und sie spürte, wie sie in ihre Haut und Knochen eindrang und sie für die Herausforderungen stärkte, die sie erwarteten. Im Kreis brannten die Kerzen an den vier Himmelsrichtungen gleichmäßig und warfen ein flackerndes Licht auf ihr Ritual, doch außerhalb des Kreises war es dunkel, und es schien, als würde die Dunkelheit auf sie eindringen.

Avery hatte keine Ahnung, wie lange das Ritual dauern würde. Die Zeit innerhalb des Kreises schien sich zu verlangsamen, aber ihr Blick fiel auf die Truhe in der Mitte, und sie fragte sich, ob es für El genauso schwierig sein würde, sie zu öffnen, wie es für Alex gewesen war.

Gil brach das Schweigen, das am Ende des Rituals eingetreten war. „Wann willst du deine Truhe öffnen, El?"

„Ich kann es genauso gut jetzt gleich machen." Sie ging zu der Truhe hinüber und öffnete den Deckel, der wie der von Alex mit kleinen Runen verziert war, die um den Rand herum eingraviert waren.

„Sind alle Grimoires in Kisten versteckt?", fragte Briar und beobachtete El genau.

„Vielleicht", erwiderte Avery. Briar sah besorgt aus, und Avery war sich immer noch nicht sicher, ob sie ihr eigenes Grimoire überhaupt finden wollte.

Reuben stand Avery gegenüber und sein Gesicht lag im Schatten. „Das ist interessant, oder? Wenn wir noch eine solche Truhe finden, müssen wir davon ausgehen, dass sie alle zusammen versteckt wurden."

„Das ergibt doch Sinn, oder?", entgegnete Gil. „Der Hexenjäger war auf dem Weg, und sie mussten ihre Grimoires verstecken. Vielleicht hatten sie die Truhen schon seit geraumer Zeit vorbereitet."

„Wie willst du das angehen, El?", fragte Alex. Er stand neben Avery, und seine starke Präsenz schwang neben ihr mit. Als ob er spürte, dass sie ihn ansah, warf er ihr einen Blick zu und zwinkerte ihr zu, und sie fühlte, wie sich ihr Magen umdrehte. Jetzt war nicht der richtige Zeitpunkt, um über ihren Kuss nachzudenken, und sie sah wieder zu El.

El seufzte. „Ich habe keine Ahnung. Ich werde die Runen vorlesen, wie du es getan hast, Alex, und auf das Beste hoffen. Ich habe sie alle aufgeschrieben. Seid ihr für alle Eventualitäten gerüstet?"

„So gut es eben geht." Gil sah Reuben an. „Bist du sicher, dass du im Zirkel sein willst?"

„Ich komme schon klar, Bruder."

„Brauchen wir wieder Blut?", fragte Gil mit Missbilligung in der Stimme.

„Nein." El setzte sich im Schneidersitz vor die Truhe, holte tief Luft und begann mit der Beschwörung.

Ähnlich wie bei Alex, als er mit dem Vorlesen seiner Runen begann, spürte Avery, wie sich der Luftdruck veränderte und die Luft schwer wurde, als würde sie ersticken. Els Stimme erfüllte die Luft, und für einige Augenblicke geschah nichts. Der Druck nahm weiter zu, und dann begannen sich Gestalten um sie herum zu manifestieren. Avery blinzelte, weil sie dachte, sie würde halluzinieren, doch dann wurden die Gestalten klarer. Große, schwarze Krähen kreischten und schlugen mit den Flügeln, sodass die ganze Luft vibrierte. Innerhalb von Augenblicken waren es Hunderte. Sie schrie und stieß eine Krähe weg, die ihr ins Gesicht flog und kratzte und hackte. Dann flogen noch mehr auf sie zu und verhedderten sich in ihren Haaren. Sie konnte kaum noch etwas sehen. Der Kreis war voll von ihnen, und sie konnten nirgendwo hin. Sie nahm nur noch verschwommen wahr, dass Alex und Gil auf beiden Seiten ebenfalls gegen den Ansturm ankämpften.

Sie mussten den Kreis öffnen.

Während Avery sich nach Osten durchkämpfte, um einen Durchgang zu öffnen, fiel sie auf die Knie und griff nach dem Schwert. Sie sprach Bannsprüche, aber nichts funktionierte. Die Krähen vermehrten sich sogar noch. Sie hörte Schreie und Flüche und versuchte, ihre Augen zu schützen, als sie sich wieder aufrichtete. El blieb in einer privaten Blase, in der sie geschützt war, die Krähen konnten ihr nichts anhaben. Ein gewaltiger Lärm ertönte, und sie sah, wie der Deckel aufgesprungen und in zwei Hälften zerbrochen war.

In drei schnellen Bewegungen zog Avery die Seiten der Tür auseinander und öffnete den Kreis, wodurch der Schutzwall durchbrochen wurde. Der Luftdruck fiel wie ein Stein, und die Krähen strömten an ihr vorbei. Sie fiel erneut auf die Knie und bedeckte ihren Kopf mit den Armen, bis sie das Rauschen der schlagenden Flügel verebben hörte. Dann hörte sie, wie ihre Schutzzauber brachen, und als sie aufblickte, sah sie, wie große, dunkle Schatten im Garten hinter ihrem Kreis auftauchten.

Dämonen.

Alex rief: „Avery!" Er zog sie hinter sich her und schloss den Kreis schnell wieder, bevor die Dämonen hineingelangen konnten.

Alle sechs Hexen wandten sich schnell nach außen und machten sich für den Angriff bereit. El schien nach dem Zauber unverletzt zu sein.

Zwei Dämonen schlichen um sie herum. Wie im *Hawk House* waren ihre Körper unförmige schwarze Schatten mit missgebildeten Gliedmaßen, aber ihre roten Augen glühten.

Briars Stimme zitterte. „Ich weiß, du hast mir erzählt, was neulich Nacht passiert ist, aber ich konnte es mir nicht wirklich vorstellen. Ich kann es immer noch nicht glauben."

„Reichen dir meine Verletzungen nicht, Briar?", bemerkte Reuben spöttisch.

„Hey, sieh es mal positiv", meinte Alex. „Wer auch immer das ist, hat zwei geschickt. Wir müssen eine größere Bedrohung sein, als sie dachten."

Gil klang genauso schockiert wie Briar. „Was sollen wir jetzt tun?"

Die Dämonen näherten sich der magischen Schutzmauer um sie herum, als würden sie sie auf Schwachstellen untersuchen. Als sie die Mauer berührten, zuckte ein heller blauer Blitz wie ein elektrischer Schlag durch die Luft. Der Dämon brüllte und schleuderte einen Flammenstrahl auf die Mauer, die daraufhin erneut aufflammte und sie abschirmte. Avery wusste, dass ihr Schutz, so gut er auch sein mochte, früher oder später nachgeben würde.

„El, vielleicht solltest du in dem Buch nachsehen, ob es etwas über die Vertreibung von Dämonen gibt", schlug Alex vor. „Reuben, alles in Ordnung?"

„Ich würde mich gerne rächen." Reuben ballte die Hände zu Fäusten.

„Ich bin mir nicht sicher, ob es funktioniert, wenn ich sie angreife. Wird deine Magie stark genug sein?"

„Zusammen mit der Magie von uns allen, ja."

„Wie hast du das Ding letztes Mal vertrieben?", fragte Gil, ohne die umherschleichenden Dämonen aus den Augen zu lassen.

„Feuer schien ihn zu stärken, aber Wasser mochte er nicht. Ich habe das Wasser aus den Wänden gezogen, es mit Energie gemischt und es dann herausgeschleudert. Er ist einfach verschwunden", erklärte Avery, die an den chaotischen Kampf zurückdachte.

„Wir sind zu sechst und sie zu zweit, also stehen unsere Chancen nicht schlecht", bemerkte Alex. „Aber wir brauchen einen Plan. Wenn wir den Schutzzauber erneuern, sitzen wir die ganze Nacht hier fest. Hast du einen Teich in deinem Garten, Avery?"

„Nicht wirklich – es ist ein winziger, dekorativer Teich", erwiderte sie und dachte an den kleinen Teich neben ihrem Kräutergarten.

Während sie redeten, schlichen die Dämonen umher, die vor Kraft nur so strotzten, und ihre schattenhaften Leiber wuchsen und schrumpften, als würden sie atmen. Sie hatten sich aufgeteilt und griffen sie von entgegengesetzten Seiten an, wobei sie sie in Flammen hüllten. Die Wände um sie herum knisterten wieder vor einem blauen, schützenden Licht.

„Wir müssen den Schutzzauber brechen, um angreifen zu können", gab Gil zu bedenken.

„Nicht, bevor wir einen Plan haben!", erwiderte Alex mit schroffer Stimme.

Während Gil und Alex darüber stritten, wie sie die Dämonen vertreiben könnten, kauerte El auf dem Boden und blätterte verzweifelt in dem Zauberbuch, um etwas zu finden, das sie verwenden konnten. Sie sah Avery frustriert an. „Ich kann kaum ein Wort davon lesen, besonders nicht in diesem Licht."

Briar unterbrach sie. „Es gibt Wasser in der Erde, Avery, viel davon. Wir müssen es nur herausziehen."

„Und fügt Wind hinzu, viel Wind", schlug Reuben vor. „Das ist nicht ihre Umgebung. Wenn wir genug Elemente hinzufügen, wird es sie sicher überwältigen."

Alex war begeistert. „Das ist einen Versuch wert. Gil, du, Briar und Reuben, ihr beschwört Wasser und Erde herauf, und wir unterstützen Avery mit Wind."

„Ich habe einen anderen Vorschlag", meinte El. „Benutzt das Schwert, um die Elemente zu kanalisieren. Egal, ob Luft oder Wasser. Es wird als Leitmedium dienen."

„Eine brillante Idee", stimmte Alex zu. „Ich denke, Luft wird besser funktionieren, wenn das für dich in Ordnung ist, Briar?"

„Kein Problem."

Alle nickten zustimmend, und Avery sah, wie El das Zauberbuch wieder in die Truhe legte und sie so gut es ging, verschloss. Alex gab Avery das Schwert. „Lösen wir den Kreis gemeinsam auf."

Sie standen Rücken an Rücken, hielten sich an den Händen und sprachen die Worte, die ihren magischen Schutz aufhoben. Sofort stürzten sich die Dämonen auf sie und schossen lange, gegabelte Flammenzungen ab, die wie Peitschen um sie herumzuckten. Avery spürte, wie eine der Flammenzungen über ihre nackten Arme peitschte, und sie unterdrückte den Drang zu schreien. Sie konzentrierte sich nur auf die Luft und das kalte Metall des Schwertes. Glücklicherweise reichte ihre Wut aus, um es schnell zu ziehen – es war das Element, das ihr am schnellsten zu Hilfe eilte, als hätte es nur darauf gewartet, gerufen zu werden. Instinktiv hatten sich Alex und El von den anderen getrennt, und nun standen alle drei zusammen, umgeben von einem peitschenden Wirbelwind. Gemeinsam richteten sie ihn auf die Dämonen, während die anderen drei gleichzeitig eine Flut von Wasser schickten.

Ein Wirbelsturm aus Wind, Regen und feuchter Erde umgab sie alle, der in seiner Intensität blendete, und Avery hörte einen Schrei. Sie war sich nicht sicher, ob er von den Dämonen oder einem von ihnen kam. Die Dämonen schlugen weiterhin mit Feuerzungen um sich, hatten aber Mühe, sich gegen den Angriff der Elemente zu wehren.

Avery bündelte ihre vereinten Kräfte und konzentrierte sie in einer einzigen gewaltigen Explosion. Das Schwert fühlte sich an wie eine Verlängerung ihres Wesens, und ihre Kraft schien sich darin zu vervielfachen und darüber hinaus zu wirken, sodass sie es wie einen Laserstrahl lenken konnte. Sie führte es schnell und schlug damit hin und her, während die Luft heulte und ihre Haare um sie herumpeitschten. Der gemeinsame Angriff der Gruppe war zu stark, und schon bald waren die Dämonen verschwunden.

Als Avery ihre Energie zurücknahm, ließ der Wind nach. Sie hätte sich eigentlich erschöpft fühlen müssen, aber stattdessen durchströmte sie ein Adrenalinrausch. Ihre Finger prickelten und sie war hellwach.

Sie sah sich um und bemerkte die anderen, die in einer Reihe standen. Obwohl Wind, Regen und Erde um sie herum gewütet hatten, waren sie alle unversehrt geblieben. Sie grinste. „Wir haben es geschafft!" Jeder einzelne von ihnen sah sie schockiert an. „Was ist los?"

Alex deutete auf den Boden. „Fühlst du dich irgendwie anders, Avery?"

Sie blickte nach unten und stellte fest, dass sie etwa dreißig Zentimeter über dem Boden schwebte. Avery war sich nicht sicher, ob sie vor Panik oder vor Aufregung zitterte. Nein, sie war definitiv aufgeregt. Sie blickte wieder zu ihnen auf. „Wie mache ich das? Oh, wow! Das ist so cool!"

„Kannst du damit aufhören?", fragte El verwundert. Sie ging um Avery herum, als würde sie nach Fäden suchen.

Sie lachte. „Ich weiß nicht, ob ich das will!"

„Das könnte aber zu Problemen mit den Einheimischen führen", bemerkte Alex, der gleichzeitig versuchte, nicht zu lachen.

Avery hörte einen Schrei von Briar und sah, wie sie auf ihre Füße schaute. Obwohl es nicht so offensichtlich war wie Averys Reaktion auf das Windelement, steckten Briars Füße nun bis zu den Knöcheln im Boden. „Du auch, Briar", sagte sie.

„Es muss wohl so sein, dass die Elemente uns erkennen", meinte Briar, während sie ihre Füße mit einer Grimasse herauszog. Und dann huschte ein Lächeln über ihr Gesicht. „Wisst ihr, ich war so mit diesem Dämon beschäftigt, dass ich nicht darüber nachgedacht habe, aber es war eine unglaublich erdende und kraftvolle Erfahrung. Für ein paar Augenblicke hatte ich das Gefühl, ich könnte das die ganze Nacht lang tun."

Gil sah nicht gerade erfreut aus. „Das ist zwar amüsant, aber diese Dämonen könnten zurückkommen, und ich bin mir nicht sicher, ob ich noch genug Kraft habe, um das noch einmal durchzustehen. Ich bin mir auch nicht sicher, ob dein Garten das überleben wird. Es ist ein wenig beunruhigend, dass deine Abwehrzauber nicht gehalten haben, Avery." Er zündete die Kerzen mit einer Handbewegung wieder an, und alle Gartenlichter flackerten auf und erhellten die Dunkelheit dahinter.

Avery betrachtete das Chaos außerhalb ihres Kreises. Pflanzen waren aus der Erde gerissen und in alle Richtungen geschleudert worden, und ihr Rasen war aufgewühlt, als wäre eine Elefantenherde darüber getrampelt. Als ihr die Realität bewusst wurde, ließ ihre Energie nach und sie schwebte langsam zurück zum Gras, bis ihre Füße sanft den Boden berührten.

„El, dein Buch!", rief sie alarmiert, als ihr plötzlich das Zauberbuch einfiel.

El drehte sich um und ging zur Kiste, hob vorsichtig den Deckel an, seufzte aber erleichtert auf. „Es ist alles in Ordnung. Es war gut geschützt, vor allem, weil wir alle um es versammelt waren."

Briar kniete nieder und legte ihre Hand auf die Erde. „Ich kann dir helfen, deinen Garten wieder in Ordnung zu bringen, Avery. Du musst mich nur machen lassen."

„Ich bin am Verhungern", bemerkte Alex, während er sich mit der Hand durch die Haare fuhr und sich am Kopf kratzte. „Ich mache den Grill an, während jemand Avery hilft, unseren Schutzzauber wieder-herzustellen. Nichts ruiniert ein gutes Grillfest so sehr wie Dämonen."

Als Avery mit Gil zum Grillbereich zurückkehrte, wehte ihnen bereits der Geruch von Würstchen, Burgern, Hühnchen und Zwiebeln ent-gegen. Sie hatte einen Bärenhunger. Der Kampf gegen die Dämonen hatte sie hungrig gemacht.

Lichterketten hingen von den Bäumen herab und funkelten wie Glühwürmchen, und Kerzen zauberten ein warmes Licht auf den Tisch. Der Geruch von Weihrauch und Salbei vermischte sich mit dem Geruch von Gegrilltem. Jemand hatte ein Reinigungsritual durchgeführt und den Ort von jeglicher Negativität befreit, die von den Dämonen hinterlassen worden war.

Alex trug eine Schürze und trank Bier, während er Würstchen auf dem Grill brutzelte. Er warf ihr ein Grinsen zu, als sie sich zu ihnen gesellte. Reuben saß neben El, ein Bier in der Hand, und blätterte in dem Grimoire. Was auch immer ihn von der Magie entfremdet hatte, schien nun verschwunden zu sein, und er schien sich für das Buch ebenso zu interessieren wie alle anderen.

Avery holte ein paar Bier aus dem Eimer mit dem eiskalten Wasser und gab Gil eines, stieß mit ihm an und nahm einen kräftigen Schluck, bevor sie sich an den Tisch setzte.

Reuben sah auf. „Wo ist Briar?"

„Sie kümmert sich noch um meinen Garten", erwiderte Avery. „Oh nein, da ist sie ja."

Briar kam wie ein Gartengeist ins Licht, nur dass der Saum ihres weißen Kleides und ihre Füße schlammig waren. „Ich glaube, ich brauche eine Dusche", bemerkte sie und versuchte, den Dreck von ihren Händen zu streifen. „Die gute Nachricht ist, dass dein Garten überleben wird, aber ich würde dir empfehlen, ihn morgen mit dem Schlauch zu bewässern."

„Danke, Briar", grinste Avery. Sie reichte ihr ein Bier. „Setz dich."

„Also, was steht in dem Buch?", fragte Gil mit einem müden Tonfall. Er ließ sich auf den Platz neben Reuben fallen.

Reuben sah verwirrt aus. „Seltsames Zeug. Diagramme, Zaubersprüche und etwas, das nach Alchemie aussieht."

„Es ist definitiv Alchemie", erklärte Elspeth. Sie lehnte sich auf ihrem Stuhl zurück. „Ich habe einfachere Versionen in meinem üblichen Zauberbuch, aber diese Zaubersprüche sind viel detaillierter. Es gibt hier Zaubersprüche, um Kräfte in Metall einzuschließen, und Schutzzauber, die in Ringe oder Medaillons eingeschlossen sind. Es gibt auch einen Zauberspruch, der die Essenz einer Person in einem versiegelten Gefäß einschließt."

„Essenz! Was ist die Essenz eines Menschen?", fragte Avery alarmiert.

„Die Seele."

Stille trat ein, die nur durch das Klappern von Alex' zu Boden fallenden Metallspatel unterbrochen wurde. „Soll das ein Witz sein?", fragte er, verließ den Grill und kam zum Tisch.

El sah sehr ernst aus. „Nein. Und frag mich nicht, ob ich den Zauberspruch vorlesen kann. Er ist schrecklich. Und nein, ich werde ihn nie ausprobieren."

Avery wurde übel bei dem Gedanken an Mord, Folter und Schlimmeres. „Glaubt ihr, dass es schon jemand versucht hat?"

„Nun, es steht doch drin, oder?" Gil wies darauf hin. Er stand auf, wobei sein Stuhl laut über den Kies schabte. Er ging um den Tisch herum. „Ich habe dir gesagt, dass ich das nicht mag. Wir machen diese Art von Magie nicht."

„Und wir werden so etwas auch nicht tun", meinte Alex und sah Gil ärgerlich und verwundert an. „Wir sind doch keine Tiere. Ich habe zwar ein Messer, aber ich werde niemanden damit erstechen!"

Avery lachte. „Er hat recht, Gil. Es gibt Tausende Dinge, die wir jeden Tag tun könnten, aber wir tun es nicht. Wir treffen immer noch unsere eigenen Entscheidungen."

„Ich denke, du hast recht", bemerkte Gil. „Ich mache mir Sorgen, was ich in meinem Buch finden werde. Ich habe das Gefühl, dass unsere Vorfahren komplett verrückt waren."

Reuben schüttelte den Kopf und runzelte die Stirn. „Ich glaube nicht, dass sie verrückt waren. Sie waren Menschen wie wir – nur ein bisschen näher an ihren magischen Wurzeln."

„Nun, angesichts dessen, was in den letzten Tagen passiert ist, habe ich beschlossen, dass ich nach meinem Grimoire suchen werde", erklärte Briar. Sie hatte eine Schmutzspur auf der Wange, und als sie sich die Haare aus dem Gesicht strich, fügte sie eine weitere hinzu. „Wir können nicht vor unserer Vergangenheit davonlaufen, vor allem, da sie anscheinend beharrlich an unsere Tür klopft."

„Weißt du, wo du suchen musst?", fragte Gil, der sich endlich wieder setzte.

„Noch nicht. Und du?"

„Nun, es scheint, als hätte unser verrückter Großonkel überall danach gesucht, also frage ich mich, ob es überhaupt auf unserem Grundstück ist. Was ist mit dir, Avery?"

„Ich weiß, wo meine Urahnin früher gelebt hat. Das heißt aber nicht, dass es noch da ist. Außerdem wohnt jetzt jemand anderes dort."

El hatte sich wieder ihrem Zauberbuch zugewandt, aber jetzt regte sie sich. „Weißt du, wo Helena gelebt hat?"

„Ja. Ich glaube schon. Ich nehme an, dass sie dort gelebt hat."

„Warst du schon mal im Hexenmuseum?"

„Äh, nein. Nicht, seit ich ein Kind war", entgegnete Avery und fragte sich, worauf El hinauswollte. „Ich fühle mich dort unwohl. Warum?"

El dachte nach. „Da gibt es etwas über Helena – ich habe das Museum besucht, als ich hierhergezogen bin. Wir sollten morgen vorbeischauen."

„Ja, ich bin sicher, dass es dort Anweisungen für das versteckte Zauberbuch geben wird", meinte Gil mit einem Hauch von Ungeduld.

„Es gibt dort eine detaillierte Aufzeichnung über den Besuch des Hexenjägers. Vielleicht gibt es dort mehr, als wir ahnen, jetzt, da wir es mit neuen Augen betrachten."

„Toll. Ich habe morgen viel Personal, also kann ich ein paar Stunden freinehmen", unterbrach Alex die beiden. „Das Essen ist fertig. Und während wir essen, können wir unseren Hexenausflug besprechen." Er grinste Avery an, und ihr wurde *wieder* ganz anders. Er war wirklich sexyer als gut für ihn war.

Am Ende trafen sich nur El, Briar, Alex und Avery im Museum. Reuben hatte Gil davon überzeugt, dass es an der Zeit sei, das Gelände nach dem Zauberbuch zu durchsuchen, und Gil hatte widerwillig zugestimmt.

Das Museum war ein solides Gebäude aus dem 16. Jahrhundert mit Steinmauern und niedrigem Dach, das wie ein Pub aussah. Es lag in der Nähe des Kais und hatte einen kleinen Parkplatz nebenan. Sie hatten vereinbart, früh dort zu sein, damit sie ungestört waren, aber am Eingang erwartete sie ein Polizeiwagen und ein gelbes Absperrband vor der Eingangstür.

„Oh nein, was jetzt?", fragte Briar und ihre Sorgenfalten wurden tiefer.

Avery spürte, wie ihr die Angst die Wirbelsäule hinaufkroch. „Vielleicht ist es nur ein Einbruch?"

„Hoffen wir es. Ich denke, wir sollten von hier verschwinden", erklärte Alex und ging los, wobei er Avery und El mit sich zog.

Leider kam ihnen eine dunkle Limousine entgegen, bevor sie den Rückzug antreten konnten, aus der DI Newton stieg, während der stumme Moore auf der anderen Seite ausstieg.

„Was für eine Überraschung, Sie hier zu sehen", sagte Newton mit vorwurfsvollem Tonfall. Obwohl es noch früh am Morgen war, sah er frisch geduscht und rasiert aus und war in seinem gut geschnittenen

Anzug sehr adrett gekleidet. „Besichtigen Sie den Schauplatz Ihrer Verbrechen?"

„Das ist nicht witzig", entgegnete Avery, die sich von Alex losriss und auf Newton zuging, da sie seinen herablassenden Ton satthatte. Sie hätte ihm am liebsten eine geknallt. „Wir haben kein Verbrechen begangen."

„Sie sind also nur als Besucher hier?", hakte er nach und verengte seine Augen misstrauisch zu Schlitzen, während er sie alle der Reihe nach ansah. Sein Blick blieb an Briar hängen. „Ich habe Sie noch nicht kennengelernt, aber ich glaube, Ihnen gehört der Zaubertrankladen."

„Das ist kein Zaubertrankladen!", entgegnete Briar aufgebracht. *Wow, Newton hatte wirklich ein Händchen dafür, ihnen auf die Nerven zu gehen.*

„Darf ich dir DI Newton und Officer Moore vorstellen?", sagte Avery und machte eine ausladende Geste.

„Newton?", wiederholte Briar verwirrt. Sie sah aus, als wollte sie noch mehr sagen, als Newton sie unterbrach.

„Jetzt, wo Sie hier sind, würde ich gerne Ihre Meinung zu den Geschehnissen im Museum hören."

„Warum?", fragte Alex sofort. Auch er war näher an Newton herangetreten, als wolle er ihn herausfordern.

„Beruhigen Sie sich, Bonneville. Ich will nur Ihre Meinung hören. Und Ihre Alibis hole ich mir später. Warten Sie hier", meinte er, während er ins Museum stürmte, dicht gefolgt von Moore.

„Alibis!", stieß Avery aus, und sie hätte Newton am liebsten den Kopf abgerissen. „Wozu brauchen wir ein Alibi? Er will uns doch nur für alles und jedes verantwortlich machen! Dieser arrogante Mistkerl."

„Aber was ist, wenn die Dämonen wieder angegriffen haben?", fragte El besorgt. „Was ist, wenn jemand anderes wegen uns gestorben ist?"

Alex schüttelte den Kopf und setzte sich auf die Steinmauer, die den Parkplatz umgab. „Nicht wegen uns. Wir haben das nicht verursacht. Wir haben keine Dämonen beschworen."

Avery war zu verärgert, um sich hinzusetzen, und lief unruhig auf und ab. „Wer ist da draußen und tut das? Wir müssen denjenigen finden!"

„Wir müssen noch so viel mehr tun", meinte El müde.

Briar saß still neben Alex auf der Mauer, brach aber schließlich ihr Schweigen. „Sagt dir der Name Newton etwas?"

„Äh, der DI?", fragte Alex und sah Briar an, als wäre sie verrückt geworden.

„Nein! Ich meine, abgesehen davon. Ich habe den Namen schon mal irgendwo gelesen."

Avery spürte, wie sich ihre Verärgerung auf Briar übertrug. „Haben wir nicht andere Sorgen?"

Briar sah sie an und ignorierte ihren Tonfall. „Das ist ein alter Name in dieser Stadt, oder?"

„Der Name ist nicht ungewöhnlich", entgegnete Alex. „Außerdem leben hier schon seit Jahren viele Leute."

Briar sah verwirrt aus. „Ich glaube, ich kenne den Namen aus den Unterlagen, die wir von Anne bekommen haben. Ich glaube, er stammt aus einer der *alten* Familien."

Avery warf den beiden anderen einen Blick zu und war erleichtert, dass sie genauso verwirrt aussahen wie sie selbst. „Briar, bitte erkläre es. Es ist zu früh, und mein Kopf ist voll mit anderem Mist."

Briar ließ sich von Averys Sarkasmus nicht aus der Ruhe bringen. „Ich meine die alten Familien mit *Magie*."

El lachte. „Was? Newton und Magie?"

„Er hat vielleicht keine magischen Fähigkeiten, aber seine Vorfahren hatten sie bestimmt."

„Das könnte erklären, warum er gegen Hexen ist und ein übermäßiges Interesse an unseren Gewohnheiten hat", sagte Alex.

Ihre Unterhaltung wurde durch einen Schrei unterbrochen. Sie sahen sich um und sahen, wie Newton ihnen aus der offenen Tür zuwinkte.

„Ja, Sir", murmelte Avery leise, als sie auf ihn zugingen.

„Ich breche das Protokoll, indem ich Sie hereinlasse, also fassen Sie nichts an!", befahl er. Ohne ein weiteres Wort ging er hinein, und sie folgten ihm.

Das Innere des Museums wurde von den unnatürlich grellen Oberlichtern erhellt. Die Fenster waren klein und ließen nur wenig Tageslicht herein. Kleine gelbe Scheinwerfer beleuchteten die Ausstellungsstücke, und Avery vermutete, dass dies normalerweise die einzige Lichtquelle war, wenn Besucher da waren.

Einige Augenblicke lang schaute Avery sich im Museum um und betrachtete die zahlreichen Ausstellungsstücke in den Vitrinen an den Wänden und in der Mitte des Raums. Sie waren voller alter Karten, Manuskripte und vieler anderer Objekte, doch ihre Aufmerksamkeit wurde schnell von einer zerschlagenen Vitrine und einem großen, komplexen Symbol an der Wand angezogen, das mit etwas geschrieben war, das wie getrocknetes Blut aussah. Avery spürte, wie ihr die Haare zu Berge standen, als sie es erkannte, und all ihre Verärgerung über Newton verflog.

Sie konnte die Kraft des Symbols spüren, und alle vier hatten mitten im Raum angehalten.

Newton stand neben dem Symbol und betrachtete sie neugierig. „Also, was ist das?", fragte er.

Alex ergriff als Erster das Wort und ging näher auf das Symbol zu. „Es handelt sich um einen uralten Schutzzauber, der im Grunde genommen davor warnt, sich dem Symbol zu nähern."

Das war eine Untertreibung, dachte Avery. Sie schluckte ihre Angst hinunter und gesellte sich zu ihm, El und Briar folgten dicht hinter ihr.

Newton sah skeptisch aus. „Wirklich? Denn Sie sind alle sehr blass geworden. Jetzt ist nicht der richtige Zeitpunkt, um etwas zu verheimlichen."

Alex warf ihr einen fragenden Blick zu, und sie spürte, wie sich etwas in ihr veränderte. Dies war nicht der richtige Zeitpunkt, um Geheimnisse zu bewahren, und Alex wusste das auch.

Avery sah Newton an und versuchte, seine Reaktion einzuschätzen. „Es markiert ein Tor, und darin steht eine Warnung, sich fernzuhalten. Im Wesentlichen besagt es, dass dieser Ort von jemandem beansprucht wird."

Man musste Newton zugutehalten, dass er sich davon nicht aus der Ruhe bringen ließ. Stattdessen kniff er die Augen zusammen und verschränkte die Arme vor der breiten Brust. „Ein Tor zu was? Und von wem beansprucht?"

„Ein Tor zu einer anderen Dimension. Einer, in der unnatürliche, nichtmenschliche Formen leben. Und es wird von demjenigen beansprucht, der das Zeichen gemacht hat."

„Wie funktioniert dieses Tor?"

„Ich kann nicht für die anderen sprechen, aber ich weiß nicht, wie es funktioniert. Ich weiß nur, was es ist. Aber es ist mächtig, das spüre ich."

Newton sah sie nacheinander an, als würde er versuchen, ihre Gedanken zu lesen. „Ich formuliere die Frage um. Es ist ein Tor, sagen Sie. Wird es sich öffnen? Oder ist es nur ein Scherz, den jemand mit einem seltsamen Sinn für Humor angebracht hat?"

„Theoretisch", erwiderte Avery, „wenn man die richtigen Worte sagt, wird es sich öffnen."

„Und was dann?"

„Es wird Dingen – *Wesen* – ermöglichen, in unsere Dimension zu gelangen. Und wieder zurück. Aber kein Mensch würde dort überleben."

„Es ist also eher für etwas, das durchkommt?"

„Ja. Aber jemand könnte als eine Art Opfer hindurchgebracht werden." Avery konnte kaum glauben, dass sie das gesagt hatte.

Newtons Tonfall änderte sich, und er fuhr sich besorgt durch die Haare. „Die Reinigungskraft ist verschwunden. In der Küche ist Blut, und auf dem Schild ist Blut. Könnte etwas die Reinigungskraft durch das Loch gezogen haben?"

Avery wurde ganz flau im Magen. „Vielleicht, ja. Aber Newton, Sie müssen verstehen – wir machen so etwas nicht. Ich weiß, dass Sie uns nicht mögen, weil wir uns für Esoterik und natürliche Magie interessieren, aber das ..." Sie deutete auf das Schild. „Ich weiß wirklich nicht, wie das funktioniert, nur in der Theorie."

Alex betrachtete die zerstörte Auslage, das zerbrochene Glas und die verstreuten Objekte darunter. „Woher wissen Sie, dass eine Reinigungskraft fehlt? Die Person könnte einen Unfall gehabt haben und im Krankenhaus sein."

„Es ist viel zu viel Blut da, als dass jemand überlebt haben könnte. Haben Sie das Blut nicht bemerkt?" Er deutete auf den Boden, und Avery sah zum ersten Mal den Blutfleck, der von der Tür hinten bis unter das Schild verlief. Unter dem muffigen Geruch konnte sie den scharfen, metallischen Geruch von Blut wahrnehmen. „In der Küche ist noch mehr."

„Aber wer hat Sie gerufen?", fragte Alex.

„Die Dame, die sonntags hier arbeitet. Sie ist hinten mit Moore. Sie steht unter Schock und wir müssen sie hier rausbringen, aber ich wollte erst Ihre Meinung hören."

„Was war in der Vitrine?", fragte El.

„Das fragen Sie besser sie selbst. Ich führe Sie außen herum, damit Sie nicht in irgendetwas treten." Newton ging zurück durch das Museum, und sie folgten ihm, als er sie hinter das Gebäude zur Küche und zum Lager führte.

Moore saß in einem kleinen Lagerraum mit einem uniformierten Polizeibeamten und einer älteren Dame, die auf einem Hocker saß, Tränen in den Augen hatte und einen Tee in einem Pappbecher umklammerte, den ihr wohl jemand gebracht hatte. Durch eine Tür konnte man die Küche sehen, und Avery sah viel Blut auf dem Boden und an den Wänden. Sie schauderte.

Newton legte seine Hand auf die Schulter der Dame. „Es tut mir leid, Mrs. Gray", meinte er sanft in einem Ton, den Avery noch nie von ihm gehört hatte. „Ich muss Ihnen noch eine Frage stellen. Ich habe hier ein paar Leute, die ich um Hilfe gebeten habe." Er nickte in ihre Richtung. „Was war in der Vitrine, die zerstört wurde?"

Sie sah sie an, sichtlich verwirrt über die Wendung, die ihr Tag nahm. „Es war eine Ausstellung über den Hexenjäger und seinen Besuch in White Haven im 16. Jahrhundert. Es gab auch einige Dinge über Helena, die Hexe, die hier vor Jahren verbrannt wurde." Sie sah Avery traurig an. „Tut mir leid, meine Liebe, ich weiß, dass sie Ihre Vorfahrin war."

Avery war wie vor den Kopf gestoßen. Sie hatte nicht bemerkt, dass jemand außerhalb ihres Kreises sie mit Helena in Verbindung gebracht hatte. Sie war erstaunt, dass diese Frau Mitgefühl zeigte, wenn man bedachte, was sie in der Küche mitangesehen hatte. Sie hatte erwartet, dass sie sie verurteilen würde, nicht dass sie Mitgefühl zeigte.

„Gab es etwas Neues in der Auslage, Mrs. Gray?", fragte Briar und überraschte damit alle. Sie war normalerweise so still.

Die alte Frau schüttelte den Kopf. „Nein. Die Auslage sieht seit Jahren so aus."

Newton unterbrach sie. „Noch Fragen? Ich würde Mrs. Gray jetzt gerne zur Polizeiwache bringen, damit sie ihre Aussage machen kann."

„Nein, danke", antwortete Alex für alle.

„Ich muss noch ein paar Worte mit Mrs. Gray wechseln. Können Sie kurz draußen warten?"

Es war eigentlich keine Bitte, und sie gingen hinaus, blinzelten im warmen Sonnenschein. Avery fühlte sich, als wäre sie in einer Höhle gewesen und hätte vergessen, dass es ein wunderschöner Sommermorgen war. Sie ging zu der Steinmauer, die auf den Hafen hinabblickte, und setzte sich, wobei sie die anderen neben sich nur vage wahrnahm.

Der Hafen war voller Boote, die auf dem Sand auf Grund gelaufen waren. Es war Ebbe, und unter der Hafenmauer bildeten sich Wasserpfützen im Sand. Das Geschrei der Möwen mischte sich mit dem Geräusch vorbeifahrender Fahrzeuge und dem gelegentlichen Bellen eines Hundes. Alles schien so normal.

„Glaubst du, dass die Putzfrau wirklich verschwunden ist?", fragte Briar. Sie saß neben Avery, die Hände im Schoß gefaltet.

„Ja", antwortete Alex. „Ich glaube nicht, dass sie jemals eine Leiche finden werden."

„Wir müssen den Eingang versiegeln", erklärte El. Sie ging auf und ab. „Wenn wir ihn offen lassen, kann der Dämon zurückkommen. Das Tor ist mitten in der Stadt!"

„Wie sollen wir ihn versiegeln?", fragte Alex genervt. „Ich habe noch nie einen gesehen, außer auf Bildern."

Avery dachte an die Bücher, die sie im Laden und auf dem Dachboden hatte. „Ich habe ein paar alte Bücher über Nekromantie. Ich schaue nach, sobald wir zurück sind. Was ist mit euch beiden? Ihr habt die ältesten Grimoires. Steht da irgendetwas drin?"

El schüttelte verwirrt den Kopf. „Ich weiß es nicht. Ich habe kaum angefangen, es mir anzusehen. Ich werde nachsehen, sobald ich zu Hause bin."

„Na ja, in meinen Büchern stehen ein paar Zaubersprüche, die mit Dämonen und Geistern zu tun haben, aber ich habe keine Erfahrung mit dieser Art von Magie, und wenn ich ehrlich bin, habe ich es immer vermieden, mich damit zu beschäftigen", erwiderte Alex. Er blickte über den Parkplatz zum Museum. „Sie werden das Museum sicher schließen. Ich schätze, wir werden es nie wieder von innen sehen."

„Nicht zu fassen, dass Newton uns überhaupt reingelassen hat!", bemerkte Avery.

Sie drehten sich um, als sie eine Tür zuschlagen hörten. Der uniformierte Polizist und Moore führten Mrs. Gray zu einem Polizeifahrzeug, und Newton kam auf sie zu.

Er stand vor ihnen und wirkte weitaus ruhiger, als Avery sich fühlte. Vielleicht konnte er sich einfach besser zusammenreißen als sie. Er strich seine Krawatte glatt, klopfte auf seine Tasche und holte ein Päckchen Zigaretten heraus. Er nahm schnell eine heraus, zündete sie an und nahm einen tiefen Zug.

„Also", fragte er, während er sie aufmerksam ansah, „was machen wir mit dem Tor?"

Avery sah Newton mit neuer Wertschätzung an. Er sagte „wir" und er leugnete die Existenz anderer Dimensionen oder Wesen nicht. „Sie werden uns also nicht verhaften?"

„Nur dann, wenn ich überall Ihre Fingerabdrücke finde. Die Spurensicherung ist auf dem Weg", erklärte er und bezog sich damit auf die Kriminaltechniker. „Und wenn es Sie beruhigt, dass ich das sage, ich halte Sie sowieso nicht für Mörder."

Briar saß immer noch neben Avery und beobachtete den Austausch. „Sie sind einer *dieser* Newtons, nicht wahr?"

Newton nahm noch einen tiefen Zug von seiner Zigarette und blies den Rauch langsam aus. „Was meinen Sie mit *diesen Newtons*?"

„Es gibt mehrere alte Familien in dieser Stadt, Detective. Wir wissen, dass einige von ihnen eine facettenreichere Geschichte haben als andere. Ich bin mir ziemlich sicher, dass Sie das auch wissen. Und Ihre Familie gehört dazu."

„Ich bin mir meiner persönlichen Geschichte bewusst, Briar", erwiderte er leise. „Ich halte mich davon fern. Aber ja, ich weiß alles darüber, und auch über Sie. Es ist meine Aufgabe, das zu wissen. Und ich weiß auch, dass es kein Tier war, das die Frau neulich Abend angegriffen hat. Was ist hier los?" Er sah sie aufmerksam an und ließ seinen Blick über ihr Gesicht schweifen.

Avery hatte den deutlichen Eindruck, dass dies ein Test der Ehrlichkeit war. Des Vertrauens. Er maß, wie viel er ihnen vertrauen konnte, und sie fragten sich dasselbe über ihn.

„Ehrlich gesagt", entgegnete Briar, „wissen wir das nicht. Aber wir wissen, dass jemand etwas unbedingt will und sich dafür jede Art von Hilfe holt."

„Sie lügen – Sie alle. Sie wissen mehr als Sie zugeben. Aber das ist okay. Sie werden es mir schon noch sagen. Ich hoffe nur, dass es nicht noch mehr Tote gibt, denn was auch immer hier vor sich geht, Sie sind wahrscheinlich die Einzigen, die es aufhalten können." Er nahm einen letzten Zug von seiner Zigarette und warf sie auf den Bürgersteig. „Sie haben meine Nummer. Rufen Sie mich an, wenn Sie sich dazu entschieden haben, zu helfen."

16

Avery saß mit einem großen Kaffee und einem Teller mit Speck, Eiern und Toast vor sich in einem Café um die Ecke vom Museum. Sie trank genüsslich ihren Kaffee und wünschte sich, es wäre Brandy darin.

„Mein Tag läuft nicht so, wie ich es geplant hatte", bemerkte Avery zwischen zwei Bissen ihres Frühstücks.

„Der der Reinigungskraft auch nicht", erwiderte Alex. Er hatte ein großes Frühstück bestellt, und Avery war erstaunt, wie schnell er damit fertig wurde.

„Na, danke, Alex. Ich habe versucht, nicht daran zu denken."

„Ich kann an nichts anderes denken", meldete sich Briar zu Wort. Sie knabberte ohne großen Appetit an ihrem Toast herum. „Ich rieche immer wieder dieses Blut."

El hatte sich ein großes Stück Schokoladenkuchen zum Kaffee bestellt. „Sobald ich das hier aufgegessen habe, sehe ich mir mein neues Zauberbuch an." Sie senkte ihre Stimme verschwörerisch. „Wir müssen zumindest einen Schutzzauber finden, der verhindert, dass das, was aus der Tür kommt, weiter in die Welt hinausgeht."

„Darüber habe ich auch schon nachgedacht", entgegnete Avery. „Wir könnten einen Schutzkreis wie gestern Abend erschaffen."

„Er muss stärker sein", gab El zu bedenken und tauchte ein Stück Kuchen in ihren Kaffee. „Der hätte nicht lange gehalten. Und wir werden nicht da sein, wenn der Dämon zurückkommt. Hoffe ich zumindest."

„Wir müssen herausfinden, wer dafür verantwortlich ist", bemerkte Briar. „Ich frage mich, wie Gil und Reuben vorankommen?"

Alex schob seinen Teller von sich. „Besser als wir, hoffe ich! Ich muss jetzt los. Ich habe die Mittagsschicht. Ich rufe dich später an", sagte er zu Avery, schob seinen Stuhl zurück und verschwand dann durch die Tür.

Avery sah ihm nach und fragte sich, was seine letzte Bemerkung zu bedeuten haben mochte. *War da noch mehr in „Ich rufe dich an"*? Als sie sich wieder dem Tisch zuwandte, sahen El und Briar sie fragend an.

El brach das Schweigen. „Er wird dich anrufen?" Sie grinste. „Gibt es etwas, das wir wissen sollten?"

„Nein! Ich nehme an, er will nur wissen, ob wir später Fortschritte gemacht haben." Avery antwortete ausweichend und schwach. Sie nahm ihren Kaffee in die Hand, in der Hoffnung, dass jemand das Thema wechseln würde.

Briar schüttelte den Kopf und lächelte traurig. „Nein, das glaube ich nicht, Avery. Das war ein anderes ‚Ich rufe dich an'. Er hat es mit einem bedeutungsvollen *Unterton* gesagt."

„Oh ja. Da war definitiv eine bestimmte Bedeutung dahinter", stimmte El grinsend zu.

Avery starrte sie an und sah dann Briar an. „Äh, Briar, du kannst mir sagen, dass ich mich das nichts angeht, aber magst du Alex oder so etwas in der Art?" *Wow. Wie traurig war das denn?* Sie klang wie ein Schulmädchen.

„So etwas in der Art", gab Briar zu und kaute weiter auf ihrem inzwischen kalten Toast herum. „Aber daraus wird nichts. Ich glaube, er ist viel mehr an dir interessiert." Sie zuckte mit den Schultern. „Man kann nicht immer gewinnen."

Jetzt fühlte sich Avery mies. Sie kannte Briar nicht besonders gut und hatte bis zu dieser Woche nicht viel Zeit mit ihr verbracht, aber sie mochte sie und fühlte sich aus unerklärlichen Gründen jetzt wirklich schuldig. „Nun, es ist eigentlich nichts passiert. Er ist nur ein Flirt, und er hält sich gerne alle Optionen offen."

El schüttelte den Kopf. „Ich bin da anderer Meinung. Er gibt sich zwar als Aufreißer, aber ich glaube nicht, dass er es wirklich ist."

Avery grunzte und beschloss, das Thema zu wechseln. „Wie dem auch sei. Was hältst du von Newton?"

„Er sieht gut aus in seinem Anzug", entgegnete El grinsend.

„Aber er raucht!" Briar verzog das Gesicht und biss in ihren Toast.

„Nein, er ist so sexy, dass er *qualmt*!", entgegnete El. „Wie auch immer. Ich muss auch los. Avery, du musst einen besseren Schutzzauber finden. Ich habe gehört, dass du gut in solchen Dingen bist. Was ist mit dir, Briar?"

„Ich muss noch etwas Lagerbestand für den Laden zusammenstellen und dann weiter recherchieren." Sie sah Avery an. „Wenn du kannst, bereite den Zauberspruch für heute Abend vor – wir müssen das Tor sicher machen."

„Du meinst, wir sollen ins Museum einbrechen?", fragte Avery schockiert.

„Oder wir könnten DI Newton anrufen", meinte Briar grinsend. „Er will ja schließlich helfen."

Avery öffnete die Tür ihrer Wohnung und atmete erleichtert auf, wieder zu Hause zu sein. Sie hatte Glück, dass sie Sally als Geschäftsführerin und Dan als Aushilfe hatte, sonst hätte sie nicht so viel Zeit für die Suche nach den versteckten Grimoires. Die letzten Tage waren ein Wirbelwind aus Action, Enthüllungen und Gefahren gewesen. Sie brauchte jedoch Zeit für sich selbst, und sonntags blieb die Buchhandlung geschlossen.

In einer Woche schien sich ihr ganzes Leben plötzlich verändert zu haben. Sie hatte ihre magischen Fähigkeiten zwar immer geliebt, aber ihre Magie war immer gutartig gewesen. So sollte es auch sein. Sie pflegte ihren Garten, erntete Heilkräuter, las Bücher über das Thema und stellte ihre Fähigkeiten auf die Probe. Sie hatte Hunderte getrocknete Kräuter vorbereitet, hatte Zugang zu frischen Kräutern und probierte gerne neue Zaubersprüche aus. Sie wusste nicht, woher Alex das gewusst hatte, aber er hatte recht. Das hatte sie von ihrer Großmutter. Und ja, da war auch noch Alex. Der Kuss neulich war unerwartet, aber nicht unwillkommen gewesen. Wenn sie ehrlich war, wusste sie nicht genau, was sie davon halten sollte. Und sie hatte keine Ahnung, was er dachte; er hatte nichts gesagt, außer dem ominösen *Ich rufe dich an.*

Sie beschloss, dass sie, bevor sie überhaupt etwas anderes tat, die Wohnung aufräumen würde. Diese alltägliche Beschäftigung würde ihr helfen, die Dinge zu verarbeiten. In der nächsten Stunde saugte, putzte und polierte sie. Die Katzen wichen ihr entweder aus oder beobachteten sie neugierig.

Als sie fertig war, ging sie durch das Tor in ihren Garten. Die Energien der vergangenen Nacht hatten sich inzwischen verflüchtigt, aber sie spürte immer noch die unruhige Atmosphäre, die die Dämonen verursacht hatten. Sie folgte den gewundenen Kieswegen, bis sie die Rasenfläche in der Mitte erreichte. Briar hatte gute Arbeit geleistet. Der Rasen war wieder wie vorher und so glatt wie ein Bowling-Green. Tatsächlich sah er sogar besser aus als zuvor. Die Pflanzen aus den umliegenden Beeten waren wieder in die Erde eingepflanzt und sahen abgesehen von einigen beschädigten Stängeln nicht schlechter aus als zuvor. Es war schwer, sich an das Grauen des vergangenen Abends zu erinnern, während sie hier im hellen, warmen Sonnenschein stand. Plötzlich erinnerte sie sich an Brians Ratschlag in Bezug auf Wasser, also holte sie den Schlauch aus dem Schuppen und wässerte die Beete.

Die Ereignisse des vergangenen Abends waren so verwirrend, dass sie nicht hätte sagen können, woher die Dämonen gekommen waren. Es schien, als wären sie aufgetaucht, sobald sie die Tür ihres Schutzkreises geöffnet hatte und die Raben davongeflogen waren. *Raben*. Ein Rabe war ein interessanter Vogel, der sich aus der Kiste materialisiert hatte. Sie waren Überbringer von Nachrichten, dunklen Omen und Weisheit. *Was für eine Mischung.*

Sie konnte nur vermuten, dass die Dämonen irgendwo in einer anderen Dimension auf eine Manifestation oder ein Zeichen magischer Aktivität gewartet hatten und sofort angegriffen hatten, als die Vögel freigelassen worden waren. Es hätte eine enorme Menge an Macht erfordert, sie zu kontrollieren.

Avery goss die Pflanzen fertig, drehte den Schlauch ab und legte sich dann auf den Rasen und schloss die Augen, während sie wieder an den vergangenen Abend dachte. Hätte da noch etwas *anderes* sein können? Sie hatte zu diesem Zeitpunkt nichts gespürt. Vielleicht war die Hexe, die sie jagte, über ihnen gewesen, als Geist. Oder sie hatte zumindest über der Stadt auf eine magische Erschütterung gewartet. Alex war sich nicht sicher gewesen, was sie angegriffen hatte, aber vielleicht kontrollierte die Hexe Dämonen sowohl in der Geisterdimension als auch in der materiellen Welt. Um wen es sich auch handelte, die Person war ihnen einen Schritt voraus. Sie lachte innerlich. *Nein, sie war ihnen mehrere Schritte voraus. Sie hatten einiges aufzuholen.*

Das Tor zur anderen Dimension im Museum war eine unerwartete Entwicklung. Sie fragte sich, ob dies ein einfacherer Weg war, die Dämonen zu kontrollieren. Sich aus der Luft zu manifestieren, musste viel Magie erfordern. Einen Durchgang zu schaffen, würde weniger Kraft kosten. Nun, sobald das erste Opfer erbracht worden war. Zwei Menschen waren tot. Zwei zu viel. Das Sonnenlicht spielte auf ihrem Gesicht, und es war verlockend, ein Nickerchen zu machen, aber es gab zu viel zu tun. Sie öffnete die Augen und blickte in den Himmel. Es war ein tiefes, endloses Blau, mit nur ein paar vorbeiziehenden Wolken. Irgendwo trauerte jemand um einen geliebten Menschen.

Sie mussten dieses Tor unbedingt versiegeln. *Hatte ihr Gegner angenommen, dass sie zu schwach waren, um die Stadt zu verteidigen? Dass es ihnen egal war?* Sie war fest entschlossen, ihm das Gegenteil zu beweisen. Sie sprang mit neuer Energie auf. Es war Zeit, sich vorzubereiten.

Avery setzte sich an ihren Arbeitstisch auf dem Dachboden und holte mehrere alte Bücher über Nekromantie hervor, die sie vor sich ausbreitete. Sie waren voller Diagramme von Schutzkreisen, Beschwörungen, Bannsprüchen und Listen mit Dämonenarten, die beschworen werden konnten, und wofür sie eingesetzt werden konnten. Die Diagramme waren komplex und sie fühlte, wie ihr beim bloßen Gedanken daran, sie auszuführen, das Herz schwer wurde. Sie sah ein Bild, das ihr bekannt vorkam, und griff nach ihrem eigenen Zauberbuch.

Ihr Zauberbuch war mit Zaubersprüchen gefüllt, die im Laufe der Jahre von verschiedenen Autoren verfasst worden waren. Die ersten Zaubersprüche waren mit Tinte geschrieben, und an einigen Stellen waren Kleckse und Spritzer zu sehen, während andere sorgfältig geschrieben worden waren. Einige Zaubersprüche waren mit Bildern von Kräutern, Wurzeln und Abbildungen des Mondes illustriert. Es gab Zaubersprüche, die sie auswendig kannte, weil sie sie regelmäßig verwendete, aber es gab auch andere, die sie kaum verwendete oder überhaupt nicht kannte. Die neueren Zaubersprüche waren mit Kugelschreiber geschrieben, und sie hatte einige Zaubersprüche mit Anmerkungen versehen, die sie getestet und für verbesserungswürdig befunden hatte. Diese hatte sie neu geschrieben, und viele Seiten waren mit ihrer eigenen Handschrift von überarbeiteten und neuen Zaubersprüchen gefüllt.

Doch auf den letzten Seiten befanden sich Zaubersprüche, die sie kaum jemals angesehen hatte. Diese Zaubersprüche waren mit einer Warnung versehen. Magie sollte niemals dazu verwendet werden, anderen Schaden zuzufügen, doch viele der Zaubersprüche auf den letzten Seiten des Zauberbuchs waren genau für diesen Zweck gedacht. Es gab verzerrte Liebeszauber, Zaubersprüche, die binden, zum Schweigen bringen, den Verstand trüben, verwirren, Unglück bringen, Unfruchtbarkeit verursachen und viele andere. Und es gab Zaubersprüche, mit denen man Geister kontrollieren und beschwören konnte. Dämonen waren zwar keine darunter, aber sie nahm an, dass die Prinzipien die gleichen waren.

Avery blätterte langsam die Seiten durch, machte sich Notizen und ging in Gedanken verschiedene Szenarien durch, wobei sie Schutzzauber ausprobierte, bis sie etwas fand, was ihrer Meinung nach funktionieren sollte. Sie nahm ihr Schneidmesser und ging zu ihren Beeten. Sie brauchte Wurzeln und frische Blätter – Katzenminze, Pfefferminze, Kamille, Geranie, Salomonssiegel, Knoblauch. Und sie brauchte frischen Seetang; dafür musste sie zum Strand gehen. Einige Pflanzen mussten bei Sonnenuntergang geerntet werden, aber sie konnte bereits jetzt mit den Vorbereitungen beginnen. Von den getrockneten Pflanzen brauchte sie Alraune, Fingerhut und Hagebutten. Sie musste zwei Tränke herstellen.

Während sie arbeitete, fragte sie sich, ob es sich lohnen würde, ihre Großmutter anzurufen. Sie war jetzt in einem Heim, und ihr Verstand war nur noch ein Schatten seiner selbst. Aber von allen noch lebenden Familienmitgliedern hatte sie das beste Wissen über Magie. Ihre Mutter hatte sich von ihr und White Haven abgewandt, und ihre Schwester war ihr schnell gefolgt und hatte sie allein zurückgelassen. Ihr Vater war schon lange fort, vom Vermächtnis der Familie überfordert. Aber Avery konnte ihre Herkunft nicht verleugnen und war geblieben, um allein ihre Magie auszuüben. Sie schüttelte den Kopf. Nein, sie konnte ihre Großmutter nicht stören. Sie musste das allein durchziehen, aber vielleicht würde sie sie nach diesem Abend besuchen und sie fragen, woran sie sich in Bezug auf die Jacksons erinnern konnte.

Sobald sie alles hatte, was sie brauchte, ging sie zurück in ihre Zauberecke und begann, die Zutaten vorzubereiten. Sie vertiefte sich in ihre Arbeit, während sie die Kräuter sorgfältig hackte und zerkleinerte und dabei die notwendigen Worte sprach. Circe und Medea beobachteten sie den ganzen Nachmittag lang, bis sie fertig war. Avery streichelte die beiden und ging dann in die Küche, um sie zu füttern. Sie hörte, wie ihre Pfoten auf den Tisch schlugen, als sie vom Tisch sprangen und ihr in die Küche folgten.

Nachdem sie sie gefüttert hatte, schnappte sie sich eine Ölzeugtasche und machte sich auf den Weg zum Strand. Es war Zeit, die Algen zu sammeln und den Trank zuzubereiten.

Avery fuhr ihren Kleintransporter langsam auf den Parkplatz mit Blick auf den menschenleeren Strand. Die Bucht war, wie erwartet, fast menschenleer. Sie lag etwa fünfzehn Minuten außerhalb von White

Haven, und der Zugang zur Bucht führte über einen langen, gewundenen Pfad von der Klippe aus.

Sie hatte sich für diesen Ort entschieden, weil sie hier nicht so viele Menschen antreffen würde, die ihr beim Sammeln von Seegras zuschauen könnten. So sehr sie White Haven auch liebte, an einem sonnigen Tag wie diesem waren der Hafen und die umliegenden Strände normalerweise voller Familien und Kinder.

Ein kühler Wind wehte vom Meer her, und sie zog ihre Strickjacke enger um sich, während ihr langer Rock um ihre Knöchel flatterte. Als sie am Strand ankam, zog sie ihre Flip-Flops aus und steckte sie in ihre Tasche. Sie spürte den feuchten Sand unter ihren Füßen, als sie sich auf den Weg zum Ufer machte. In der Ferne konnte sie einen Mann sehen, der mit seinem Hund spazieren ging, aber ansonsten war der Strand menschenleer.

Avery ging zu den Felstümpeln, um nach Seetang zu suchen, der noch an den Felsen hing. Sie ging vorsichtig weiter und holte ihr Messer heraus, dessen silberne Klinge im Licht funkelte. Sie flüsterte die nötige Beschwörungsformel, während sie den Seetang abschnitt und in ihre Tasche steckte. Sie ging zum äußersten Ende des Strandes, wo die Klippen ins Meer abfielen, genoss die Stille und beobachtete den Mann, der die wackeligen Holzstufen hinaufstieg, während der Hund um seine Knöchel herumtänzelte. Dann war er verschwunden und sie war allein.

An einem windgeschützten Ort häufte Avery Treibholz auf und sprach einen einfachen Zauberspruch, um Feuer zu machen. Sie holte ihren kleinen, geschwärzten Kessel hervor und stellte ihn zwischen die Flammen. Sie fügte Salzwasser hinzu und schnitt Seetang hinein. Einige Minuten lang beobachtete sie das Feuer, und als es Zeit war, fügte sie einige der anderen Kräuter hinzu, die sie mitgebracht hatte.

Sie bewegte ihre Hände über der Mischung und sprach den Zauberspruch, der sie miteinander verbinden würde.

So. Es war vollbracht. Sie wickelte ein Tuch um ihre Hände, nahm die kleine Schüssel aus den Flammen und stellte sie zum Abkühlen auf den Sand. Dann hielt sie einen Moment inne. Sie hatte ein Geräusch gehört. Ein leises Geräusch, wie ein Ruf im Wind.

Avery stand auf und blickte über den Strand und die Klippen hinauf, aber es war niemand zu sehen. Dann hörte sie ihren Namen im Wind. Sie zuckte zusammen. *Wer war das?*

Die Stimme wurde lauter und stärker, wie das Geschrei einer Möwe im Wind. Sie kam näher und näher, aber es war immer noch niemand zu sehen. Sie blieb ganz ruhig und wartete ab, was als Nächstes passieren würde.

Ohne Vorwarnung tauchte in einiger Entfernung ein Mann im Sand auf. Er war groß, trug schwarze Kleidung und hatte kurzes dunkles Haar. Er kam schnell auf sie zu. Ihr Herz begann zu rasen, und sie hob die Hände. Wenn jetzt Dämonen auftauchten, war sie verloren. Sie sah sich um, aber es gab keinen Fluchtweg. Die Klippen der Küste lagen hinter ihr, und zwischen ihr und dem Meer lagen felsige Wasserbecken.

Sie drehte sich wieder zu ihm um, hielt ihre Energie aufrecht und war bereit zum Angriff.

Er blieb stehen, als er nur noch wenige Meter von ihr entfernt war, sodass sie sein Gesicht deutlich sehen konnte. Er war älter als sie. Vielleicht Anfang vierzig. Sein dunkles Haar war von grauen Strähnen durchzogen, und seine hellblauen Augen ruhten intensiv auf ihr, während er sie genau musterte.

Sie fand ihre Stimme wieder. „Wer bist du?"

Er lachte. „Ich bin einer von euch, Avery."

„Was soll das heißen?", fragte sie schon leicht genervt.

„Aus einer der alten Familien."

„Nun, die meisten Menschen, die ich kenne, manifestieren sich nicht aus dem Nichts, also überrascht mich das nicht. Aber aus welcher Familie?"

Er lachte und zeigte dabei seine weißen Zähne, die sich von seiner gebräunten Haut abhoben. „Ich mag deinen Mut, Avery, aber andererseits besitzen alle Frauen in deiner Familie eine gewisse Kühnheit."

Sie starrte ihn an, denn sie mochte es nicht, in der Defensive zu sein. Er war ein arroganter Mistkerl sondergleichen. „Ausgezeichnet, ich freue mich, dass ich dir gefalle. Ich nehme an, dass alle Männer in deiner Familie eine ähnliche Arroganz an den Tag legen." Sie war absichtlich provokativ, um das arrogante Lächeln aus seinem Gesicht zu vertreiben. Es funktionierte nicht.

„Meine Güte. Wie höflich du bist."

„Ach, hör auf mit dem Mist. Ich nehme an, du bist für die Dämonen verantwortlich?"

Er lächelte, aber das Lächeln erreichte seine Augen nicht. „Vielleicht. Ich bin hier, um dich zu warnen, bevor jemand verletzt wird."

„Zu spät. Zwei Menschen sind bereits tot."

Er zuckte mit den Schultern. „Nicht unsere Leute."

„Es waren immerhin Menschen!" Sie war wütend und hätte ihm am liebsten eine verpasst, aber sie wusste, dass das sinnlos wäre. Sie hatte keine Ahnung, wie dieser Mann einfach aus dem Nichts aufgetaucht war, was bedeutete, dass er eindeutig mächtiger war als sie.

„Vergiss sie, Avery. Du musst an dich denken, Alex, Briar, Gil, Elspeth und Reuben. Ihr seid im Besitz von Dingen, die wir brauchen. Wir wollen euch nicht verletzen, um sie zu bekommen, aber wir werden es tun, wenn wir müssen."

Ihr wurde kalt. Er kannte sie alle. „Können wir die kryptischen Botschaften überspringen? Was willst du?"

„Die Grimoires natürlich.“

„Aber sie gehören nicht dir. Sie gehören uns.“

„Um es ganz offen zu sagen, du verdienst sie nicht. Du hast deine Kräfte verkümmern lassen.“ Er sah sie enttäuscht an.

„Nun, vielleicht haben wir jetzt eine Chance, wieder stärker zu werden.“ Sie machte leere Versprechungen, und er wusste es, aber sie würde sich nicht unterkriegen lassen. Und je länger sie dort stand, desto mehr wusste sie, dass sie ihr Grimoire wollte. Jetzt, da sie wusste, dass sie existierten, hatte sie ein Verlangen ausgelöst, das sie nicht unterdrücken konnte.

„Und vielleicht haben wir eine Chance, stärker zu werden.“ Er neigte den Kopf zur Seite und beobachtete ihre Reaktion.

„Nein. Auf keinen Fall. Sie gehören uns.“

Er seufzte. „Ich bin mir nicht sicher, ob du für alle anderen antworten solltest. Frag sie. Sie könnten anderer Meinung sein. Ich kann Elspeths und Alex’ Bücher in Besitz nehmen, sobald sie bereit sind.“

Sie dachte einen Moment nach. Sie war sich ziemlich sicher, dass Alex und Elspeth ihn zur Hölle schicken würden, aber Gil oder Briar? Und dann kam ihr ein anderer Gedanke. Wenn er mächtiger war als sie, warum konnte er sie dann nicht einfach mitnehmen? Es könnte für ihn ein Leichtes sein, ihre Schutzzauber zu durchbrechen. *Vielleicht gab es einen Grund, warum er das nicht konnte?*

„Ich werde sie fragen. Aber freu dich nicht zu früh. Darf ich ihnen sagen, wer mich heute aufgesucht hat?“, fragte sie mit übertriebener Höflichkeit, die sie mit zusammengebissenen Zähnen unterstrich.

„Caspian Faversham. Ich bin mir nicht sicher, ob Anne schon von mir gehört hat“, sagte er mit einem Grinsen.

Und dann verschwand er in einem Wirbel aus Luft und Gischt, und Avery war wieder allein am Strand.

S obald Avery wieder in White Haven war, klingelte ihr Handy. Es war Briar, und sie klang aufgeregt.

„Avery, ich habe Newton erreicht, und er hat zugestimmt."

„Wozu denn?", fragte sie und versuchte, während sie sprach, auf den Seitenstreifen zu fahren. Sie war immer noch aufgewühlt von der Begegnung am Strand.

„Er lässt uns ins Museum."

Avery schwieg einen Moment lang, fassungslos. Sie hatte wirklich nicht damit gerechnet, dass Briar ihn anrufen würde, und schon gar nicht, dass er zustimmen würde. „Machst du Witze? Ich meine, du hast ihn wirklich gefragt?"

„Ich habe gesagt, dass ich es tun würde. Ich habe ihm gesagt, dass wir versuchen würden, das Tor zu schließen, und er hat zugestimmt."

„Wow. Das hätte ich nicht erwartet." Sie blickte aus dem Fenster auf den Verkehr, der sich durch die engen Straßen in der Innenstadt schlängelte. Sonntags war es hier nicht weniger geschäftig. „Um wie viel Uhr?"

„Spät. Nach Mitternacht. Aber können wir es überhaupt schaffen?" Briar klang besorgt. „Ich meine, hast du einen Zauberspruch parat?"

„Ich habe etwas, das funktionieren könnte, aber ich würde gerne sehen, ob El oder Alex schon Glück hatten."

„Alex arbeitet, schon vergessen?"

Avery atmete langsam aus. „Das hatte ich tatsächlich vergessen. Hör zu, Briar, ich habe am Strand jemanden getroffen, und er hat uns bedroht."

„Geht es dir gut? Was ist passiert? Wer war es?", fragte sie atemlos.

„Mir geht es gut. Er hat sich aus dem Nichts manifestiert und heißt Caspian Faversham. Ein blöder Name." Sie schnaubte, froh, dass sie sich über ihn lustig machen konnte.

„Wer zum Teufel ist das?"

„Keine Ahnung. Ich kann jetzt nicht reden, ich steh hier ziemlich ungünstig mit dem Wagen. Komm später zu mir, dann erkläre ich dir alles. Und wir können über den Zauberspruch reden, den ich verbessert habe."

Briar schwieg einen Moment. „Ich weiß nicht, ob ich schon wieder mit Dämonen zu tun haben will."

„Ich auch nicht, also sollten wir das Tor besser verschließen."

Avery kehrte an ihren Arbeitstisch auf dem Dachboden zurück und breitete diesmal Annes Aufzeichnungen vor sich aus. Die Notwendigkeit, ihr eigenes altes Grimoire zu finden, war nun größer denn je. Sie würde auf keinen Fall zulassen, dass Faversham es in die Finger bekam.

Anne hatte ihre Aufzeichnungen sehr sorgfältig geführt. Ihr Stammbaum war umfassend und faszinierend. Es war seltsam, ihren Stammbaum über so viele Generationen zurückzuverfolgen. Sie fuhr mit dem Finger über das Papier, während sie sich auf die alten Namen konzentrierte, die alle unbekannt waren, bis auf den jüngsten und Helena; ihr Name stach aus allen anderen heraus, und das aus den falschen Gründen. Sie hätte sich ohrfeigen können, dass sie nicht früher ins Museum gegangen war.

Und was, wenn Briar recht hatte? Was, wenn Newton aus einer anderen alten Familie stammte, die ihre Hexerei und ihren Platz in der Geschichte der Stadt aufgegeben hatte? Was bedeutete das für den Beamten? Es schien, als wüsste er mehr, als er zugeben wollte. Jeder normale Mensch hätte über angebliche Tore zu einer anderen Dimension nur gelächelt, aber er hatte nicht mit der Wimper gezuckt. Und wer war Caspian Faversham? Und gab es noch andere, von denen sie nichts wussten? Was verbargen diese alten Grimoires wirklich? Sie seufzte. *So viele Fragen.* Avery dachte, sie kenne die Geschichte von White Haven und ihren Platz darin, aber jetzt spürte sie, dass vieles geheim gehalten worden war.

Sie ließ Annes Aufzeichnungen bald liegen und zog stattdessen ein paar Bücher über die Geschichte von White Haven heran. Es waren kleine Auflagen, die von Autoren aus der Gegend geschrieben worden waren. Eines war erst ein paar Jahre alt, das andere schon vor Jahrzehnten verfasst worden.

Sie betrachtete das neuere Buch. Auf dem Einband war ein Schwarz-Weiß-Foto von White Haven abgebildet. Sie überflog den Inhalt. Anscheinend beschrieb das Buch die Geschichte der Stadt anhand der Aufzeichnungen vom Jüngsten Tag, aber ein Großteil des Inhalts befasste sich mit den Hexenprozessen und ging dann auf den Schmuggel in den späteren Jahrhunderten ein – die Küste von Cornwall war dafür berüchtigt – und endete schließlich in der Gegenwart. Sie blätterte zum Buchrücken und fand ein Bild des Autors, eines älteren Mannes namens Samuel Kingston, und fragte sich, ob er noch in der Gegend lebte. Sie würde es später überprüfen.

Sie warf einen Blick auf ihre Uhr. Sie würde Alex und El eine Nachricht schicken, dass sie sich später treffen sollten. Sie wusste, dass sie kommen würden, um ihr zu helfen. Aber fürs Erste war alles, was sie für den Zauberspruch brauchte, bereit. Sie konnte sich endlich entspannen und lesen.

Avery erwachte später aus einem leichten Schlaf, ausgestreckt auf dem alten Sofa, ihr Buch auf dem Boden. Schatten wanderten durch den Raum, die Temperatur war gesunken und ihr Magen fühlte sich unangenehm leer an.

Sie ging in die Küche, um sich eine Suppe zu kochen, und dachte über das nach, was sie im Geschichtsbuch gelesen hatte. Es schien, als hätte der Hexenjäger nach mehreren Einheimischen gesucht, die als *weise Leute* bekannt waren – so wurden diejenigen bezeichnet, die ihren Gemeinden durch heidnische Überzeugungen und Heilkunst halfen. Obwohl sie allgemein respektiert wurden, setzte die Angst die Vernunft außer Kraft, als die Dörfer von Hysterie erfasst wurden, und einige wurden der Hexerei beschuldigt. Kingston erwähnte die Namen mehrerer Frauen und Männer, die verhört worden waren, aber sie erkannte nur ein paar davon wieder. Helenas und den Nachnamen Jackson, von dem sie annahm, dass er Gils Vorfahrin sein musste. Den Überlieferungen zufolge waren zwei Einheimische ertränkt worden, um ihre Hexenkräfte zu testen. Wenn man den Versuch, ertränkt zu werden, überlebte, wurde man trotzdem als Hexe verurteilt, und Helena wurde auf dem Scheiterhaufen verbrannt.

Avery schämte sich, wie wenig sie über die tatsächlichen Fakten der Verhöre wusste. Sie wusste nur über Helena Bescheid. Sie hatte keine

Ahnung von den Ertränkungsversuchen gehabt. Und enttäuschenderweise war in den Aufzeichnungen weder der Name Faversham noch der Name Newton zu finden. Kingston musste Zugang zu allen Aufzeichnungen der Prozesse gehabt haben, und sie fragte sich, ob sie auch Zugang zu ihnen bekommen könnte. Vielleicht gab es noch weiteres Material, das er nicht veröffentlicht hatte, weitere Namen, die erklären könnten, was passiert war. Avery konnte immer noch nicht glauben, dass Helena ihre Kräfte nicht eingesetzt hatte, um zu entkommen, trotz dessen, was Alex über die Rettung der anderen gesagt hatte. Irgendetwas passte einfach nicht zusammen.

Sie seufzte frustriert, nahm ihre Suppe und den Toast mit aufs Sofa und schaltete den Fernseher ein. Sie brauchte eine Ablenkung, etwas Normales. Leider landete sie bei den Nachrichten. Es gab einen Lokalbericht über den Einbruch im Museum und das Verschwinden der Putzfrau. Zumindest wurde nicht von Zauberei und Toren zu anderen Dimensionen gesprochen. Das Problem war nur, ob das auch so bleiben würde?

Ein Klopfen an der Tür unterbrach ihre Grübelei, und sie sah El draußen stehen, und sie wirkte entschlossen.

„Alles in Ordnung?", fragte Avery, als sie sie hereinbat.

El warf ihren schweren Rucksack auf das Sofa. „Dieses Zauberbuch ist verwirrend, erstaunlich und frustrierend. Ich habe bereits so viel herausgefunden, das ich für meine Metallarbeiten verwenden kann, aber es gibt Dinge, die ich erst noch verstehen muss. Und", sie machte eine Pause und sah Avery an, als wüsste sie nicht, wie sie das, was sie sagen wollte, formulieren sollte.

„Nur zu", sagte Avery. „Ich habe das Gefühl, dass die Dinge hier noch viel seltsamer werden."

„Nun, ich kann jetzt Dämonen und Geister beschwören, um mit Metallen und Feuer zu arbeiten. Ich bin ziemlich durch den Wind." Sie sah sich im Raum um. „Hast du ein Bier?"

„Klar", sagte Avery, während ihr Herz ein wenig sank, als sie zum Kühlschrank ging und zwei Flaschen herausholte. Sie öffnete die Flaschen und gab El eine davon. „Wenn ich ehrlich bin, habe ich das erwartet. Es scheint, dass unsere Vorfahren viel Magie verwendet haben, mit der wir uns heute nicht anfreunden können. Nekromantie war im Mittelalter weit verbreitet. Und es war alles auf Latein. Die Kirche hat sie geächtet, und doch haben die Priester sie kontrolliert."

„Aber ich hätte wirklich nicht erwartet, das in unseren Familien-Grimoires zu finden." El nahm einen Schluck Bier und lehnte sich an die Arbeitsplatte, wobei ihr langes Haar nach vorn fiel und ihr Gesicht umrahmte.

„Ich denke, wir alle müssen damit rechnen." Und dann hatte Avery eine Idee. „Hey, das ist wirklich ein guter Zeitpunkt, El. Ich arbeite an einem Zauber, um das Tor zu versiegeln. Die Zaubersprüche in deinem Zauberbuch könnten helfen – obwohl ich glaube, dass ich einen habe, der funktionieren wird. Hast du es mitgebracht?"

„Klar, es ist da drin", sagte sie und nickte in Richtung ihres Rucksacks. „Briar hat mir gesagt, was wir später vorhaben. Schau mal rein."

Avery stellte ihr Bier ab und zog vorsichtig das Zauberbuch heraus, das sie auf die Arbeitsplatte zwischen ihnen legte. Sie konnte nicht anders, als zu grinsen. „Wow, El, das ist so cool! Ich meine, sieh es dir an!"

Der Ledereinband war dunkelbraun, und in der Mitte des Einbands war ein Dreieck eingebrannt, das Zeichen für das Feuerelement. Avery strich mit der Hand über das Leder und staunte, wie weich es sich anfühlte, das im Laufe der Jahre von Tausenden von Händen getragen worden war. Sie sah El an. „Ich bin neidisch. Ich will auch so eins finden."

El lächelte ermutigend. „Das wirst du. Ich helfe dir dabei."

Avery blätterte die Seiten aus altem, dickem Papier um, auf denen sich die Handschrift der Besitzer im Laufe der Jahre verändert hatte. Die Sprache der frühen Zaubersprüche war schwer zu entziffern, und einige waren in Latein verfasst. Sie fand die Zaubersprüche über die Beschwörung von Dämonen ganz am Anfang des Buches, die von den Hexen aus dem Mittelalter verfasst worden waren. Die Zeichnungen waren aufwendig, aber sorgfältig und präzise ausgeführt. Es gab Bilder von Pentagrammen, Kreisen, Doppelkreisen, umgekehrten Pentagrammen und Beschwörungen, alle mit Anweisungen darunter.

Avery holte tief Luft und atmete langsam aus, während sie El ansah. „Wow. Noch mal. Lass uns nach oben gehen, es mit dem vergleichen, was ich habe, und sehen, was du von meinem Zauber hältst. Obwohl ich nicht vorhabe, mich mit dem Tor zu befassen. Ich möchte es nur in einen Schutzkreis einbinden."

„Klar", entgegnete El und nahm das Buch an sich. „Ich werde Gil und Reuben wegen heute Abend anrufen, wenn das okay ist. Gemeinsam sind wir stark."

Avery nickte. „Mit etwas Glück versiegeln wir das Tor und sehen überhaupt keine Dämonen."

Das Museum lag in dieser Nacht dunkel und bedrohlich da, und die Gruppe versteckte sich im Schatten der hinteren Wand. Der Vorder- und Hintereingang war mit Polizeiband abgesperrt, und das einzige

Geräusch, das zu hören war, war das Brechen der Wellen an der Ufer-
mauer.

Sie hatten ihren Wagen etwas weiter oben geparkt, wo sie außer
Sichtweite waren, und waren dann zu Fuß zum hinteren Teil
des Gebäudes gegangen, wo sie von zufällig vorbeikommenden
Fußgängern nicht gesehen werden konnten.

Alex sah sie an und grinste. „Ist heute Nacht der Ninja-Hex-
en-Abend?"

Briar fröstelte trotz der warmen Nachtluft. „Ich fühle mich nicht
wie ein Ninja."

„Ich auch nicht, aber ich gebe mein Bestes", entgegnete Reuben,
der neben El stand, seine Silhouette schlank und hochgewachsen.

Avery sah sie an und musste trotz ihrer Nervosität lachen. Sie waren
alle in Schwarz gekleidet – schwarze Oberteile, schwarze Jeans und
Stiefel, und alle mit langen Haaren hatten sie zusammengebunden.
Reuben und El hatten sich sogar schwarze Hüte über ihr helles,
blondes Haar gezogen. Sie sah Alex an. „Nun, wir müssen diskret
sein."

„Selbst mit Polizeieskorte? Wo steckt er überhaupt?", fragte er und
meinte damit Newton.

„Er wird bald hier sein", versicherte Briar ihnen.

„Ich weiß nicht, ob ich den Kerl überhaupt mag", bemerkte Gil.
„Er könnte uns nach dieser Sache verhaften." Gil hatte gezögert,
mitzukommen, weil er das Ganze für eine Falle hielt.

„Ich bin mir nicht sicher, ob es noch Gesetze gibt, mit denen Hexen
strafrechtlich verfolgt werden können", entgegnete Alex. „Wie auch
immer, da kommt er."

Sie blickten über den Parkplatz und sahen, wie sich Newtons große
Gestalt näherte. Als er bei ihnen ankam, konnten sie sehen, dass er
ähnlich gekleidet war wie sie – der Anzug war verschwunden. In

seiner Freizeitkleidung wirkte er zugänglicher, und seine kurzen Haare waren zerzaust.

Er warf allen einen Blick zu, sprach aber mit Briar. „Danke für den Anruf. Sie haben das Richtige getan."

„Wir sind keine Mörder, Newton, auch wenn Sie unsere Überzeugungen nicht teilen", entgegnete sie mit einem Hauch von Verärgerung in der Stimme.

Gil trat mit grimmigem Gesicht vor. Er war kleiner als Newton, aber er sah zu ihm auf und erwiderte seinen Blick. „Verzeihen Sie mir, wenn ich Ihnen nicht glaube, aber die Polizei fördert normalerweise keine Magie am Tatort eines Mordes. Tatsächlich weigert sich die Polizei, wie auch die Öffentlichkeit, in der Regel, überhaupt an Magie zu glauben."

Newtons Gesichtsausdruck war undurchdringlich, besonders im Dunkeln. Avery konnte nur die markanten Umrisse seiner Wangen und seines Kinns erkennen und einen dunklen Schimmer in seinen Augen. „Nun, ich bin nicht die Polizei, und ich möchte ganz sicher nicht, dass es in White Haven noch mehr Tote gibt. Können wir jetzt weitermachen?"

Gil schwieg und versuchte, Newton einzuschätzen, doch Alex antwortete: „Ja, bringen wir es hinter uns."

„Haben Sie alles, was Sie brauchen?"

„Ja", antwortete Avery. „Es ist alles in meinem Rucksack und in Brians."

Newton nickte und führte sie zur Hintertür, entfernte das Absperrband und zog einen Schlüssel aus der Tasche. Avery beobachtete ihn, wie er den Schlüssel drehte, die Tür öffnete und einen Moment lauschte, dann hineinging und ihnen bedeutete, zu warten.

Avery schluckte nervös, ihr Herz klopfte, und sie hoffte, dass er zurückkommen würde und dass nicht schon etwas lauerte. Die

Wartezeit schien endlos, aber dann kam er zurück und rief sie herein, und sie folgten ihm, wobei der Letzte die Tür hinter sich schloss.

Im Inneren des Museums war es stockdunkel, abgesehen von den breiten Lichtkegeln ihrer Taschenlampen, und Newton ging voraus in den Hauptraum. „Achtet auf den Boden. Das Blut ist noch da, aber es ist getrocknet. Und geht nicht in die Küche.“

Avery warf einen Blick in die Küche und sah, dass sich dort noch eine große Lache geronnenen Blutes auf dem Boden befand. Der Geruch war stärker als je zuvor, und sie ging schnell an der Öffnung vorbei und konzentrierte sich nur auf das, was sie zu tun hatte.

Im Hauptraum angekommen, sah sie sich um, um den Raum und den besten Standort zu bestimmen. Sie betrachtete die archaischen Symbole an der Wand mit neuem Interesse, nachdem sie den ganzen Nachmittag über ähnliche Symbole recherchiert hatte. Es gab Ähnlichkeiten, aber auch starke Unterschiede. Es sah noch bedrohlicher aus, als sie es in Erinnerung hatte.

„Also, wie lautet der Plan?“, fragte Newton.

„Wir wissen nicht, wie wir das Tor schließen können“, erklärte Avery, „also können wir nicht verhindern, dass etwas durchkommt. Aber wir wissen, wie wir einen mächtigen Schutzkreis darum herum errichten können, und wir können eine Teufelsfalle darin platzieren.“

„Was? Ich dachte, dieses Ding lässt Dämonen und Geister durch?“, fragte Newton mit zusammengekniffenen Augen.

„Es wird Teufelsfalle genannt, aber im Grunde genommen wird es jede Form von Geist, Erscheinung oder Dämon einfangen, die dort hindurchkommt. Theoretisch.“

„Also könnte es sein, dass es nicht funktioniert?“

Alex verdrehte die Augen. „Nun, es handelt sich hier um etwas, das wir wirklich nicht jeden Tag machen, Newton, also nein, wir sind uns nicht sicher.“

„Aber Sie sind *schon* Hexen?", vergewisserte er sich, die Arme verschränkt, während er sie ansah.

Avery spürte, wie sich der Kloß in ihrem Hals verstärkte. Das war ein Thema, das sie schon mit Newton diskutiert hatten.

„Ja", erwiderte El schließlich und sah ihm direkt in die Augen. „Gute. Und damit meine ich, wir haben gute Absichten. Aber wir sind nicht so mächtig wie der, der für das hier verantwortlich ist."

„Was haben Sie neulich nachts im *Hawk House* gemacht?", fragte er.

„Das geht Sie nichts an", fuhr El ihn an.

„Ich bereite jetzt alles vor", sagte Avery und stellte ihre Tasche auf den Boden, weit weg vom Blut und dem Bereich, den sie abschotten wollten.

Alex und Briar beugten sich neben ihr nieder, während der Streit und das Verhör über die Nacht weitergingen. Sie holte eine Auswahl an Kerzen, Räucherwerk, ihren Kelch, den Kessel, die ausgewählten Kräuter und den Trank, den sie zuvor hergestellt hatte, heraus.

Briar holte eine große Tüte Salz aus ihrer Tasche und Averys Zauberbuch. „Hier, Avery. Ich werde den Kreis ziehen." Sie ging weg und ließ sie mit Alex allein.

„Und, wie geht es dir?", fragte Alex, der sie beobachtete. Er setzte sich auf den Boden, und seine Anwesenheit wirkte unerwartet beruhigend.

„Ich bin okay. Ich gewöhne mich wohl daran, mit Dämonen zu tun zu haben." Sie sah zu ihm auf, und er erwiderte ihren Blick.

„Du solltest später zu mir kommen. In der Gruppe ist man sicherer."

Averys Herz begann sofort zu rasen, aber stattdessen sagte sie leichthin: „Äh, ja, vielleicht."

Er sah leicht verdutzt aus. „Vielleicht?"

„Du lenkst mich ab, und ich muss mich konzentrieren", erwiderte sie, wandte den Blick ab und wurde rot. *War sie plötzlich wieder vierzehn?*

„Ich mache ein tolles Frühstück", versicherte er ihr und sah sie immer noch mit einem spekulativen Gesichtsausdruck und dem Hauch eines Grinsens an. „Aber ich meine es ernst. In der Gruppe ist man sicherer, und es passiert gerade eine Menge Mist."

Sie lächelte, doch ihr Lächeln erstarb, als sie an ihre Begegnung am Strand dachte. „Ich weiß. Und es gibt etwas, das ich euch später mitteilen muss. Etwas, das vorhin passiert ist."

„Was denn?", fragte er, und sein Grinsen verschwand.

„Später. Wir müssen das hier fertig machen."

Er seufzte. „Na gut. Sag mir noch mal, was wir tun müssen."

Avery hatte den geplanten Zauberspruch bereits erklärt, aber sie wiederholte ihn noch einmal, bevor sie ein weiteres altes Buch über Nekromantie aus ihrer Tasche zog. Sie blätterte darin, bis sie ein Bild eines Pentagramms fand, das von einem doppelten Kreis umgeben war, der mit Bildern und Runen versehen war. „Das ist die Teufelsfalle. Wir müssen sie auf den Boden unter der Tür zeichnen."

„Womit? Bitte sag nicht Blut."

„Eine Rezeptur, die ich selbst erstellt habe." Sie zog eine dunkle Flasche aus ihrer Tasche, die mit einem Korken verschlossen war, und hielt sie vorsichtig in der Hand, sodass ein warmes Leuchten aus ihren Händen in den Trank in der Flasche überging. Sie sprach leise einige Worte, und das Licht wurde stärker, als sie die Flasche an Alex weitergab. „Hier, bitte. Ich bin gleich bei dir – fang noch nicht an!"

Er sprang auf, nahm die Flasche und das Totenbuch mit. Avery rief El, Gil und Reuben zu sich, die sich immer noch mit Newton stritten. „Hey, Leute. Wir müssen den Raum vorbereiten. Hier sind ein paar Kerzen, die an bestimmten Stellen aufgestellt werden müssen."

Der Streit hörte sofort auf und sie stellten die Kerzen wie angewiesen auf, während Briar einige außerhalb des großen Salzhalbkreises aufstellte, den sie gebildet hatte und der die Wände auf beiden Seiten des Tors zur anderen Dimension berührte.

Während sie den Raum vorbereiteten, bereitete Avery den Altar innerhalb des Halbkreises vor und sah, wie Newton sie beobachtete. „Sind Sie sicher, dass Sie nicht lieber gehen möchten?"

„Nein. Ich will das sehen."

„Aber hoffentlich wird nichts passieren. Zumindest wird nichts aus diesem Tor kommen."

„Das können Sie nicht wissen."

Sie seufzte. „Nein, das weiß ich nicht. Es könnte jetzt etwas aus dem Tor kommen, und dann wären wir alle in Schwierigkeiten. Aber Sie wissen mehr darüber, als Sie zugeben."

Er schwieg.

„Wer ist jetzt stur?" Sie sah sich zu den anderen um. „Sind wir bereit?"

Sie nickten, und sie wandte sich wieder Newton zu. „Bleiben Sie zurück – was auch immer passiert."

Alex stand bereit, um mit dem Zeichnen der Falle zu beginnen, während sich das Tor zur anderen Dimension über ihm auftat. Die anderen stellten sich am inneren Rand des Salzkreises auf, vor ihnen der Altar. Avery sprach den Zauberspruch Zeile für Zeile, die anderen wiederholten ihn. Sie spürte, wie die Energie im Raum zu wachsen begann, während Alex den Boden mit der Mischung bestrich, die sie ihm gegeben hatte, und die Falle sorgfältig und präzise nachzeichnete.

Es dauerte eine Weile, bis sie fertig war, und während sie den Zauberspruch weiter aufsagten, knisterte die Luft vor Energie und das aufwendige Muster der Falle leuchtete im gedämpften Licht.

Sobald Alex den letzten äußeren Kreis fertiggestellt hatte, trat er zurück, um sich den anderen anzuschließen. Er legte seine Hände in die Hände der anderen, während er sich dem Zauberspruch anschloss, und ihre Stimmen erhoben sich in der Luft, als hätten sie ein Eigenleben entwickelt.

Avery musste nur noch einen letzten Schritt vollenden, und sie griff nach der Schale mit der anderen Kräutermischung, die sie mitgebracht hatte, und blickte zu den komplexen Mustern und Runen des Tors auf. Es pulsierte mit einer dunklen Macht, die von dem ausging, was sich dahinter befand; sie konnte sie jetzt viel deutlicher spüren. Sie spürte seine Bösartigkeit und ein uraltes Böses, das sich von allem anderen unterschied, was sie je erlebt hatte. Als sie mit dem Zauberspruch begonnen hatte, war sie zum Teil besorgt, sogar ängstlich, gewesen. Es war so anders als alles, was sie bisher getan hatte, aber jetzt, da die Macht der anderen sie durchströmte, war sie aufgeregt, was sie gemeinsam bewirken konnten. Sie waren weitaus mächtiger, als Faversham es sich hätte vorstellen können.

Während die anderen weiter ihre Beschwörungsformeln aufsagten, strich Avery die magische Mischung auf die vier Eckpunkte der Teufelsfalle, den Salzkreis und die Wand. Dann trat sie wieder vor den Altar und rief den Gehörnten Gott und die Gehörnte Göttin an, damit sie den Zauber verstärkten.

Wieder hob Avery vom Boden ab, von einer unsichtbaren Kraft nach oben gezogen, während Energie wie ein Blitz durch sie hindurchschoss. Es gab einen Knall in der Luft wie ein Donnerschlag, und für einen kurzen Moment blitzten die Teufelsfalle und der schützende Halbkreis in einem blendend hellen weißen Licht auf, das sie alle aus dem Kreis warf. Sie landeten mit einem kollektiven Aufprall auf dem Boden, und die Kerzen gingen aus, sodass sie in völliger Dunkelheit standen.

Für ein paar Augenblicke herrschte nur Stille.

Avery war völlig erschöpft. Der Boden fühlte sich kalt, hart und staubig an, und die Energie, die durch ihren Körper gerast war, war verschwunden und nun fühlte sie sich ausgelaugt und erschöpft.

Gil rief: „Ist alles in Ordnung?"

Es gab ein allgemeines Gemurmel der Zustimmung, und jemand zündete die Kerzen an, deren warmes Licht das Museum erneut erhellte.

„Ich glaube nicht, dass ich jemals zuvor so viel Energie kanalisiert habe", erklärte Briar.

„Ich glaube, ich muss eine Woche lang schlafen", fügte Reuben hinzu. Er lag regungslos da und blickte an die Decke. „Das bin ich nicht gewohnt."

„Das hast du gut gemacht", lobte El und tätschelte ihm den Arm. „Du bist nur etwas aus der Übung."

„Aber es hat funktioniert", erwiderte Alex. Sie konnte die Aufregung in seiner Stimme hören. „Das war unglaublich."

Avery rollte sich auf die Seite und sah ihn grinsend an. „Ich weiß."

Sie hörte Schritte und sah auf, als Newton aus dem Halbdunkel auftauchte. Sein Gesicht war im Dämmerlicht grimmig. Sie setzte sich auf. „Newton. Ich hatte fast vergessen, dass Sie da sind. Geht es Ihnen gut?"

Er stand da und sah sie an. „Ich glaube nicht, dass ich vorher richtig verstanden habe, was Sie sind." Seine Stimme klang flach und hart. „Ich mochte es damals nicht und ich mag es jetzt auch nicht."

Enttäuschung durchzuckte Avery, aber was hatte sie erwartet? Er war keine Hexe, egal, was sein Hintergrund sein mochte.

„Ob es Ihnen gefällt oder nicht", erwiderte Alex, „wir haben dieses Tor verschlossen. Jetzt ist es egal, was durchkommt. Es wird nicht weiterkommen."

Newton starrte sie mit verschränkten Armen an. „Ich werde Sie alle im Auge behalten und mich vorerst *jeden Tag* nach Ihnen erkundigen. Und ich erwarte, dass einer von Ihnen *jeden Tag* nach dem Rechten sieht. Haben Sie verstanden?"

Gil stand auf und wurde wütend. „Ja, wir verstehen. Aber wir sind nicht der Feind, Newton."

„Nun, bis ich weiß, wer der Feind ist, werden Sie unter meiner strengen Beobachtung stehen – es sei denn, Sie wollen mir genau sagen, was hier vor sich geht?"

Sie schwiegen, und er grinste hämisch. „Nein. Das dachte ich mir schon. Nun, ich habe eine neue Aufgabe für Sie. Sie müssen herausfinden, wie Sie diesen Dämonen-Eingang für immer loswerden."

Die Gruppe traf sich in Alex' Wohnung. Es war fast drei Uhr morgens, und Avery war müde. Die Wohnung war warm und einladend nach der Kälte im Museum, und sie lümmelten auf dem Sofa oder dem Boden herum und tranken Bier oder Kaffee. Avery hatte gerade allen von ihrer Begegnung am Strand erzählt.

„Wer ist dieser Faversham?", fragte Alex. Er lag auf dem Teppich vor dem Kamin auf der Seite. „Ich würde ihm am liebsten eine reinhauen."

Avery zuckte mit den Schultern. „Das ist ja das Problem. Ich habe keine Ahnung. Er ist nicht von hier – jedenfalls nicht aus White Haven, und er taucht in unseren Aufzeichnungen nicht auf."

„Nun, er scheint eine Menge über uns zu wissen", gab Gil verärgert zu bedenken. „Und Newton ist mir auch auf den Geist gegangen. Wir sind nicht seine verdammten Lakaien, denen er Aufgaben zuteilt."

„Nun, nein", erwiderte Reuben. Er saß auf dem Sofa und hatte die Beine ausgestreckt. „Aber wir wollen das Dämonentor sowieso loswerden."

„Aber wie kann er es wagen, uns zu sagen, was wir tun sollen! Als würde er uns kontrollieren oder so", beschwerte sich Gil weiter.

„Er war ziemlich wütend", stimmte Briar zu. „Ich weiß nicht, ob es mir gefällt, dass er so viel über uns weiß, aber wir haben keine andere Wahl."

„Falsch, Briar", sagte Gil und drehte sich zu ihr um. „Wir hätten auch ohne ihn in das Gebäude einbrechen und es durchziehen können."

„Aber wir hätten riskiert, noch mehr ins Visier zu geraten", entgegnete El. Sie hatte es sich in der Sofaecke gemütlich gemacht und trank Kaffee. „Ich bin froh, dass er da war. Immerhin weiß er jetzt, dass wir ihm helfen wollen, auch wenn er sich wie ein Kotzbrocken aufgeführt hat."

„Was machen wir mit Faversham?", fragte Alex. „Zumindest in unseren Häusern und bei der Arbeit sollte er nicht in der Lage sein, sich aus dem Nichts zu materialisieren und uns anzugreifen. Aber überall sonst sind wir angreifbar. Wir müssen mehr über ihn erfahren, damit wir uns verteidigen können."

„Ich werde den Autor vor Ort besuchen, wenn ich kann", sagte Avery. „Vielleicht hat er Informationen, die er in seinem Buch nicht erwähnt hat."

„Das ist eine gute Idee", stimmte Briar nickend zu. „Ich würde ja mitkommen, aber ich muss die ganze Woche über den Laden aufmachen."

„Ich auch", sagte El, und die meisten anderen stimmten ihr zu.

„Das ist in Ordnung. Ich gehe gerne allein."

„Ich komme mit, wenn du am Donnerstag hingehen kannst. Da habe ich frei", erklärte Alex. „Ich denke, wir sollten von jetzt an zusammenarbeiten."

Gil hatte einige Minuten lang geschwiegen, aber jetzt sprach er. „Dieser Typ, Faversham, ist kein Geist. Er ist real. Hast du ihn überprüft?"

Avery fühlte sich plötzlich unglaublich dumm. „Äh, nein, eigentlich nicht. Ich war mit der Vorbereitung von Zaubersprüchen beschäftigt. Daran habe ich nicht gedacht."

Gil zog sein Handy aus der Gesäßtasche. „Schauen wir mal nach." Es dauerte nur ein paar Minuten. „Den Göttern sei Dank für Google. Caspian Faversham, Finanzchef bei *Kernow Industries* in Harecombe." Harecombe war die nächstgelegene Stadt an der Küste. Er drehte das Handy um und zeigte Avery ein Foto. „Ist er das?"

Sie griff nach dem Handy und sah genauer hin. Er lächelte sie mit seinem selbstgefälligem Gesicht in seinem schicken Anzug an. „Das ist er!" Sie reichte das Handy herum, damit auch die anderen ihn sich ansehen konnten.

Gil grinste. „Na ja, zumindest wissen wir jetzt, wer er ist. Unser Erzfeind."

„Ich habe von dieser Firma gehört", meinte Briar.

„Jeder hat von der Firma gehört", bestätigte Alex und gab das Handy an Gil zurück. „Die sind riesig."

„Und", fügte Gil hinzu, nachdem er erneut auf sein Handy geschaut hatte, „sein Vater ist der Chef des Unternehmens. Mr. Sebastian Faversham. Und was für ein Silberfuchs er ist", fügte er sarkastisch hinzu und zeigte ihnen auch sein Foto.

„Also", sagte El, „es macht ihm nichts aus, dass wir wissen, wer er ist, sonst hätte er dir seinen Namen nicht verraten. Er wusste, dass du ihn im Internet finden würdest."

„Irgendwann", sagte Gil und neckte Avery.

„Ach, hör auf, Gil. Ich hatte zu tun", sagte Avery und befürchtete, dass sie das nie wieder loswerden würde. „Also ist er eine mächtige Hexe oder ein Zauberer. Glaubst du, dass Silberfuchs Faversham auch eine männliche Hexe ist?"

„Wahrscheinlich", bemerkte El. „Das kommt mir wie eine Kriegserklärung vor. So in der Art: *Das sind wir, und ihr könnt nichts dagegen tun.* Sie haben Geld und Macht. Und er muss derjenige sein, der das Tor in die andere Dimension in die Wand gezaubert hat."

„Dann ist er also auch ein Mörder", erwiderte Reuben.

„Aber wir haben, was sie wollen", warf Alex grinsend von seinem Platz auf dem Teppich ein.

Avery nickte. „Ich nehme an, dass ihr beide", meinte sie und sah El und Alex an, „eure Zauberbücher nicht aufgeben wollt?"

„Nein!", antworteten beide wie aus einem Mund.

„Gut. Ich bin mir allerdings nicht sicher, wie er diese Nachricht aufnehmen wird."

18

Avery arbeitete die ganze Woche hart, nicht nur im Laden, sondern auch, indem sie Annes Werk durcharbeitete. Faversham war nicht wieder aufgetaucht, und es hatte auch keine weiteren Todesfälle gegeben. Obwohl ihre Falle keinen Dämon gefangen hatte, waren zumindest auch keiner auf die ahnungslose Gemeinde losgelassen worden.

Sie hatte es geschafft, Samuel Kingston, den ortsansässigen Autor, zu kontaktieren und ein Treffen mit ihm und Alex vereinbart. Es war Donnerstagmorgen, und draußen war es bewölkt und es sah nach Regen aus. Sie saßen in Averys verbeultem Kleintransporter vor einem unscheinbaren Häuschen am Rande von White Haven.

„Nun, es sieht ziemlich sicher aus", befand Alex, der es sich genauer ansah.

„Er ist Historiker, was hast du erwartet?"

Er zuckte mit den Schultern und wandte sich wieder ihr zu. „Vielleicht bin ich ja paranoid, aber im Moment erwarte ich eine Menge seltsamer Dinge."

Sie sah ihn zum ersten Mal richtig an, nachdem sie ihn an der Ecke vor dem Pub abgeholt hatte. „Du siehst müde aus. Was hast du so getrieben?"

„Oh, danke." Er klappte die Sonnenblende herunter und betrachtete sein Spiegelbild. „Ich sehe tatsächlich ein bisschen müde aus, oder?" Er fuhr sich mit den Händen durch die Haare und grinste sie verwegen an. „Ich habe mit meinem Zauberbuch experimentiert. Heute bin ich erst um vier Uhr morgens eingeschlafen."

„Ich hoffe, du machst nichts zu Gefährliches", erwiderte sie und begann, sich ein wenig Sorgen zu machen.

„Ich trainiere nur meine Kräfte ein wenig."

„Und wie genau?"

„Ich trainiere meine übersinnlichen Fähigkeiten, gehe auf Astralreisen und übe Bannsprüche." Er machte eine Pause und sah sie mit hochgezogenen Augenbrauen an.

„Na gut, ich bin neugierig. Bannsprüche?"

„Um unerwünschte Geister und Dämonen und andere Kreaturen loszuwerden, die eventuell in Dimensionen eindringen, in die sie nicht gehören." Er lehnte sich zurück und sah zufrieden aus.

Avery musste zugeben, dass sie beeindruckt war. Und ärgerlicherweise sah er mit seinem zerzausten Haar und selbstgefälligen Gesicht genauso gut aus wie sonst auch – nicht, dass sie ihm das hätte auf die Nase binden wollen. „Toll! Dann bist du hoffentlich jetzt zu etwas nütze!", entgegnete sie frech und sprang aus dem Wagen, bevor er antworten konnte.

Er stieg auf der Beifahrerseite aus. „Du bist nicht so witzig, weißt du das?"

Sie grinste und ging zum Haus. „Komm schon. Kingston wird sich fragen, was wir hier draußen machen."

Das Cottage war, wie viele Häuser in der Gegend, alt und hatte ein Reetdach. Die Fenster waren klein, und auf beiden Seiten des Gartenwegs erstreckte sich ein hübscher Garten mit üppiger sommerlicher Bepflanzung.

Sie klopften an die Tür, und eine Frau mittleren Alters öffnete. Sie trug einen schicken blauen Rock und eine Bluse und lächelte sie sofort an. „Sie müssen Samuels Gäste sein?"

Avery erwiderte ihr Lächeln. „Ja, ich bin Avery, und das ist Alex."

Sie trat zur Seite. „Kommen Sie herein. Ich bin seine Tochter Alice. Ich führe Sie herum. Er freut sich so sehr über Besuch und darüber, dass er über sein Buch sprechen kann. Ich hoffe, Sie sind dazu bereit – er könnte Sie zu Tode reden." Sie schloss die Tür und führte sie den langen Gang entlang zum hinteren Teil des Hauses. „Ich muss zur Arbeit, also lasse ich Sie allein."

Sie führte sie an alten Fotos und Aquarellen der Umgebung vorbei. Das Haus war renoviert worden. Die Böden waren bis auf das schöne Holz freigelegt worden, das mit einem Hochglanzlack glänzte, und die Wände waren in gedeckten Pastelltönen gestrichen. Sie führte sie in einen Wintergarten auf der Rückseite des Hauses, der mit vielen Pflanzen gefüllt war und einen Blick auf den Garten hinter dem Haus bot, der genauso üppig bepflanzt war wie der Garten auf der Vorderseite.

„Dad", rief sie, „sie sind da."

Sie drehte sich zu ihnen um. „Sie müssen vielleicht lauter sprechen. Er hört nicht mehr so gut wie früher."

Ein älterer Mann drehte sich von einem großen Korbstuhl aus, der vor einem langen Fenster stand, zu ihnen um. Seine Schultern waren gebeugt, sein Haar war von grauen Strähnen durchzogen, und er hatte eine Brille auf der Nasenspitze. Er blinzelte zu ihnen hoch, und Avery lächelte. Als er seine Gäste sah, versuchte er, sich mit einem strahlenden Lächeln aufzurichten.

„Hallo, Mr. Kingston. Ich bin Avery – wir haben am Telefon über Ihr Buch gesprochen. Ich habe meinen Freund Alex mitgebracht, wenn das in Ordnung ist?"

„Natürlich, natürlich", entgegnete er und reichte ihnen die Hand. Avery mochte ihn sofort. Er schien so sympathisch und freute sich so sehr, sie zu sehen. Er blickte über sie hinweg zu seiner Tochter. „Kannst du uns eine Kanne Tee bringen, Liebes, bevor du gehst?"

Sie nickte. „Einen Moment, bitte."

Samuel wies ihnen Plätze zu. Zwischen ihnen stand ein kleiner Tisch mit Papieren und einem Teller Plätzchen.

Er lächelte sie erneut an. „Ich habe nicht oft Besucher, die über mein Buch sprechen möchten. Das ist ein echtes Vergnügen."

„Es ist auch für uns ein Vergnügen, Mr. Kingston", erklärte Avery. „Ich war von Ihrer Recherchearbeit sehr beeindruckt."

„Nennt mich doch Sam", bat er. „Es hat Jahre gedauert, meine Liebe, aber ich liebe White Haven. Ich habe mein ganzes Leben hier verbracht. Es ist mein Tribut an diesen Ort."

Alex beugte sich vor. „Ich muss gestehen, dass ich es noch nicht gelesen habe, Sam, aber das werde ich nachholen."

Er winkte ab, als würde er etwas wegwischen. „Das ist in Ordnung. Du bist jung, du hast Zeit."

Bevor Alex antworten konnte, kam Samuels Tochter mit einem Tablett herein, auf dem eine Kanne Tee, Tassen, Zucker und Milch standen, und stellte es auf den Tisch. „Gut, ich bin dann weg", meinte sie zu ihm. „Hast du alles, was du brauchst?"

„Alles in Ordnung. Mach dir keine Sorgen", erwiderte er.

Sie lächelte Alex und Avery über seinen Kopf hinweg an. „Dann viel Spaß." Und sie ließ sie allein.

Nach ein paar Minuten Small Talk und nachdem er sie alle mit Tee und Plätzchen versorgt hatte, begann Samuel zu erzählen, wie er dazu gekommen war, das Buch zu schreiben. Er fragte: „Gibt es etwas Bestimmtes, das euch interessiert? Ich behandle viele geschichtliche Themen."

„Ich interessiere mich für die Hexenprozesse", antwortete Avery, stellte ihre Tasse auf den Tisch und nahm eines der Plätzchen. „Ich habe mich gefragt, woher du einige der Informationen hast und ob du etwas ausgelassen hast?"

Er sah sie spekulativ an, sein Geist war trotz seiner körperlichen Schwäche rege. „Ausgelassen? Warum fragst du mich ausgerechnet das?"

Sie warf Alex einen Blick zu. „Ich weiß, dass es in White Haven einige alte Familien gibt, die seit Generationen dort leben, und in deinem Buch werden einige von ihnen erwähnt. Da ist natürlich Helena Marchmont, die im Zuge der Hexenprozesse verbrannt wurde, und einige andere, die ertränkt wurden. Du erwähnst die Namen derjenigen, gegen die ermittelt wurde, wie die Bonnevilles und Jacksons, aber ich frage mich, ob es noch andere gibt, die du nicht erwähnt hast? Einige Familien, die vielleicht noch heute hier leben."

Er nickte langsam und seufzte. „Die Hexenprozesse waren eine dunkle Zeit, eine sehr dunkle Zeit. Eine Zeit des Wahnsinns, wie mir scheint. Nachbarn wandten sich gegen Nachbarn, wisst ihr. Alte Freunde verrieten einander, während andere versuchten, sich gegenseitig zu schützen." Er dachte einen Moment nach. „Ich wollte noch mehr schreiben, aber mein Verlag wollte, dass ich mich an die Fakten halte. Sie meinten, ich würde spekulieren und wir könnten Nachkommen der Beteiligten verärgern, die noch in der Gegend lebten. Sie wollten nicht riskieren, verklagt zu werden. Ich kann ihren Standpunkt verstehen, aber ich wusste, dass ich recht hatte."

„Inwiefern?"

„Ich glaube, Helena ist verraten worden."

Avery war so schockiert, als hätte er ihr eine Ohrfeige gegeben. Ein kurzer Blick auf Alex zeigte, dass er genauso überrascht war wie sie.

„Was meinst du mit *verraten*?" Ihr Plätzchen lag vergessen in ihrem Schoß.

Samuel holte tief Luft und blickte gedankenverloren in den Garten. Averys Herz schlug schnell, und sie versuchte, sich zu beruhigen. Der alte Mann könnte auch völlig daneben liegen.

Schließlich sprach er: „In den Archiven findet man die alten Namen, die derjenigen, die im Dorf Geld und Ansehen hatten, die immer wieder erwähnt werden. Ihr habt schon einige selbst erwähnt, die Bonnevilles und Jacksons, aber es gab auch die Ashworths und Kershaws." Avery erkannte die Familiennamen von Elspeth und Briar. Samuel fuhr fort: „Diese Familien kannten sich wahrscheinlich, waren wahrscheinlich befreundet. Das ist natürlich schwer zu sagen", schränkte er ein und breitete die Hände aus, „aber sie waren in der Gemeinde gleichgestellt, also macht es Sinn. Aber es wurden auch andere Familien erwähnt, die ebenso bekannt waren. Eine Familie waren Reeder, wohlhabend, die außerhalb von White Haven lebten, aber in der Stadt sehr präsent waren. Sie beschäftigten Menschen in ihrer Schifffahrtsindustrie. Ich erwähne sie, weil sie gegen Helena Marchmont ausgesagt haben, und ich glaube, dass sie aufgrund ihres Ansehens in der Stadt den Prozess gegen sie stark beeinflusst haben – trotz der Unschuldsbeteuerungen der anderen Familien, die ich erwähnt habe."

„Wie hießen sie?", fragte Avery, da sie fürchtete, die Antwort bereits zu kennen.

„Die Favershams. Wegen ihnen musste ich ihren Namen aus dem Buch herauslassen."

Avery spürte, wie ein kalter Schauer sie durchlief, und sie sah Alex an, um wieder einen klaren Kopf zu bekommen.

„Ich bin verwirrt. Woher wussten sie überhaupt, dass du sie in dein Buch aufnehmen wolltest?", fragte Alex. Er beugte sich vor, stützte die Ellbogen auf den Knien ab und sah Samuel aufmerksam an.

Samuel zuckte mit den Schultern. „Ich habe sie im Rahmen meiner Recherchen befragt. Sie sind sehr bekannt, und als ich ihren Namen sah, dachte ich, es wäre gut, die ganze Sache aus heutiger Sicht zu betrachten, und dachte, es wäre ein bisschen leichtfertig. Ich hatte keine Ahnung, dass sie so stark gegen das Konzept sein würden." Er dachte einen Moment nach. „Es wurde sehr schnell sehr hässlich. Noch bevor ich zu Hause war, hatten sie meinen Verleger angerufen, und das war's. Ich wollte noch andere Ortsgespräche vornehmen, aber auch das wurde unterbunden."

„Haben sie einen Grund genannt?"

„Nein, eigentlich nicht. Außer dem, dass es ihrem Ruf schaden würde." Er lachte kurz auf. „Das ist über fünfhundert Jahre her! Wen interessiert das schon?" Samuel sah sie verblüfft an. „Ihre Reaktion hat mich noch misstrauischer gemacht. Wisst ihr, dass die Archive seitdem verschlossen sind?"

„Verschlossen!", erwiderte Avery schließlich.

Er nickte. „Die meisten Aufzeichnungen werden in der *Courtney Library* in Truro aufbewahrt. Dort habe ich viele meiner Informationen erhalten. Nun, dieses spezielle Archiv ist verschlossen." Er lächelte traurig. „Mit Geld kann man viel kaufen."

Avery holte tief Luft. „Wow. Das ist faszinierend. Danke, Samuel. Das hättest du nicht erzählen müssen."

„Meine Liebe, ich werde älter, und mit wem sonst könnte ich darüber sprechen? Niemand sonst kann diese Aufzeichnungen jetzt einsehen, und ich bezweifle, dass es jemanden interessiert." Er beugte sich vor und zwinkerte ihr zu. „Warum fragst du?"

Sie wollte den alten Mann auf keinen Fall in Gefahr bringen, aber da er ehrlich gewesen war, wollte sie es auch sein. „Ich bin mit Helena Marchmont verwandt und interessiere mich seit Kurzem dafür, was damals wirklich passiert ist.“

Er machte große Augen. „Ah! Das hätte ich mir denken können.“ Er tippte sich an den Kopf. „Ich bin nicht mehr so schnell wie früher. Natürlich, du arbeitest bei *Happenstance Books*.“

Sie nickte. „Und Alex ist ein Bonneville.“

Er sah Alex an, der mit den Schultern zuckte. „Ich schätze, wir haben beide in letzter Zeit einen Geschichtsfimmel.“

„Nun“, sagte Samuel, „ich wünsche euch viel Glück bei euren Recherchen, aber ich weiß nicht recht, ob ihr sehr weit kommen werdet.“

„Hast du noch Kopien der alten Archivaufzeichnungen?“

Samuel schüttelte den Kopf. „Nein, leider nicht. Es stand alles in meinen alten Notizen, und ich muss leider sagen, dass ich sie nicht mehr habe. Ich hatte einfach keinen Platz mehr, als ich hierhergezogen bin. Ich habe sie alle verbrannt.“ Er schwieg einen Moment und erklärte dann: „Ich habe nie an Hexerei geglaubt, obwohl ich schon seit Jahren hier lebe. Es ist ein magischer Ort, und die Stadt lebt von ihrer Geschichte, aber ich habe das immer für einen Spaß gehalten. Aber nachdem ich die Favershams kennengelernt hatte, bin ich zum Gläubigen geworden. Seid vorsichtig in ihrer Nähe. Sie sind gefährlich.“

19

Avery saß an einem Tisch in einem Biergarten mit Blick aufs Meer, und Alex saß ihr gegenüber. Vor sich hatten sie jeweils ein Glas des regionalen Biers namens *Doom*. Es war ein weiterer heißer Tag, kurz vor dem Mittagsansturm, und sie hatten einen Tisch unter einem großen Sonnenschirm ergattert, der ihnen etwas willkommenen Schatten spendete.

„Ich finde, wir sollten in die *Courtney Library* gehen", meinte Alex und blickte nachdenklich aufs Meer hinaus.

„Jetzt?", fragte Avery überrascht. „Wozu? Wir können doch nichts damit anfangen."

Er drehte sich zu ihr um und grinste. „Wir können uns ansehen, wie es dort aussieht, wo die Archive sind, und prüfen, ob sich die Beschränkungen geändert haben. Und dann, wenn nötig, können wir nachts einbrechen."

Sie verschluckte sich fast an ihrem Bier. „Bist du verrückt? Was meinst du mit ‚einbrechen'?"

„Wir wollen doch die Archive einsehen, oder?"

„Ich bin mir nicht sicher, ob wir das müssen. Wir wissen bereits, wer die Favershams sind und dass sie gegen Helena ausgesagt haben. Ich glaube nicht, dass uns weitere Details weiterhelfen werden." Sie nahm einen Schluck von ihrem Bier. „Wir müssen herausfinden, wie wir uns vor den Favershams schützen können."

„Aber je mehr wir wissen", argumentierte Alex, „desto besser sind wir vorbereitet. Es könnte eine nützliche Information über die Prozesse geben, die uns alles aufschlüsseln könnte."

„Oder wir könnten verhaftet werden, ohne etwas zu erfahren."

„Wir sind Hexen, Ave. Hör auf, so engstirnig zu denken. Wir können uns in Schatten verwandeln, Alarmanlagen entschärfen und uns reinschleichen." Er tippte sich an den Kopf. „Denk nach!"

„Alex! Ich zaubere nicht, um meine Ziele heimlich zu erreichen."

„Wir bekämpfen normalerweise auch keine Dämonen und stellen keine Teufelsfallen auf. Die Zeiten ändern sich."

Sie wurden von der Kellnerin unterbrochen, die ihnen das Mittagessen brachte. Avery hatte sich für eine Meeresfrüchte-Suppe entschieden, Alex für Steak und Pommes. Nachdem die Kellnerin gegangen war, fuhr Alex fort.

„Wir müssen hier die Initiative ergreifen, sonst werden wir überrannt. Wir müssen uns mehr ins Zeug legen. Ich mag es nicht, wenn ich in der Defensive bin." Er nahm einen großen Bissen von seinem Steak.

Averys Magen knurrte, und sie nahm einen Löffel von der Fischsuppe, während sie über Alex' Vorschlag nachdachte. „Ich denke, es kann nicht schaden, nachzusehen. Und ich vermute, das erklärt auch, warum Faversham in Annes Unterlagen nicht erwähnt wird."

Alex nickte und deutete mit der Gabel in ihre Richtung. „Richtig. Und es gibt vielleicht noch mehr alte Familien, die Samuel nicht erwähnt hat, einschließlich der Newtons. Ich würde lieber selbst nachsehen und mir sicher sein."

„Ich frage mich, ob unser Newton davon wusste?"

„Vielleicht nicht. Wenn wir so wenig über unsere eigene Geschichte wissen, warum sollte er es dann?"

Als Avery aufblickte, sah sie einen Mann, der sich ihnen von der anderen Seite des Biergartens näherte, und ihr verschlug es die Sprache. „*Alex*. Caspian Faversham ist hier und kommt in unsere Richtung."

„*Was*?"

Alex drehte sich auf seinem Stuhl um und schob gleichzeitig seinen Teller weg. Sie standen beide auf, als Caspian sich einen Weg durch die Tische bahnte und bei ihnen ankam. Er sah Alex an und musterte ihn. Sie waren gleich groß, aber Alex war breiter gebaut. Caspian trug ein Hemd und eine schicke Jeans und sah aus, als wollte er einen Country Club besuchen. Alex trug ein altes T-Shirt und verwaschene Jeans und sein langes Haar war offen. Sie unterschieden sich wie Tag und Nacht voneinander.

Caspian lächelte gequält und warf Avery einen abweisenden Blick zu. „Mr. Bonneville. Warum setzen wir uns nicht?", fragte er in seinem irritierenden, herablassenden Ton.

„Weil ich nicht will", entgegnete Alex. „Für wen hältst du dich eigentlich?"

„Aber, aber", begann Caspian und sah sich um, als sich die Köpfe ihnen zuwandten. „Wir wollen doch keine Szene machen."

Er setzte sich neben Avery auf die Bank, sodass er Alex ansehen konnte, und Avery rutschte ans andere Ende der Bank, um etwas Abstand zwischen sich und Caspian zu bringen.

Alex verzog das Gesicht, setzte sich aber schließlich doch. „Ich weiß, was du willst, und die Antwort lautet Nein", sagte er und kam gleich zur Sache.

„Ich verstehe. Hast du dir die Konsequenzen bewusst gemacht?" Caspian beobachtete ihn, seine Hände lagen auf dem Tisch verschränkt.

„Was auch immer die Konsequenzen sind, es bleibt bei einem Nein."

„Es ist dir also egal, dass deine Freunde oder du sterben könnten, wenn ich komme, um dein Zauberbuch zu holen?"

„Wie kommst du darauf, dass du stärker bist als wir?", fragte Alex mit eisigem Blick.

„Ich weiß, dass ich es bin. Ich habe meine Magie jahrelang perfektioniert. Ihr habt mit eurer nur gespielt."

Alex lächelte. „Das sind nur Worte, Caspian. Diese Grimoires gehören uns, sie wurden uns von unseren Familien hinterlassen. Du hast kein Recht auf sie. Außerdem, wenn deine Magie so überlegen ist, wozu brauchst du dann unsere Grimoires?"

„Sagen wir einfach, dass sie einmal uns gehörten, aber dass wir vor vielen Jahren um sie betrogen wurden."

„Blödsinn", entgegnete Alex. Er hielt inne und betrachtete Caspians Gesicht. „Weißt du was? Ich glaube, dass das ganze Gerede über den Hexenjäger nur ein Vorwand ist, um zu verschleiern, warum die Grimoires wirklich versteckt wurden. Unsere Vorfahren haben sie vor deiner Familie versteckt, und du hast nur darauf gewartet und zugeschaut. Nun, du kannst weiter warten. Wir sind dir auf der Spur, Faversham. Und jetzt verpiss dich und sag deinem Daddy, dass es keinen Deal gibt."

Caspian zuckte zurück, als hätte man ihn geohrfeigt. „Deine Familie war schon immer dumm." Er drehte sich zu Avery um: „Genau wie deine. Du hast keine Ahnung, worauf du dich da einlässt."

Avery spürte erneut, wie der Wind um sie herumpeitschte. „Vielleicht nicht, Caspian, aber wir werden es herausfinden. Und wenn wir es herausgefunden haben, werden *wir* nach *dir* suchen."

Caspian stand auf und sah sie beide mit Verachtung an, aber auch mit etwas anderem. *War da ein Hauch von Angst in seinem Blick?* „Bis zum nächsten Mal dann", erklärte er, bevor er sich abwandte und sie stehen ließ.

Avery atmete tief ein und aus. „Ich würde zu gern wissen, wie er uns immer wieder findet."

„Wahrscheinlich ein einfacher Suchzauber", vermutete Alex. Er grinste. „Ich glaube, wir haben ihn erfolgreich verärgert. Obwohl er ein perfektes Mittagessen unterbrochen hat."

„Wie kommst du darauf, dass der Hexenjäger nur eine Finte ist?", fragte Avery und erinnerte sich an das, was er Caspian gesagt hatte. „Darüber haben wir noch nie gesprochen."

„Ich habe nur so ein Gefühl. Es kam mir in den Sinn, als ich sein selbstgefälliges, arrogantes Gesicht sah. Aber ich habe recht – ich würde darauf wetten."

Avery hatte eine Idee, doch bevor sie etwas sagen konnte, klingelte Alex' Handy, und er zog es aus der Tasche.

„Es ist Gil", erklärte er und nahm den Anruf entgegen. Avery war besorgt, dass während ihrer Abwesenheit etwas passiert sein könnte. „Hey Gil", meldete er sich, „was gibt es?" Avery beobachtete ihn, wie er nickte und grunzte: „Ja, nein, wirklich?" Er sah Avery an, die Augenbrauen hochgezogen. „Ja, wir fahren jetzt zurück." Er legte sein Handy weg und sagte: „Iss auf. Anscheinend wissen sie, wo sein Zauberbuch sein könnte. Sie brauchen unsere Hilfe. Und wir müssen uns umziehen."

Avery hielt inne, ein Stück Brot auf halbem Weg zu ihrem Mund. „Machst du Witze?"

„Nein." Er zwinkerte. „Wir verschieben unseren Besuch im Archiv auf ein anderes Mal."

Avery und Alex bogen von der Straße ab und fuhren auf eine lange Zufahrt, die sich durch hohe Bäume und dichte Büsche schlängelte, bis sie schließlich vor einem weitläufigen Herrenhaus endete. Das Haus war ursprünglich im 14. Jahrhundert erbaut worden, im Laufe der Jahre aber um verschiedene Anbauten erweitert worden, sodass es nun eine Vielzahl von Baustilen aufwies. Avery war begeistert. Es war alt und einladend, aus Sandstein mit Stabkreuzfenstern.

Das Grundstück war weitläufig und bestand aus einer Mischung aus Rasenflächen, Gärten und Wald. Der Garten direkt hinter dem Haus erstreckte sich in einer Reihe von Terrassen bis zum Meer hinunter, wo er an einer steilen Klippe endete. Ein großer Teil des Grundstücks vor dem Haus war über eine andere Zufahrt zu erreichen und beherbergte Gils öffentlich zugängliche Gärtnerei.

Avery parkte am Rand der Einfahrt, und sie gingen um das Haus herum und hinunter zum Gewächshaus, wo Gil und Reuben auf sie warteten. El war auch da, aber Briar war nirgends zu sehen. Alle drei trugen Stiefel, Jeans und Kapuzenoberteile. Sie hatten Rucksäcke, Laternen und Taschenlampen dabei.

Das Gewächshaus hinter ihnen war riesig. Es hatte einen Sockel aus Backsteinen mit hohen, bogenförmigen Fenstern und ein Glasdach aus Gusseisen darüber. Es war wunderschön.

„Was ist hier los?", fragte Avery.

„Wir gehen in den Tunnel unter dem Gewächshaus, das ist los", antwortete Gil und fuhr sich mit der Hand durch die Haare.

„Unter dem Gewächshaus ist ein Tunnel?", fragte Alex und blinzelte.

„Glashaus", korrigierte Gil. „Und ja, ein Schmuggler-Tunnel. Unsere Familie hat eine zweifelhafte Vergangenheit und Zugang zum Strand."

„Wusstet ihr schon immer von dem Tunnel?", fragte Alex.

Reuben antwortete: „Wir wussten von den Kellern und dem Tunnel, der zum Eiskeller führt, und wir glauben, dass es einen Tunnel gibt, der zur *Old Haven Church* führt, aber von diesem Tunnel wussten wir nichts!"

Avery wurde langsam aufgeregt. „Warum? Wohin führt er?"

„Da rüber", erwiderte Gil und deutete auf die kleine Insel vor der Küste.

„Ist das dein Ernst?" Bilder von dunklen, feuchten Gängen schossen ihr durch den Kopf. Und natürlich bestand die Gefahr zu ertrinken, was zu diesem Zeitpunkt die Angst vor einem Angriff durch Dämonen in den Hintergrund drängte.

„Und wie habt ihr ihn gefunden?", fragte Alex, der, von dem Ausdruck auf seinem Gesicht zu urteilen, ebenso überrascht war.

„Das ist eine lange Geschichte, die mit Familienarchiven, Annes Notizen und unserem vorhandenen Zauberbuch zu tun hat. Und mit Glück. Wir haben den Eingang kurz vor unserem Anruf bei dir gefunden, und uns gedacht, je mehr wir sind, desto besser."

„Wahrscheinlich eine gute Idee", stimmte Alex zu und beschrieb ihre jüngste Begegnung mit Caspian. „Wir müssen uns etwas einfallen lassen, das uns vor seinen unerwarteten Besuchen schützt – etwas, das seine Suchzauber blockiert."

„Darüber habe ich schon nachgedacht", entgegnete Reuben. „Ich habe eine Idee, wenn du bereit bist, dir ein Tattoo stechen zu lassen."

Alex zuckte mit den Schultern. „Ich mag Tattoos. Aber warum?"

„Ich arbeite an einem Tattoo-Design, das uns vor neugierigen Blicken schützen soll – auch vor Dämonen. Ich denke, wir sollten es versuchen."

„Ich habe noch nie ein Tattoo gehabt, aber ich bin für alles zu haben, um Faversham fernzuhalten", erklärte Avery, die es toll fand, dass Reuben sich mehr einbringen wollte. „Was ist mit dir und der Magie, Reuben? Bist du dabei oder nicht?"

Er zuckte mit den Schultern. „Es macht mein Leben kompliziert, und ich mag keine Komplikationen. Ich mag Tätowierungen, den Wind und die Brandung. Aber ich mag es auch nicht, wenn man mich angreift. Also bin ich im Moment dabei."

Avery nickte. „Na gut."

„Wie sieht der Plan für heute Nachmittag aus?", fragte Alex.

„Wir haben den Eingang gefunden und sind uns ziemlich sicher, dass wir wissen, wohin er führt. Also werden wir ihn uns ansehen. Und das ist der Plan", erklärte Gil.

„Einfach. Das gefällt mir. Die Details sind noch vage, aber wir hatten sowieso vor, in ein paar Archive einzubrechen, bevor du angerufen hast."

El sah die beiden an. „Okay, klingt, als hättet ihr uns noch mehr zu erzählen. In der Zwischenzeit lasst uns in die Tunnel gehen. Briar schafft es nicht, und ich habe mir freigenommen. Gehen wir."

Sie folgten Gil in das Gewächshaus. Lange Bänke verliefen an beiden Seiten und in der Mitte. Zarte Pflanzen drängten sich neben Setzlingen und Tomatenpflanzen, und der Geruch war intensiv und würzig. Gil führte sie zum hinteren Ende, wo sich eine Luke im Boden befand, und ging mit seiner Taschenlampe in die Dunkelheit hinab.

„Warum gibt es hier einen Tunnel?", fragte Avery, die sich immer verwirrter fühlte. Sie zog ihre Taschenlampe heraus, um den anderen zu folgen.

El kam ihr zu Hilfe und erklärte: „Es scheint, als gäbe es hier ein Heizsystem für das Gewächshaus, das schon sehr alt ist. Rohre, ein Ofen, Wasser. Sehr ausgeklügelt. Es muss früher einen Eingang von außen gegeben haben, aber der wurde zugemauert und der Schornstein entfernt. Und es gibt einen versteckten Durchgang. Nun ja – jetzt ist er nicht mehr versteckt!"

Am Ende der Treppe befand sich ein Raum, der sich über die gesamte Länge des Gewächshauses erstreckte. Er hatte einen mit Ziegeln ausgelegten Boden und eine niedrige Decke, über der die gusseisernen Rohre deutlich sichtbar waren.

Gil sprach aus dem Schatten. „Dieses Gewächshaus war vor dem Ersten Weltkrieg baufällig geworden. Die Struktur war völlig zusammengebrochen und überwuchert. Erst im Zweiten Weltkrieg wurde es repariert – ihr wisst schon, um die Kriegsbemühungen zu unterstützen. Ich glaube, deshalb hat mein verrückter Onkel es nie gefunden. Wir sind hierhergekommen, weil es wirklich unsere letzte Hoffnung war."

„Ich hatte schon fast vergessen, dass es ihn gibt", sagte Avery. „Was hat er mit den Favershams zu tun?"

„Keine Ahnung. Vielleicht gibt es gar keine Verbindung."

Gil drehte sich um und ging zur Wand, an der ein alter Ofen stand. Links davon befand sich eine lange Reihe von Regalen, die nun abgebaut und auf dem Boden gestapelt waren. Hinter den Regalen war die Wand mit Holzpaneelen verkleidet, an denen zahlreiche Haken angebracht waren. In den Paneelen war jedoch ein türförmiger schwarzer Bereich zu erkennen.

„Voila!", rief Gil erfreut aus.

Alex lachte. „Wow. Wie hast du das gefunden?"

„Durch systematisches Herumstochern in den Paneelen und Herausziehen von Haken."

„Ja, klar", meinte Reuben mit vor Sarkasmus triefender Stimme. „Das war so willkürlich."

„Danke, Reu", murmelte Gil. „Legen wir mal los."

Gil setzte sich mit einem enthusiastischen Schritt in Bewegung, und die anderen folgten ihm in den Gang dahinter. Avery fröstelte. Es war kalt, feucht und muffig, und sie zog ihren Kapuzenpullover fester um sich, als sie weiter den Gang entlanggingen.

Ihre Fackeln beleuchteten den Backsteinboden und die Wände, die sich in einem Bogen über ihnen wölbten, aber je tiefer sie in den Tunnel vordrangen, desto mehr änderte sich die Umgebung in nackte Erde und Felsen, deren Oberflächen rau und unbehauen waren. Von der Decke tropfte Wasser, und die Luft roch modrig.

„Es muss Jahre her sein, dass hier jemand entlanggegangen ist", überlegte Avery und achtete sorgfältig auf ihre Schritte.

„Wahrscheinlich mindestens hundert Jahre", rief Reuben zurück.

Der Boden war abschüssig und folgte dem Gefälle des Hügels in Richtung Ufer, und dann wurde er schnell steiler, mit rudimentären Stufen, die in die Erde gehauen waren. Hin und wieder kamen sie an Halterungen für Fackeln an den Wänden vorbei, aber die Fackeln waren schon lange verschwunden. Schließlich kamen sie in einen größeren Raum, in dem die Überreste zerbrochener und verrottender Kisten auf dem Boden lagen.

„Geht es allen gut, sodass wir weitergehen können?", fragte Gil.

„Warum nicht", sagte Alex. Er sah sich interessiert um. „Ist das eine Schmugglerhöhle?"

„Vielleicht. Hier könnten sie einige Sachen gelagert haben."

Alex lachte. „Ich hätte deine Familie nicht für Schmuggler gehalten, Gil, aber ich schätze, ihr müsstet euer Geld ja von irgendwoher haben!"

„Du kannst mich mal!", sagte Gil verärgert. „Wir haben den Leuten einen Gefallen getan."

„Das war ein Scherz!", erwiderte Alex und verdrehte die Augen. „Wahrscheinlich habt ihr die Favershams beklaut, und alles, was sie verärgert, ist mir recht. Ich kenne sie nicht und hasse sie."

„Warum die Favershams?", rief Gil zurück.

„Weil sie eine Handelsgesellschaft waren."

„Gut, ich hoffe, wir haben sie wirklich verärgert", warf Reuben ein.

Sie gingen weiter, und der Gang wurde breiter und höher. Ab und zu sah man kleine Erdklumpen auf dem Boden, als wäre etwas heruntergefallen, aber im Großen und Ganzen schien der Gang in gutem Zustand zu sein.

„Wie lange geht das noch so weiter?", fragte El.

„Bis wir auf der Insel sind, schätze ich", erwiderte Reuben. „Sie liegt knapp einen Kilometer vor der Küste."

Sie waren nun weit vom Eingang entfernt und tief unter der Erde. An einigen Stellen floss Wasser die Wand herab, und der Boden war schlammig. Der Gang begann wieder anzusteigen und öffnete sich dann, und sie stolperten in eine große Höhle.

Die Gruppe stieß einen kollektiven Seufzer der Verwunderung aus. Die Höhle war voller Holzkisten.

„Großartig! Das könnte es sein!", sagte Gil, als er auf die nächste Truhe zusteuerte und seine Laterne anzündete.

„Das wird ewig dauern", brummte Reuben. Er leuchtete mit seiner Taschenlampe nach oben und entdeckte eine hohe, felsige Decke. „Ich glaube, wir sind jetzt unter der Insel, also muss es hier irgendwo einen Ausgang geben. Tatsächlich", er stand auf und lauschte einen Moment, „kann ich das Meer rauschen hören."

Er hatte recht. Auch Avery konnte das leise Rauschen der Wellen hören, und das gelegentliche lautere Krachen, wenn Wellen auf Felsen trafen. „Ich helfe dir, den Eingang zu finden, Reu, während die anderen die Truhen durchsuchen."

„Alles klar", nickte er, und sie gingen zur anderen Seite der Höhle, während die anderen über Zaubersprüche diskutierten, die helfen sollten, die richtige Truhe zu finden.

„Was ist, wenn sie nicht hier ist?", fragte Avery Reuben, während sie mit ihrer Taschenlampe die Höhlenwand absuchte.

Er zuckte mit den Schultern. „Dann suchen wir weiter."

Avery entdeckte Sand auf dem Boden und ging darauf zu. „Reuben, hier muss es sein." Sie sah einen Ausgang hinter einer hervorstehenden Felswand, der in einen anderen Gang führte, in dessen Mitte sich eine helle Sandspur schlängelte. Avery grinste. „Sollen wir?"

„Nach dir", entgegnete er.

Je weiter sie gingen, desto dichter wurde der Sand und desto lauter wurde das Rauschen der Brandung. Und dann kamen sie an eine Sackgasse.

„Das muss eine versteckte Tür sein", meinte Reuben. „Schließlich soll ja nicht jeder eine Schmugglerhöhle finden."

„Kann schon sein. Glaubst du, sie ist mit Magie verschlossen?"

„Das bezweifle ich. Nicht alle Schmuggler waren Hexen."

Sie begannen, die Wand und den Boden nach einem versteckten Riegel oder Mechanismus abzusuchen, bis Reuben rief: „Ich hab's!"

Er hatte seine Hand in eine natürliche Felsspalte auf halber Höhe der Wand gesteckt. Avery hörte ein Klicken, und die Wand vor ihnen öffnete sich ein Stück weit auf der rechten Seite. Vorsichtig schob sie sie auf, aber sie war schwergängig, weil sie so lange nicht benutzt worden war, und sie stemmte sich mit der Schulter dagegen, bis sie knarrend aufging.

Hinter der Tür war ein schwaches Licht, und Avery trat auf weichen Sand, dicht gefolgt von Reuben. Sie waren in einer weiteren Höhle. Diese war lang und hatte eine niedrige Decke, und der Boden war mit weichem, weißem Sand bedeckt. Vor ihnen war eine leichte Öffnung im Felsen, durch die ein schwaches Licht drang.

Vorsichtig näherten sie sich der Öffnung und spähten in eine weitere Höhle, die zum Meer hin offen war. Sie war leer, und es war niemand zu sehen. Der Eingang zur Höhle war von Brombeersträuchern, Büschen und verkrüppelten Bäumen überwuchert, aber dahinter konnten sie das blaugraue Funkeln des Wassers sehen.

„Wir sind auf der anderen Seite von Gull Island", sagte Reuben. „Wenn ich mich recht erinnere, gibt es über uns einen riesigen Felshügel. Dahinter könnte sich jedes Schiff, das dort anlegt, verborgen halten."

Sie spähten durch die Zweige auf die Küste dahinter. Es war eine Mischung aus Felsen und Sand, und schärfere Felsen durchbrachen die Meeresoberfläche. „Sie müssten ein kleines Boot durch diese Felsen bringen. Es wäre schwierig, dort hindurchzufahren", bemerkte Reuben.

Avery drehte sich zur Rückseite der Höhle um. Von ihrem Standpunkt aus war der schmale Eingang zur dahinter liegenden Höhle durch die Biegung der Felswand vollständig verdeckt. Sie nickte. „Sehr cool. Ich frage mich, ob noch jemand von diesem Ort weiß?"

„Ich glaube nicht", meinte Reuben und schüttelte den Kopf. „Vom Meer aus kann man die Höhle nicht sehen." Er schlängelte sich durch das Geäst, bis er am Ufer stand, und blickte nach oben. „Es ist so steil über uns, dass niemand hier herunterklettern könnte. Es sei denn, er hat eine Kletterausrüstung."

Avery gesellte sich zu ihm, versuchte, sich keine Kratzer zu holen, und als sie nach oben schaute, stellte sie fest, dass er recht hatte. „Dieser Ort wurde mit Bedacht gewählt. Ich frage mich, wie sie ihn je entdeckt haben?"

„Das werden wir wohl nie erfahren." Reuben blickte auf das Meer und die kleine Bucht. „Ich wette, dass dieser Ort in stürmischen Nächten ziemlich unzugänglich ist."

Für ein paar Augenblicke versuchte Avery sich vorzustellen, wie es hier vor Jahrhunderten ausgesehen haben mochte, als Schiffe vor der Küste ankerten und versuchten, ihre Waren im Schutz der Dunkelheit an Land zu bringen. Sie fröstelte. Viele Menschen waren beim Schmuggeln ums Leben gekommen, und sie bezweifelte, dass es hier anders gewesen war.

„Es muss seltsam sein, zu wissen, dass deine Vorfahren Schmuggler waren."

„Es ist noch seltsamer zu wissen, dass sie Hexen sind", entgegnete er lachend.

Sie saßen am Ufer und genossen die Wärme der Sonne auf ihren Gesichtern, und Avery drehte sich um und betrachtete Reubens markantes Profil. „Du würdest jetzt gerne surfen, oder?", bemerkte sie lächelnd.

„Nicht dort, nein", erwiderte er und blickte auf die Felsen.

Avery war nicht oft mit Reuben allein, und so fragte sie, während sie die Gelegenheit hatte: „Warum benutzt du nicht deine Magie?"

Er senkte den Blick zu Boden und sah sie dann mit aufrichtigem Gesichtsausdruck an. „Ich finde, es ist Betrug. Wenn ich surfe, habe ich das Gefühl, dass nur ich und das Meer da sind. Wenn ich meine Magie einsetze, wäre es zu einfach. Ich habe in meiner Jugend aufgehört, sie einzusetzen, und seitdem eigentlich auch nie wieder. Bis jetzt natürlich. Der Zauber neulich Abend, um die Teufelsfalle zu beschwören, war schwieriger als gedacht. Ich bin seit Tagen völlig fertig."

„Hast du trainiert?"

„Ja, ich lerne gerade, wie ich meine Zauberkräfte kontrollieren kann. Ich hatte ganz vergessen, wie natürlich es sich anfühlt. Es kommt aber schneller zurück, als ich dachte. Ich habe auf dem Grundstück und auf dem Dachboden geübt, wenn Alicia nicht da war."

„Glaubst du, sie weiß es? Ich meine, was ist mit euch beiden? Es scheint mir verrückt, dass du so lange mit jemandem zusammen sein kannst, ohne das diese Person etwas mitbekommt", meinte Avery schließlich und drückte damit ihre Zweifel darüber aus, dass Alicia nichts von ihrer Magie wusste.

Reuben dachte einige Augenblicke nach. „Ich glaube nicht, dass sie es weiß, aber manchmal frage ich mich schon."

„Warum?", hakte Avery nach, unsicher, warum das überhaupt eine Rolle spielen könnte.

„Es ist, als würde sie sich absichtlich zurückziehen, wenn Gil anfängt, über Dinge zu sprechen, die nicht alltäglich sind, als würde sie die Diskussion nicht hören wollen."

„Vielleicht ist es ihr unangenehm und sie tut lieber so, als gäbe es keine Magie", überlegte Avery. Das konnte sie verstehen. Sie hätte gern das Gleiche mit Dämonen gemacht.

Reuben fügte hinzu: „Aber er hat in letzter Zeit viel Zeit mit euch verbracht, und sie hat nicht einmal mit der Wimper gezuckt. Und wenn ich ehrlich bin, finde ich das seltsam. Ich meine, ich würde Fragen stellen, aber das tut sie nicht."

Avery blickte über das Meer und hatte eine sehr unangenehme Idee. Die ganze Zeit über hatte sie sich gefragt, woher Caspian Faversham wissen konnte, was sie vorhatten. Jemand musste ihm von Anne und ihrer Forschung erzählt haben. *Könnte es Alicia gewesen sein?* Sie wusste, dass Gil ihr eine stark zensierte Version ihrer Aktivitäten erzählt hatte, aber vielleicht wusste sie mehr, als sie zugab. Sie atmete schwer aus und tadelte sich selbst. Es war eine lächerliche Idee.

„Warum fragst du?", sagte Reuben und sah sie verwirrt an.

„Ach, nur so. Ich bin wohl neugierig", sagte sie beiläufig. Sie wollte auf keinen Fall durch unnötige Verdächtigungen Probleme verursachen. Vielleicht sollte sie Alex fragen. Sie beschloss, das Thema zu wechseln. „Nun, ich denke, wir sollten den Rückweg antreten. Zumindest wissen wir jetzt, dass hier nichts mehr versteckt ist. Die anderen werden denken, dass wir uns verlaufen haben."

Sie stand auf, klopfte sich den Sand von den Beinen und ging dann durch die Höhlen zurück zum versteckten Eingang. Beide zogen ein Bündel Ginster hinter sich her, um ihre Fußspuren zu verwischen, nur für den Fall. Als sie den Ausgang passiert hatten, versiegelten sie ihn hinter sich und machten sich auf den Weg zurück zu den anderen. Innerhalb weniger Minuten hörten sie Schreie und Rufe.

„Mist! Was ist denn jetzt?", fragte Avery, in der Hoffnung, dass es nicht noch mehr Dämonen waren, und rannte los.

20

Avery rutschte am Eingang zur Höhle aus und prallte gegen Reuben, der viel schneller als sie gelaufen war. Sie schubste ihn zur Seite und fragte sich, warum er angehalten hatte.

Die Höhle war nur spärlich von den Laternen beleuchtet, die sie dabei hatten. Faversham stand in der Mitte des Raums, neben ihm erhob sich eine riesige Kreatur, die aus Sand und Stein zu bestehen schien. Sie schien kurze, stämmige Beine zu haben, aber lange Arme, und sie schwang sie nach außen, um Alex und El zu packen, die ihr auswichen und dabei Energiestöße auf sie abfeuerten. Sie konnte Gil überhaupt nicht sehen.

„Was zum Teufel ist das?", rief Reuben aus.

Avery antwortete nicht. Es war ihr egal, um was es sich handelte, aber sie nahm an, das Wesen wurde irgendwie von Faversham kontrolliert, und er hatte sie noch nicht gesehen. Allein sein selbstgefälliger Gesichtsausdruck machte sie wütend. *Wie zum Teufel hatte er sie so schnell wieder gefunden?*

Avery rief ihre Kräfte herbei und schickte eine Druckwelle in rasender Geschwindigkeit auf ihn zu, wie ein Tornado. Der Lärm des schwerfälligen Wesens war so laut, dass Faversham sie nicht kommen hörte und sich zu spät umdrehte. Die Welle traf ihn und schleuderte ihn mit einem lauten *Knall* gegen die gegenüberliegende Wand. Er fiel benommen zu Boden, und das Wesen verlor an Zusammenhalt, als es langsamer wurde und schließlich zum Stillstand kam.

Avery zögerte nicht. Sie schickte eine weitere Welle aus Luft und Energie direkt auf das Felsmonster zu, das schwankte und sich brüllend ihr zuwandte.

Instinktiv ballte sie erneut die Luft zu einer Druckwelle und hob sich mit einem Ruck von den Füßen, sodass sie über dem Boden schwebte. Ohne zu wissen, was sie da eigentlich tat, stürzte sie nach vorn und richtete einen Energiestoß aus ihren Händen direkt auf seinen Körper. Das Wesen kam stotternd zum Stehen.

In der kurzen Pause nach dem Angriff sah Avery, wie Alex und El einen Feuerstrahl auf Faversham abfeuerten, der versuchte, auf die Beine zu kommen. Er sah wütend aus, aber ihr Angriff hatte ihn überrascht, und er suchte verzweifelt nach Deckung.

Avery griff das Ungeheuer erneut an und hüllte es in einen weiteren Tornado ein, bis es mit einem ohrenbetäubenden Gebrüll auseinanderbrach und Sand und Steine in alle Richtungen flogen. Ein großer Steinbrocken traf sie in den Bauch und schleuderte sie rückwärts auf den Stapel Kisten, wo sie benommen und übermannt von Übelkeit liegen blieb.

Trotz des Aufpralls konnte sie nicht aufhören. Nicht jetzt. Sie kam schwankend auf die Beine und wankte über die Kisten unter ihr.

Avery sah, wie Alex und El Schulter an Schulter unter ihr standen. Faversham war wieder auf den Beinen und schleuderte einen Strahl aus Sand und Erde auf sie. Sie kämpften gegen den Angriff an und schufen einen Schutzschild vor sich. Avery konzentrierte ihre Magie auf eine der Kisten und hob sie mit einem Rauschen der Luft auf, um sie über Alex und El zu schleudern. Im letzten Moment sah Faversham auf, aber es war zu spät, und die Kiste traf ihn und zerdrückte ihn unter ihrem Gewicht.

Wieder einmal vereinten Alex und El ihre Kräfte und schickten einen Feuerstrahl auf Faversham, der benommen und mit gebrochenem Körper dalag. Obwohl sie sie nicht erreichen konnte, fügte Avery ihre Magie zu ihrer hinzu und verstärkte ihr Feuer mit Luft, bis es weißglühend wurde. Faversham konnte ihrem gemeinsamen Angriff nicht standhalten und verschwand.

Avery brach auf den Kisten zusammen und fragte sich vage, was mit Gil und Reuben geschehen war. Dann hörte sie Reubens verzweifelte Rufe von irgendwo unter ihr. „Gil, Gil, wach auf!"

Avery setzte sich auf, und ihr Adrenalinpegel stieg an. Gil musste verletzt sein. Sie rutschte in Richtung des Geräusches von Reubens Stimme, die Kisten wackelten und rutschten unter ihr weg, und dann sah sie die anderen. Gil lag blutüberströmt am hinteren Ende der Höhle, und Reuben hielt ihn in seinen Armen. Gil war schrecklich regungslos.

Sie stolperte halb und rannte halb auf sie zu, bis sie neben ihnen auf die Knie fiel, während Alex und El gleichzeitig eintrafen. Reuben schluchzte, fast atemlos, während er Gil umarmte.

Alex beugte sich vor, um den Puls zu fühlen, aber Gil hatte eine schwere Kopfverletzung, das konnte sie von hier aus sehen, und sein Kopf lag in einem unnatürlichen Winkel. Eine Welle der Panik durchströmte Avery. Gil sah tot aus. Das konnte nicht wahr sein. Sie wollte es nicht glauben.

„Ich kann zurücklaufen und einen Krankenwagen rufen", erklärte sie mit brüchiger Stimme, während sie verzweifelt versuchte, ruhig und vernünftig zu bleiben.

El schwieg neben ihr, sie stand vollkommen unter Schock, und Reuben war untröstlich.

Alex sah Avery an. „Ich glaube nicht, dass wir ihn retten können, Ave. Ich glaube, er hat sich das Genick gebrochen."

Avery begann am ganzen Körper zu zittern, und ihr kamen die Tränen. Sie ließ sich zurückfallen und überließ sich ihrem Kummer. Alex hatte recht.

„El", sagte Alex leise. „Kannst du ..." Er deutete auf Reuben, und El nickte. Ihr Gesicht war weiß, als sie sich zu Reuben hinüberbeugte und ihre Arme um ihn legte, während er Gil auf seinem Schoß hielt.

Alex kroch neben Avery und legte seine Arme um sie, zog sie an sich, und sie erwiderte seine Umarmung, schlang ihre Arme um ihn und vergrub ihr Gesicht an seiner Brust.

Einige Minuten lang herrschte nur Stille. Avery fühlte sich, als wäre sie in ein schwarzes Loch gefallen, und das Einzige, was sie davon abhielt, völlig wegzudriften, war Alex. Seine feste Wärme war das Tröstlichste, was sie sich vorstellen konnte, und sie fühlte, wie sein Kopf auf ihrem ruhte, während er sie noch fester an sich zog. Sein Körper zitterte, und sie sah zu ihm auf und strich ihm das Haar aus dem Gesicht. Seine Wangen waren feucht.

„Was ist passiert?"

Er schüttelte den Kopf. „Ich weiß es nicht. Ich habe keine Ahnung, wo dieser Mistkerl auf einmal herkam." Er dachte einen Moment nach. „Wir durchsuchten die Kisten und versuchten es mit Zaubersprüchen, und plötzlich war Faversham da und hat uns alle niedergestreckt. Dann tauchte diese Kreatur auf. Das Ding ist, dass ich nicht glaube, dass er erwartet hat, dass wir so stark sind. Er forderte uns auf, uns zurückzuziehen, und wir weigerten uns. Danach brach das reine Chaos aus. Gil wurde von diesem Ding gepackt und gegen den Felsen geschleudert. Ich habe euch nicht einmal kommen sehen. Ich glaube, er hätte uns alle getötet, wenn ihr nicht gekommen wärt."

Reuben sprach dann mit zitternder Stimme. „Ich werde diesen Mistkerl umbringen. Er hat einen Krieg begonnen, den er *nicht* gewinnen wird. Und das alles für ein verdammtes Buch."

Avery löste sich von Alex. „Hast du es gefunden?"

Alex schüttelte den Kopf. „Nein. Keine Spur."

„Wusste Faversham Bescheid?" Avery konnte nicht glauben, dass Gil tot war, und sie hatten nicht einmal das Buch gefunden.

„Ich glaube nicht. Er hat keine Fragen gestellt."

„Wir müssen hier weg. Faversham könnte jeden Moment zurückkommen. Und wir müssen die Polizei rufen. Wir müssen Gils Tod melden."

„Was zum Teufel sollen wir denn sagen?", fragte El schließlich.

„Wir sagen ihnen, dass wir die Höhlen durchsuchen wollten und Gil von den Kisten gefallen ist. Wir halten Favershams Namen da raus – niemand wird an Hexerei glauben, und wir können uns nicht selbst verraten."

„Und was ist mit Newton?", fragte El.

„Um Newton kümmern wir uns, wenn es so weit ist. Du bleibst hier bei Reuben, und wir kommen mit Hilfe zurück. Reuben", meinte Avery sanft, „ist es in Ordnung für dich, hier bei El zu bleiben?"

Reuben nickte. „Natürlich. Ich verlasse Gil nicht."

„Nein, natürlich nicht. Ich gehe mit Alex, und El kann bei dir bleiben." Sie sah El an, die zustimmend nickte.

„Und du solltest auch Alicia finden", fügte Reuben hinzu.

Avery fühlte, wie ihr Herz noch weiter sank. *Wie würde sie es aufnehmen?*

„Natürlich."

Alex stand auf und zog Avery an der Hand neben sich hoch. Er sah El und Reuben an. „Ich habe Angst, euch allein zu lassen. Faversham könnte zurückkommen."

El beruhigte ihn. „Er wird nicht zurückkommen. Er sah verletzt aus. Ich glaube, wir haben ihm den Arm gebrochen. Und er muss viel Energie aufgewendet haben, um dieses Ding zu kontrollieren, was auch immer es gewesen ist."

„Komm, lass uns gehen", meinte Avery, und sie gingen zu dem Durchgang, der zurück zum Gewächshaus führte.

Eine Weile gingen sie schweigend weiter, und Avery überlegte, wie sie das Thema Alicia ansprechen sollte, doch Alex ergriff als Erster das Wort.

„Alles in Ordnung?"

Sie versuchte, die Tränen zurückzuhalten. „Eigentlich nicht, aber wir müssen das erst hinter uns bringen."

Er nickte und ein Anflug von Schuldgefühlen spiegelte sich in seinem Gesicht wider. „Ich frage mich, ob es einen Zauber gibt, den wir für Gil anwenden können."

Sie sah ihn scharf an. „Auf keinen Fall. Mit so etwas spielt man nicht. Menschen sterben, Alex."

„Ich weiß, aber Gil wurde ermordet! Er ist tot. Er war unser Freund!" Alex schrie fast, mit verzweifeltem Blick.

Sie blieben abrupt stehen, und ihre Stimmen hallten in dem geschlossenen Raum wider.

„Natürlich ist er unser Freund, aber er ist tot, und wir können ihn *nicht* zurückholen." Ihre Stimme brach und sie begann zu schluchzen. „Wir sind keine Monster, Alex."

Alex umarmte sie erneut und schlang seine Arme um sie. Avery weinte nun richtig. Heftige, lange Schluchzer durchfuhren ihren Körper, während sie den Schock durch sich hindurchfließen fühlte, und sie spürte, wie auch er zitterte. Alex fühlte sich so stark und so warm an, dass sie am liebsten für immer in seinen Armen geblieben wäre. Aber jetzt war nicht der richtige Zeitpunkt. Sie zog sich zurück. „Es tut mir leid."

„Entschuldige dich nicht. Ich hätte nicht fragen sollen. Es war dumm, und du hast recht. Aber ich fühle mich schuldig. Gil wollte diese Sache nicht wirklich. Ich befürchte, dass es meine Schuld ist, dass er tot ist."

Avery schüttelte den Kopf. „Wir dürfen uns keine Selbstvorwürfe machen. Nicht hier. Nicht jetzt. Wir haben Faversham unterschätzt – das wird uns nicht noch einmal passieren. Komm schon. Wir müssen weiter."

„Aber wo ist das Buch? Es muss hier irgendwo sein. Wir können nicht alles umsonst durchgemacht haben."

Avery kam plötzlich ein Gedanke, und sie schlug sich mit der Handfläche auf den Kopf. „Wir waren so dumm! Wie konnten wir nur glauben, dass das Buch in einem Stapel Kisten sein könnte, die Schmuggler erst vor zweihundert Jahren benutzt haben? Die hätten doch etwas gefunden."

„Verdammt." Alex schloss kurz die Augen. „Wir müssen uns etwas einfallen lassen."

„Komm schon. Wir denken nach, während wir gehen."

Alex ließ sie los, und die kalte Luft wehte erneut um Avery, als sie den Gang weiter hinaufgingen.

„Was weißt du über Alicia?", fragte Avery, die beschloss, dass sie das Thema ansprechen musste.

„Nicht viel, warum?"

„Weil uns jemand hintergeht. Faversham kann unmöglich wissen, wo wir heute waren."

„Bestimmt benutzt er einen Ortungszauber!"

„Aber er weiß zu viel!"

„Und du denkst, es ist Alicia? Das ist eine schwere Anschuldigung."

„Ich weiß, und ich sage das nicht leichtfertig, aber denk mal nach, Alex! Wie sonst könnte er wissen, was vor sich geht?"

„Aber woher weiß Alicia das? Sie weiß nicht einmal, dass Gil eine männliche Hexe ist!"

„Das wissen wir nicht genau. Er könnte schon seit Jahren von ihr getäuscht werden." Avery hielt wieder inne und erzählte ihm von ihrem Gespräch mit Reuben. „Alles begann, als ich die Nachricht von Anne bekommen habe. *Faversham hat Anne erwähnt.* Er kannte ihren Namen! Wie konnte er das wissen?"

Alex rieb sich mit den Händen übers Gesicht, und das Licht der Taschenlampe flackerte wild an den Wänden entlang. „Ich denke, das ergibt Sinn." Er klang müde und verzweifelt. „Was sollen wir also tun? Sollen wir so tun, als wüssten wir von nichts?"

„Ich denke, wir werden sehen. Es hängt davon ab, was sie jetzt tut. Gil ist tot, und es wird interessant sein zu sehen, wie sie damit umgeht." Sie machte eine Pause. „Entschuldige, das klang jetzt wirklich kalt, aber du weißt, was ich meine."

Alex nickte. „Ich weiß. Sollen wir es den anderen sagen?"

„Ich denke, wir müssen es ihnen sagen. Vertraust du den anderen?"

„Reuben, Briar und El? Ja! Absolut."

Avery atmete tief ein und aus. „Gut. Ich auch."

„Komm schon", sagte Alex. „Es wird Zeit, dass wir die Polizei rufen."

Avery wachte um drei Uhr morgens in einem Gewirr aus Laken in Alex' Bett auf. Er schlief auf dem Sofa, und sie war sich nicht sicher, ob sie über sein ritterliches Verhalten erfreut oder unglaublich enttäuscht war.

Sie war aus tiefem Schlaf aufgewacht, mit rasenden Gedanken und vielen Fragen. Und dann dachte sie an Gil, und wieder stiegen ihr die Tränen in die Augen. Gil war tot. Sie konnte es immer noch nicht fassen. Sie drehte sich auf die andere Seite und streckte sich aus, während sie die Ereignisse des vergangenen Tages Revue passieren ließ.

Es waren schreckliche Stunden gewesen. Die Polizei war gekommen, und schließlich war Gils Leiche aus der Höhle gebracht worden. Reuben und Elspeth waren weiß und zitternd ans Tageslicht gekommen, und alle waren von der Polizei vor Ort befragt worden. Inspektor Newton hatte sie alle mit kaum verhohlener Feindseligkeit verhört und gesagt, sie sollten bis zum nächsten Tag zu Hause bleiben, dann würde er sie alle erneut befragen. Ihre Geschichte war jedoch geglaubt worden – zumindest von den meisten Leuten.

Obwohl sie mehrmals versucht hatten, Alicia zu erreichen, war es ihnen nicht gelungen, und so hatten sie die Polizei verständigt. Avery war unendlich erleichtert, aber auch besorgt gewesen. „Wo ist sie?"

„Gil hat gesagt, sie sei geschäftlich unterwegs. Sie könnte beschäftigt sein", hatte Alex überlegt.

Avery hatte ihn nur mit hochgezogenen Augenbrauen angesehen.

Reuben war mit El zurück nach Hause gegangen und hatte versprochen, dass sie am nächsten Tag miteinander reden würden. El hatte versprochen, sie würde Briar anrufen und ihr die Nachrichten überbringen. Das Glashaus war mit Absperrband versiegelt worden, ebenso wie die Tür zum unterirdischen Gang, und schließlich waren nur noch sie und Alex übrig gewesen.

Eine Weile waren sie neben dem Glashaus gesessen und hatten über die Bucht auf Gull Island geblickt. Es war spät gewesen, die Sonne war untergegangen, und ein blasser Mond hatte sein fahles Licht auf ihre Umgebung geworfen. Avery hätte am liebsten wieder geweint.

„Du solltest heute Nacht bei mir bleiben“, hatte Alex vorgeschlagen.

„Nein, ich komme schon klar“, hatte Avery erwidert, die Alex nicht zur Last fallen wollte, obwohl sie eigentlich nicht allein sein wollte.

„Na gut, ich werde es anders formulieren.“ Er hatte die Hand ausgestreckt und ihre genommen. Er hatte müde und traurig ausgesehen, und die dunklen Ringe unter seinen Augen hatten nichts mit der Dunkelheit zu tun gehabt. „Ich möchte, dass du bei mir bleibst. Ich möchte nicht allein sein, und ich würde mir Sorgen um dich machen, wenn du allein bist.“

Seine Hand war so warm, und sie erinnerte sich daran, wie angenehm es gewesen war, als sie sich vorhin in seine Arme geschmiegt hatte. Sie hatte gelächelt. „Wenn das so ist, ja, gerne.“

Und so lag sie nun in Alex' Bett. Sie spielte alles wieder und wieder durch, und nach einer halben Stunde des Hin- und Herwälzens tastete sie sich im Dunkeln in die Küche und goss sich ein Glas Wasser ein, um Alex nicht zu stören.

Sie hörte, wie er sich regte und murmelte: „Alles in Ordnung?“

„Tut mir leid. Ich kann nicht schlafen.“

„Ich auch nicht."

„Möchtest du etwas Wasser?" Sie konnte ihn gerade noch sehen, als sich ihre Augen an das Licht von den Straßenlaternen draußen gewöhnten.

Er saß halb zugedeckt auf dem Sofa, die Haare offen. „Ja, bitte."

Sie trank ihr Wasser aus und brachte ihm dann sein Glas. Sie setzte sich auf die Sofakante, während Alex rutschte, um Platz zu machen.

„Es tut mir leid, dass Reuben und ich so lange weg waren. Wir hätten das verhindern können", gestand sie. Sie bezweifelte, dass sie sich jemals verzeihen würde, was gestern passiert war.

Alex trank sein Glas aus, stellte es auf den Tisch vor sich, hob dann seine Decke an und warf sie über sie, während er sie an sich zog. Sein Oberkörper war nackt und sie lehnte sich an ihn, genoss die Wärme und seinen muskulösen Körper. Er roch so gut. Sofort fühlte sie sich schuldig. *Wie konnte sie überhaupt so etwas denken, wo Gil doch tot war?*

„Avery, was heute passiert ist, ist weder deine noch meine Schuld. Wenn du dort gewesen wärst, hättest du Faversham nicht überraschen können. Wir wären vielleicht alle getötet worden."

„Ja, aber ..."

„Kein Aber."

Er beugte sich zu ihr hinüber und küsste sie, und sie dachte, sie würde förmlich dahinschmelzen. Er war berauschend. Sie wand sich unter ihm und zog ihn näher zu sich heran, bis sie sich ineinander ver-schlungen hatten und ihre Küsse lang und intensiv waren. Er ließ seine Hände über ihren Rücken unter ihr T-Shirt gleiten, und sie schmiegte sich an ihn. Und dann begann er, ihr die Kleider auszuziehen, und sie beschloss, dass es die beste Idee aller Zeiten gewesen war, bei Alex zu übernachten.

Als sie das nächste Mal aufwachte, war es hell und sie waren in ein Gewirr aus Decken gehüllt. Alex' Beine lagen schwer auf ihren, sein Arm lag fest um ihre Taille. Für ein paar Augenblicke bewegte sie sich nicht und genoss das Gefühl, ihn neben sich zu spüren.

anhielt

„Ich wollte im Laden anrufen."

„Vergiss den Laden."

„Ich wünschte, das könnte ich. Sally hat vielleicht schon von Gil gehört. Ich sollte ihr sagen, dass es mir gut geht."

„Gleich", sagte er, küsste ihren Nacken und wanderte weiter zu ihrer Schulter. Sofort hatte sie Schmetterlinge im Bauch und sie machte die Augen zu. Sally konnte warten. Schließlich würde sie den Tag vielleicht nicht einmal überleben.

Avery war erst seit einer Stunde im Laden, als Inspektor Newton zielstrebig durch den Laden auf sie zukam und die Tür hinter sich zuschlug. Sie war immer noch traurig wegen Gil, und Sally war in Tränen ausgebrochen, als sie die Nachricht bekommen hatte, was sie noch mehr mitgenommen hatte.

Der Blick von Newtons grauen Augen bohrten sich in ihren, und er sah grimmiger aus als sonst. „Miss Hamilton. Wir müssen reden."

Avery seufzte. „Tut mir leid, Sally. Es dauert nicht lange."

Sally sah zwischen den beiden hin und her. „Lass dir ruhig Zeit."

Avery führte Newton durch den hinteren Teil des Ladens und hinauf in ihre Wohnung. Sie ging direkt in die Küche und setzte Wasser auf.

„Haben Sie Alicia gefunden?", fragte sie mit einem flauen Gefühl im Magen.

„Ja. Sie hatte ihr Handy ausgeschaltet."

„War sie aufgebracht?"

„Was für eine verdammte Frage ist das denn?", fragte er sie mit finsterem Blick. „Ja. Sie war aufgebracht. Sie kommt heute zurück. Jetzt schlage ich vor, dass Sie mir erzählen, was wirklich in dieser Höhle passiert ist, denn ich werde Ihnen den Mist, den Sie gestern verzapft haben, nicht glauben."

Avery drehte ihm den Rücken zu, während sie den Tee zubereitete, und überlegte verzweifelt, was sie sagen sollte. Sie musste lügen.

„Es war kein Mist. Gil hatte einen schrecklichen Unfall auf diesen alten Kisten. Es ist schrecklich, aber wahr."

Seine Stimme war vernichtend. „Sie lügen. In White Haven ist etwas Schreckliches passiert, und ich will herausfinden, was. Ich bin auf Ihrer Seite, Avery."

„Wirklich?", fragte sie und drehte sich um. „Denn als wir neulich den verdammten Eingang versiegelt haben, klang das nicht so."

Er verschränkte die Arme vor der Brust und lehnte sich gegen die Verkaufstheke, während er sie beobachtete. „Mein ganzes Leben lang höre ich von Hexen, Magie und White Haven und meinem Platz darin. Ich habe mich damals dagegen gewehrt und ich wehre mich auch jetzt dagegen. Magie sollte der Vergangenheit angehören."

Avery vergaß den Tee. „Wovon reden Sie? Was wissen Sie?"

„Nicht viel. Was ist passiert, Avery?"

„Nein! Was meinen Sie mit: *Ihren Platz darin?*"

„Die Magie ist tief in White Haven verwurzelt. Unsere Geschichte ist davon durchdrungen. Irgendetwas ist erwacht. Ich glaube, dass Sie etwas damit zu tun haben.“

Avery fühlte sich überfordert. Dinge geschahen, die sich ihrer Kontrolle entzogen, und Newton schien außerdem mehr zu wissen, als er zugab. Und sie wusste immer noch nicht, was sie von Alicia halten sollte. Ihre Angst machte sie wütend.

„Nichts ist *erwacht*! Ich hatte schon immer magische Kräfte, genau wie die anderen. Es hat Sie nur nie interessiert, und jetzt tut es das plötzlich!“

„Oh, ich habe mich immer dafür interessiert“, erwiderte er und trat näher. „Aber bisher ist nichts Schlimmes passiert, und jetzt gab es drei Todesfälle in einer Woche! Und alles ist auf Magie und Dämonen zurückzuführen. Irgendetwas hat sich verändert, das weiß ich, und *Sie* stellen sich mir mit Absicht in den Weg.“

Newtons Wut war spürbar, und sie wich zurück und drückte sich gegen das Waschbecken. „Ich bin hier im Nachteil, Newton. Sie wissen, was ich bin und wozu ich fähig bin. Wir haben den Durchgang so gut wie möglich versiegelt, und ich werde ihn heute überprüfen. Mein Freund Gil ist tot. Und im Moment vertraue ich Ihnen nicht wirklich, obwohl Sie ein Kriminalbeamter sind. Sie erzählen mir halblaut geflüsterte Mythen, aber Sie lassen mich nicht wirklich daran teilhaben. Also bleibe ich bei dem, was ich Ihnen gestern gesagt habe. Wir haben die Tunnel erkundet und Gil hatte einen schrecklichen Unfall, einen, den ich für immer betrauern werde. Sie brauchen mich nicht zu fürchten, oder Alex, Reuben, Elspeth oder Briar, um ehrlich zu sein.“

„Drei Tote, Avery. Sie sollten vorsichtig sein.“ Er warf ihr einen letzten harten Blick zu und ging dann zur Tür. „Ich melde mich bei Ihnen.“

Avery sah ihm nach und fühlte, wie eine Welle der Verzweiflung durch sie hindurchging. Was war hier los? Sie mussten fünf Grimoires finden und hatten erst zwei ausfindig gemacht. Warum wollte Faversham sie haben? Wenn seine Magie so mächtig war, was konnten die Bücher ihm und seiner Familie bieten? Warum waren sie überhaupt versteckt worden?

Es musste noch etwas *anderes* an den Grimoires geben, das wichtig war, etwas, das zur Zeit des Hexenjägers geschehen war. Was hatten Helena und die anderen getan, dass sie sich die Feindschaft der Favershams zugezogen hatten? Und was hatte das mit Gils Großonkel Addison zu tun?

Avery schwirrte der Kopf. Eines war sicher: Faversham würde nicht aufhören, und sie auch nicht.

Ende des ersten Bandes der Reihe *Die Hexen von White Haven*

Band 2, *Ungezähmte Magie*, ist jetzt erhältlich.

Und zwar hier: https://tjgreenauthor.com/books/magic-unbound/

Weiter geht es mit einem Auszug.

Vielen Dank, dass du *Verlorene Zauber* gelesen hast. Alle Autoren freuen sich ja über Rezensionen. Sie sind wichtig, weil sie den Verkauf und die Werbung ankurbeln. Ich würde mich daher sehr freuen, wenn du eine Rezension schreiben würdest. Vielen Dank – deine Rezension ist eine große Hilfe.

Wenn dir dieses Buch gefallen hat und du mehr von meinen Geschichten lesen möchtest, abonniere bitte meinen Newsletter unter tjgreenauthor.com/landing. Du erhältst zwei kostenlose

Kurzgeschichten, *Excaliburs Erweckung* und *Jacks Begegnung*, und außerdem kostenlose Charakterbögen aller Hauptfiguren der Hexen von White Haven.

Bemerkung der Autorin

V ielen Dank, dass du *Verlorene Zauber*, den ersten Band der Serie *Die Hexen von White Haven* gelesen hast.

Ich liebe Geschichten über Hexen und Magie und ich liebe Cornwall, also habe ich beschlossen, die beiden Dinge miteinander zu verbinden! White Haven ist eine rein fiktive Stadt, die jedoch die Schönheit der malerischen Fischerdörfer in Cornwall und der umliegenden Gegend widerspiegelt. Harecombe, der Sitz von Faversham Central, ist ebenfalls fiktiv.

Das Royal Cornwall Museum und die Courtney Library sind real, aber das Archiv ist meine eigene Erfindung.

Natürlich gab es wirklich einen Hexenjäger, der für viele Todesfälle verantwortlich war, aber er hat es nie nach Cornwall geschafft – das ist eine weitere Erfindung.

Ich möchte mich bei vielen Menschen für ihre Hilfe bei diesem Buch bedanken.

Danke an Fiona Jayde Media für mein tolles Cover und danke an Kyla Stein von Missed Period Editing für das Ausbügeln der Fehler!

Außerdem möchte ich mich bei Helen Ryan und Terri Cormack für ihr fantastisches Feedback zu meinem ersten Entwurf bedanken, das mich zu einer sehr wichtigen Überarbeitung veranlasst hat – ihr seid beide großartig!

Danke auch an mein Team, das mir wertvolle Rückmeldungen zu Tippfehlern gibt und bereitwillig Korrekturen vornimmt. Es ist schön, von euch zu hören – ihr wisst, wer ihr seid – und euer Feedback ist immer so ermutigend. Ich bin froh, dass ich euch in meinem Team habe! Ich freue mich immer über Rückmeldungen von meinen Lesern, also meldet euch gerne bei mir.

Natürlich danke ich auch meinem Partner Jason, der für mich kocht, während ich im Arbeitszimmer fieberhaft schreibe. Ohne seine unerschöpfliche Unterstützung und Ermutigung wäre mein Leben so viel schwieriger – und ich würde verhungern.

Ich habe dieses Buch meiner Mutter gewidmet, weil sie nicht nur eine meiner größten Fans ist, sondern auch, weil ich glaube, dass in uns allen ein bisschen Hexe steckt, und als matriarchalisches Familienoberhaupt hat sie mir im Laufe der Jahre viele gute Ratschläge gegeben – und viele unheimliche Einblicke! Danke, Mama!

Wenn ihr mehr über die Hintergründe der Geschichten erfahren möchtet, besucht meine Website. Dort blogge ich über die Bücher, die ich gelesen habe, und über die Recherchen, die ich für die Serie durchgeführt habe. Es gibt dort auch viele Informationen über meine andere Serie, *Toms Artus-Erbe*.

Wenn ihr mehr von meinen Geschichten lesen möchtet, tragt euch bitte in meine Mailingliste ein. Ihr erhaltet eine kostenlose Kurzgeschichte namens *Jacks Begegnung*, in der beschrieben wird, wie Jack Fahey kennenlernt – eine längere Version des Prologs in *Der Ruf des Königs* – indem ihr meinen Newsletter abonniert. Außerdem erhaltet ihr KOSTENLOS *Excaliburs Erweckung*, eine Kurzgeschichte, die der eigentlichen Handlung vorausgeht.

Außerdem erhaltet ihr kostenlose Charakterbögen zu allen Hauptfiguren der Serie *Die Hexen von White Haven* – exklusiv für meine E-Mail-Liste!

Wenn ihr auf meiner Mailingliste bleibt, erhaltet ihr kostenlose Auszüge aus meinen neuen Büchern sowie Kurzgeschichten und Informationen zu Gewinnspielen. Ich werde euch auch über andere Bücher in diesem Genre informieren, die euch gefallen könnten.

Schickt mir meine KURZGESCHICHTEN!

Ich freue mich darauf, dich in meiner Lesegruppe begrüßen zu dürfen!

Über die Autorin

Ich bin Schriftstellerin, Paganistin und Hexe und liebe daher alles Magische. Ich schreibe fiktionale Bücher über Hexerei und das Paranormale, die voller fantastischer Charaktere, farbenfroher Kulissen, viel Action und Humor stecken.

Ich wurde in England, im Black Country, geboren, zog aber 2006 nach Neuseeland. Dort habe ich mit meinem Partner Jase und meinen Katzen Sacha und Leia in der Nähe von Wellington gelebt. Im April 2022 sind wir jedoch erneut umgezogen! Ja, ich mache mir das Leben gerne kompliziert … jetzt lebe ich an der Algarve in Portugal und genieße das fantastische Wetter und die Menschen. Wenn ich nicht gerade schreibe, lese ich viel, beschäftige mich mit Gartenarbeit und Einkaufen und liebe Yoga.

Zeit für ein Geständnis: Ich bin ein Star-Trek-Fan – von den alten Folgen bis zu den neuen – und liebe Fantasy- und Krimiserien. Meine heimliche Leidenschaft: Columbo! Mein Lieblingsfilm aus der Star-Trek-Reihe ist *Der Zorn des Khan*, das Original! Weitere Lieblingsfilme: *Predator*, das Original, und *Aliens*.

In einem früheren Leben war ich Sängerin in einer Band und habe in einer Theatergruppe mitgespielt. Mehr über mich erfahrt ihr in einigen meiner Blog-Beiträge. Ich bin eine alte Grunge-Queen, also könnt ihr in meinem Blog mehr über meine Liebe zu dieser Musikrichtung erfahren. Ich habe auch einen Blog darüber geschrieben, wie ich es endlich geschafft habe, mich selbst als Hexe zu bezeichnen. Er heißt *Leaning into my Witch.*

Weitere Bücher von T J Green

Rise of the King Series (auf Englisch)
Eine Serie für junge Erwachsene über einen Teenager namens Tom,
der dazu berufen wird, König Artus zu wecken. Es ist ein lustiges
Abenteuer über König Artus in der Anderswelt!
Call of the King #1
The Silver Tower #2
The Cursed Sword #3

Die Hexen von WhiteHaven (auf Deutsch erhältlich)
Dies ist eine Urban-Fantasy-Reihe, in der sich alles um Hexen dreht!
Siespielt in der fiktiven Stadt White Haven an der Südküste von
Cornwall in England. Es ist meine erfolgreichste Buchreihe und han-
delt von Hexen –männlichen und weiblichen. Wenig Romantik, viel
Action und Magie! Ich lasse auch viele englische Mythen und Legen-
den in die Geschichten einfließen. Und siewerden euch zum Lachen
bringen!

Verlorene Zauber#

Verlorene Zauber#1

Ungezähmte Magie #2

Ungebändigte Magie #3

All Hallows' Magic #4 (Englisch)

Undying Magic #5 (Englisch)

Crossroads Magic #6 (Englisch)

Crown of Magic #7 (Englisch)

Vengeful Magic #8 (Englisch)

Chaos Magic #9 (Englisch)

Stormcrossed Magic #10 (Englisch)

Wyrd Magic #11 (Englisch)

Midwinter Magic #12 (Englisch)

Sacred Magic #13 (Englisch)

White Haven and the Lord of Misrule: Yuletide Novella (Englisch)

White Haven Hunters

Die spaßige Fortsetzung der Buchreihe *Die Hexen von White Haven*!

Mit Fey, Nephilim und der Jagd nach dem Okkulten.

Spirit of the Fallen #1

Shadow's Edge #2

Dark Star #3

Hunter's Dawn #4

Midnight Fire #5

Immortal Dusk #6

Brotherhood of the Fallen #7

Storm Moon Shifters

Dies ist ein Urban-Fantasy-Spin-off der White-Haven-Welt, das auch als eigenständige Geschichte gelesen werden kann. Es gibt eine Überschneidung von Charakteren aus meinen anderen Serien und viele neue. Es gibt auch eine neue Gruppe von Hexen, die ich liebe! Es spielt in London, um Storm Moon, den Club von Maverick Hale, dem Alpha des Storm-Moon-Rudels. Audio wird verfügbar sein, sobald ich Zeit dafür habe!

Storm Moon Rising #1

Dark Heart #2

Moonfell Witches

Eine Hexenserie, die in Moonfell, dem gotischen Herrenhaus in London, spielt. Wenn du Magie, fantastische Charaktere, Urban Fantasy und paranormale Mysterien liebst, wirst du diese Serie lieben. Tritt jetzt dem Moonfell-Zirkel bei!

The First Yule, a Moonfell Witches Novella.

Triple Moon: Honey Gold and Wild, Moonfell Witches #1

www.ingramcontent.com/pod-product-compliance
Lightning Source LLC
Chambersburg PA
CBHW031031310726
48969CB00007B/1941